LE VENT DE L'AUBE

DU MÊME AUTEUR

CHEZ LE MÊME ÉDITEUR

Le Bois de Lune, 2003, nouvelle édition 2015
La Forge au Loup, 2001, nouvelle édition 2015
La Cour aux paons, 2002, nouvelle édition 2011
Le Maître ardoisier, 2004
Les Tisserands de la Licorne, 2005
Les Chemins de garance, 2007, nouvelle édition 2017
La Figuière en héritage, 2008, nouvelle édition 2014
La Nuit de l'amandier, 2009
La Combe aux Oliviers, 2010
Les Bateliers du Rhône, 2012, nouvelle édition 2016
La Maison du Cap, 2016
La Combe aux Oliviers suivi de *La Nuit de l'amandier*, édition collector, 2017
A travers la nuit et le vent, 2018

AUX ÉDITIONS OMNIBUS

Les Dames de Meuse, 2012
Romans de ma Provence, 2014

AUX ÉDITIONS CALMANN-LÉVY

Le Moulin des Sources, 2010
Le Mas des tilleuls, 2011
La Grange de Rochebrune, 2013
Retour au pays bleu, 2013
Le Fils maudit, 2014
Les Sentiers de l'exil, 2015
Les roses sont éternelles, 2016
Le Maître du Castellar, 2017
Le Secret de Belle Epine, 2019

Françoise Bourdon

LE VENT DE L'AUBE

Roman

Suivi d'une nouvelle inédite

Les racines du cœur

Terres de France

PRESSES DE LA CITÉ

ISBN 978-2-258-16201-3
Dépôt légal : mai 2019

Presses de la Cité
un département **place des éditeurs**

place des éditeurs

A ma fille, Caroline.
Avec tout mon amour.

Derrière la fenêtre dont on a blanchi le cadre
(contre les mouches, contre les fantômes),
une tête chenue de vieil homme se penche
sur une lettre, ou les nouvelles du pays.
Le lierre sombre croît contre le mur.
Gardez-le, lierre et chaux, du vent de l'aube,
Des nuits trop longues et de l'autre, éternelle.

Philippe JACCOTTET,
Pensées sous les nuages,
éd. Gallimard

Avertissement

Ceci est un roman.

Ses personnages sont de pure invention.

Lorsqu'il est fait allusion à des personnes, des organismes ayant eu une existence réelle, c'est simplement pour mieux intégrer l'action dans la réalité historique.

1

1919

Le vent qui l'accompagnait depuis Valence, le poussant dans le dos, s'infiltrant sous son gros paletot de velours, se renforça à l'approche de Grignan. Des nuages prenaient leur course vers le sud dans un ciel qui se diaprait de rose et de mauve.

« Tu ne peux pas te tromper, lui avait écrit son ami Vincent. A Grignan, tu prendras la direction de Sainte-Apollonie, à main gauche. Tu trouveras le mas de Césarée dans les collines, parmi les amandiers et les oliviers. »

Paul s'arrêta au bord du chemin pour contempler la masse imposante de la place forte dotée d'une façade Renaissance. Sous la lumière de mars, en cette fin de journée, les murs du château d'Apollidon se coloraient d'un rose doré méridional qui surprenait Paul, l'homme du Nord.

Serait-il jamais venu rendre visite à Vincent sans le drame qui l'avait frappé ? Il crispa les mâchoires. Il ne voulait pas penser à elles. Il s'y refusait, de toutes ses forces. Sinon il se laisserait mourir, là, sur le chemin.

Vincent, avec qui il était resté en contact épistolaire, avait su trouver les mots pour le convaincre de se rendre jusqu'au mas de Césarée : « Tu as sauvé trop de gars, moi le premier, pour tout abandonner. »

Paul Mailfait s'était accordé un délai. Six mois, pas un jour de plus.

Il embrassa du regard l'éclairage violent du couchant qui embrasait à présent l'élégante façade ouest. Au-delà, les collines et la montagne étaient violettes. L'intensité des couleurs le surprenait. Tout, ici, semblait plus fort, plus puissant, pensa-t-il.

Paul s'appuya un peu plus fermement sur son bâton. Sa mère n'avait pas compris sa décision de partir à pied, « comme un vagabond ». Elle avait tenté de l'en dissuader en faisant appel aux préjugés sociaux et aux conventions. Qu'allaient penser les gens ? Ne pouvait-il tenter d'oublier le drame, ouvrir un cabinet en ville et refaire sa vie ?

Paul avait alors eu l'impression de découvrir pour la première fois le véritable caractère de sa mère. Il lui avait répondu posément, pour donner encore plus de poids à ses arguments : il n'envisageait pas de rester dans les Ardennes, tout comme il lui était impossible d'oublier la tragédie qui avait frappé sa femme et sa fille. Quant à cette idée stupide de refaire sa vie… il avait fait peser sur Adèle Mailfait un regard chargé de mépris.

« Décidément, je crois que vous n'avez jamais essayé de me comprendre », avait-il laissé tomber.

Il entendait encore Cosima lui confier d'une voix désolée : « J'ai bien peur que ta mère ne m'aime pas. »

Il avait cherché à rassurer sa jeune épouse, ce jour-là. Cosima avait tristement secoué la tête.

« Je sens les choses, Paul. »

Il leva les yeux vers le ciel qui s'obscurcissait, comme pour y quêter une réponse aux questions qui l'obsédaient.

Pourquoi ? Pourquoi Cosima et Pauline étaient-elles mortes, le 10 novembre, de surcroît, alors que la guerre était à coup sûr perdue pour les Allemands ? Dès le 8 novembre, les deux armées françaises se tenaient le long de la Meuse, de Sedan à Mézières. Cela n'avait pas empêché les Allemands de faire sauter le lendemain au petit matin la vieille citadelle de Mézières, les ponts et la gare de Charleville.

Le 10 novembre, comme un ultime défi adressé aux vainqueurs, les artilleurs de von Mudra avaient bombardé Mézières et Charleville, et le silence n'était enfin retombé sur les deux villes sacrifiées que le 11 novembre vers dix heures du matin.

Cosima et Pauline Mailfait comptaient au nombre des victimes.

Paul, qui suivait une rivière au cours capricieux, arrêta un berger pour lui demander son chemin. L'homme avait fière allure sous sa cape de laine sombre. Son chapeau cabossé le protégeait aussi bien du soleil que des intempéries. Un sac de cuir, contenant certainement tout son nécessaire, pendait à son épaule. Il tenait un grand bâton de noisetier.

— Le mas de Césarée ? répéta-t-il d'une voix rocailleuse. Tu y es presque, mon gars.

Il lui indiqua un chemin poudreux, à demi dissimulé derrière une minuscule chapelle, encadrée de deux cyprès.

— Comme ça, tu vas chez les Jourdans ? s'enquit-il.

Paul n'avait pas envie de bavarder. Il se demandait, cependant, où étaient passés les moutons de ce personnage mystérieux.

— Tu salueras Vincent et sa sœur pour moi, reprit le berger. N'oublie pas : Jean-Baptiste.

Paul promit. Il était recru de fatigue. A plusieurs reprises, il éprouva la tentation de rebrousser chemin. Après tout... Vincent Jourdans avait certainement déjà changé. Il le revoyait au fond des tranchées, ayant toujours le mot pour rire, tenant à faire goûter à ses compagnons le vin de ses vignes, au goût de cassis et de garrigue, dont il rapportait une gourde à chaque perm.

« Toi et moi, on est amis pour la vie », lui avait dit Vincent le jour où Paul avait sauvé sa jambe. Le médecin l'avait prévenu : « Mon vieux, tu vas danser », avant de verser de la gnôle pure dans l'incision qu'il venait de pratiquer sous le genou. Vincent avait hurlé comme un possédé sans pouvoir s'arrêter.

Parfois, Paul se réveillait en sueur, hanté par les cris de suppliciés des blessés, après chaque bataille.

Il éprouvait un sentiment étrange en découvrant un pays intact, hors de la zone des combats. Les Ardennes n'étaient plus qu'un département fantôme, saigné à blanc par quatre années d'occupation.

Au sud de Lyon, il avait eu l'impression de basculer dans un autre monde. Plus de trous d'obus, de maisons éventrées, de villes entières bombardées... Seulement le ciel, d'une pureté, d'une luminosité irréelles, et les champs de blé qui frissonnaient doucement sous le vent.

« J'ai une maison, lui avait dit Vincent, au pied de la montagne de la Lance. Sous son toit de tuiles romanes, ses murs de pierres sèches la font ressembler à une bergerie. C'est notre bien le plus précieux, à nous, les Jourdans. Dame ! Ça fait six générations qu'on se le transmet, le mas de Césarée ! »

Le nom l'avait fait rêver alors qu'il cherchait en vain le sommeil sur son lit de camp gorgé d'humidité. Il s'était juré de s'y rendre un jour... après la guerre. A présent, il se retrouvait au pied du mur.

Il aperçut d'abord un grand chapeau de paille qui semblait se déplacer tout seul entre deux haies de mûriers, puis la maison toute de pierres sèches, rugueuses et blondes sous son toit offrant un camaïeu de roses patinés.

Les ouvertures étaient hautes, tournées vers le sud pour mieux se protéger du mistral, et encadrées d'épais volets peints d'une délicate nuance gris-vert.

En se rapprochant, il constata que le chapeau de paille ne parvenait pas à recouvrir une masse de cheveux châtains. Dessous, il devinait la silhouette d'une gamine qui rentrait ses chèvres. Un bouc de taille plus élevée menait le troupeau. Un beau troupeau, en vérité, constitué de bêtes à la robe rouge doré et aux cornes en forme de lyre.

La chevrière se retourna et Paul, devinant sa silhouette en transparence dans la lumière rasante du soleil couchant, comprit qu'elle était plus âgée qu'il ne l'avait pensé.

— Vous venez au mas ? demanda-t-elle en s'avançant vers lui.

Elle pouvait avoir entre vingt et vingt-cinq ans. Un fin réseau de rides griffait déjà le coin de ses yeux bruns. Elle n'était pas vraiment jolie, avait le teint trop hâlé, la bouche trop grande mais sa façon de marcher vers lui, main tendue, plut à Paul.

— Vous devez être le docteur, lui dit-elle en souriant enfin. Je m'appelle Marceline, et je suis la plus jeune sœur de Vincent. Il travaille aux champs. Vous savez, nous n'avons eu personne pour le remplacer tout le temps de la guerre. Il y a de l'ouvrage en retard.

Il vit bien, à la façon dont elle le regardait, qu'elle ne comprenait pas pourquoi un médecin cheminait ainsi, à pied, sans cheval. Il éprouva la tentation de lui confier qu'il ne savait même plus s'il avait encore envie d'exercer la médecine, s'abstint à temps. Il ignorait s'il allait rester au mas de Césarée. Il n'aspirait qu'à l'oubli.

— Venez.

Elle l'entraîna à sa suite sous la treille. Un muret séparait la terrasse du jardin potager, situé en contrebas. Des oliviers et des figuiers retenaient la terre. Une grande table sous le platane, des chaises en fer composaient un décor dépaysant pour l'homme du Nord, qui n'avait pas l'habitude de vivre dehors. Elle le poussa presque sur un siège.

— Reprenez votre souffle, je vous sers de l'eau bien fraîche.

Elle prit le temps de rentrer ses chèvres, à grand renfort de claquements de langue.

La nuit serait froide, lui annonça-t-elle en apportant à boire dans un pichet de terre cuite, mais pour le moment, il fallait profiter des derniers rayons du soleil de mars.

Il l'écoutait bavarder, laissant aller tout son corps contre le dossier de la chaise.

— Vous verrez, vous serez bien chez nous, poursuivit-elle.

Elle s'interrompit brusquement, comme si elle prenait soudain conscience du regard vide de son interlocuteur, et de sa lassitude extrême.

— Qu'allez-vous faire ? reprit-elle. Soigner ?

Paul marqua une hésitation. Que pouvait-il répondre à cette jeune fille qui, de toute évidence, n'avait pas la moindre idée de ce qu'il avait pu vivre ? Et Vincent ? lui avait-il seulement parlé de Cosima et de Pauline ?

Paul se mordit les lèvres. Le paysage face à lui, oliviers au feuillage argenté, arbres fruitiers commençant à débourrer, amandiers en fleur, évoquait une retraite antique. Un calme impressionnant régnait sur le mas de Césarée. A croire qu'il avait rêvé le bruit de la fontaine qui chantonnait sur les pierres.

Il caressa, presque distraitement, le chat roux et blanc venu se frotter contre ses jambes et esquissa un sourire.

— Ce que je vais faire ? répéta-t-il. Essayer de vivre.

Marceline ne s'étonna pas de sa réponse.

— Nous avons besoin d'un docteur, enchaîna-t-elle, comme si de rien n'était. La vieille Eulalie, qui « faisait » sage-femme, est morte en 1916. De toute façon, depuis, il n'y a pas eu de naissances au bourg. La guerre, vous comprenez...

Elle avait une drôle de façon de dire ça, en serrant les poings. Paul comprit brutalement.

— Vous aussi... vous avez perdu...

Il ne trouvait plus ses mots.

Marceline releva la tête. Ses yeux bruns étaient noyés de larmes.

— Marcel, mon fiancé. On se connaissait depuis qu'on était nés. On devait se marier pour la Saint-Vincent. Et puis, le maire est monté jusqu'au mas...

Sa voix se brisa. Paul eut mal pour la jeune fille.

— C'est la vie, affirme ma sœur Angèle. La grande dame de la famille. A côté d'elle, on ne me voit pas.

C'était dit sans acrimonie, mais avec suffisamment de conviction pour intriguer Paul.

— Voilà Vincent ! s'écria-t-elle.

Son ami marchait d'un pas lourd. Paul ne le reconnaissait pas vraiment dans ses vêtements de velours. Il cherchait inconsciemment l'uniforme boueux, le casque et les bandes molletières indissociables, dans sa mémoire, du Drômois.

Quand ils se serrèrent la main, avec une gravité empreinte de retenue, ils se sourirent. Tous deux savaient, sans avoir besoin de l'exprimer, qu'ils partageaient les mêmes souvenirs.

— Ta chambre est prête, toubib, dit Vincent.

Paul acquiesça. Il se retourna vers la maison, ornée d'un cadran solaire rustique.

Fugit irreparabile tempus, le temps fuit, irréparable, indiquait la devise. Pour sa part, l'Ardennais avait perdu jusqu'à la notion des heures et des jours.

2

Le silence se fit sur la place du Mail. Face à l'hôtel de ville, à l'architecture néoclassique, se tenait un corps de bâtiment prolongé de deux ailes sévères, l'école de Sainte-Apollonie. Au bout de l'allée ombragée d'ormeaux, le lavoir en pierre de taille s'adossait à une fontaine abreuvoir.

Angèle Duteil considéra d'un air satisfait la plaque gravée que Gustave Morin, le maire, venait de dévoiler.

Pendant la guerre, madame André Duteil a transformé cette école en hôpital militaire. Que son dévouement trouve ici l'expression de notre reconnaissance émue.

Les badauds, réunis autour du maire et du sous-préfet, l'applaudirent, suivant l'exemple des notables. Son époux se tourna vers elle. Après huit ans de mariage, elle ne savait toujours pas quel homme il était. Agé de quarante-six ans,

André Duteil se consacrait exclusivement à l'usine de moulinage héritée de ses parents. Dieu merci, ils habitaient un peu à l'écart du village, une vaste demeure de la fin du XVIIIe siècle que les gens de Sainte-Apollonie appelaient « la Treille ». Angèle y menait grand train, ravie de recevoir tout ce qui comptait dans la région.

Elle avait fait un beau mariage, séduisant le meilleur parti du canton.

A vingt ans, elle avait tout appris de la tenue d'une maison de cette importance guidée par sa belle-mère, Léonie Duteil, qui gérait la Treille depuis près de quarante ans. Léonie s'était éteinte en 1914, le jour de la déclaration de guerre. Elle avait eu si peur pour son fils unique que son cœur avait lâché. Cynique, Angèle avait pensé qu'elle aurait désormais plus de liberté. Elle avait alors patiemment tissé son réseau de relations, recevant avec faste, tenant même table ouverte pour les célibataires de la région. « La belle Angèle aime les jeunes gens au sang vif », chuchotait-on à la veillée. Les chasses de Duteil étaient prisées, tout comme la cuisine généreuse de Suzanne, qui officiait à la Treille depuis plus de vingt ans.

André Duteil était un bel homme, dans la force de l'âge. Se déplaçant le plus souvent à cheval, il portait avec élégance jodhpurs et bottes hautes cirées avec soin. Il donnait l'impression que rien ne parviendrait à lui faire perdre confiance en ses capacités. Il était né, semblait-il, dans un seul but :

sauvegarder l'usine de moulinage familiale. Le reste lui importait peu, à commencer par sa femme qui vivait à sa guise sans qu'il jugeât bon d'intervenir.

L'avait-il aimée ? s'était longtemps demandé Angèle. Elle ne se posait plus la question, peu soucieuse de s'interroger sur son propre comportement. Elle avait parfois le sentiment qu'André avait seulement souhaité épouser la plus jolie fille du canton. Elle était un ornement, rien de plus. Quitte à tenir ce rôle, elle entendait le faire avec élégance, et se rendait régulièrement à Montélimar où une couturière lui confectionnait des toilettes originales. Son époux avait désiré une belle femme, il devait y mettre le prix.

Ce samedi-là, Angèle étrennait un tailleur bleu roi, à la jupe entravée. Les regards des hommes présents lui prouvaient qu'elle était toujours séduisante, bien qu'elle approchât de la trentaine.

Elle chercha son frère parmi l'assistance. Vincent et elle étaient unis par une foule de souvenirs. Ils connaissaient tous les sentiers, tous les grangeons, les croix de chemin et les chapelles romanes du pays. Elle revendiquait d'ailleurs son appartenance au mas de Césarée avec une pointe de défi.

« Je suis une fille des collines, née au pied de la montagne de la Lance », disait-elle parfois, pour le seul plaisir de voir son mari froncer les sourcils. Ses interlocuteurs se récriaient. Elle, une paysanne ? Voyons, c'était impossible. Angèle glissait alors avec perfidie : « Si vous connaissiez ma sœur, vous n'éprouveriez plus le moindre doute. »

Marceline n'était pas venue à Sainte-Apollonie. Elle avait bien trop à faire avec son troupeau de chèvres. En revanche... Angèle plissa légèrement les yeux. Vincent n'était pas seul. Un homme de haute stature l'accompagnait. Il avait belle allure avec son visage aux traits réguliers, ses cheveux grisonnants aux tempes et ses vêtements bien coupés ; cependant, il émanait de lui une impression de profonde tristesse qui frappa Angèle.

Avant même de faire sa connaissance, elle avait décidé qu'il serait son prochain amant.

— Madame !

Le mot courait, se propageait, de bouche en bouche. Instinctivement, Mélanie se redressa. Comme les autres ouvrières, elle redoutait le regard pénétrant d'Angèle Duteil.

Madame était réputée ne rien laisser passer. Pourtant, elle n'était pas une « vraie » Duteil et n'avait pas été élevée dans le monde du textile et du moulinage. Elle ne connaissait que la magnanerie familiale où l'on « éduquait » les cocons de père en fils depuis six générations. Elle avait tout appris de son époux et du directeur de l'usine, monsieur Tourret. Elle aimait la soie.

L'usine, édifiée au confluent de deux rivières afin de bénéficier d'une source d'énergie hydraulique, était percée de nombreuses ouvertures. La plupart des ouvrières, cependant, travaillaient dans des salles voûtées en partie enterrées dans le sol, dont les murs épais d'environ quatre mètres les protégeaient des variations de température extérieure. C'était la règle en matière de fabrication de la soie : un air ambiant trop sec la rendait cassante. Le grand-père d'André Duteil avait établi des normes strictes ; dans ses ateliers de moulinage, la température ne devait pas dépasser vingt-cinq degrés et l'humidité devait avoisiner les quatre-vingt-six pour cent. Il fallait être en bonne santé pour tenir dans ces conditions. Beaucoup d'ouvrières venaient d'Ardèche, de l'autre côté du Rhône, où elles avaient déjà l'habitude de travailler la soie, dans les magnaneries de campagne.

Elles étaient orphelines ou placées par leurs parents assurés ainsi de toucher un salaire. L'usine Duteil avait en effet bonne réputation, même si le règlement était draconien. Pas question, en effet, pour les ouvrières d'avoir le droit de sortir seules en ville. Elles travaillaient dix à douze heures par jour, six jours par semaine. Le dimanche, elles se rendaient à l'église romane, à laquelle on accédait par une calade particulièrement raide, bordée de maisons aux portes encadrées de pierre. Seules Julie et Stéphanie ne les accompagnaient pas. Elles allaient suivre l'office au temple, situé hors des remparts.

Chez Duteil, on se disait progressistes parce que catholiques et protestantes travaillaient ensemble.

Comment aurait-il pu en aller autrement dans une région longtemps dévastée par les guerres de religion ? D'ailleurs, c'étaient des laïques qui encadraient les ouvrières, et non des religieuses comme dans certaines « usines-couvents ».

Angèle Duteil traversa lentement les salles du bas. Elle connaissait par cœur les différentes opérations nécessaires. D'abord le mouillage, consistant à assouplir le grès de la soie afin de la travailler plus facilement. On appelait aussi ce grès « séricine ». Dur, il devait être mouillé afin que le fil gardât toute son élasticité. Pour ce faire, il suffisait d'immerger les écheveaux, ou flottes, dans un bain tiède de savon neutre et d'huile végétale. Venait ensuite le dévidage, le transfert du fil des flottes sur des bobines, ou roquets. Un simple mouvement de va-et-vient permettait d'étaler la flotte sur ce roquet.

Célestine, la plus vieille des ouvrières, qui avait fêté Sainte-Catherine dix ans auparavant, n'avait pas sa pareille pour procéder au doublage. Cette opération consistait à mettre côte à côte plusieurs fils ouvrés afin d'obtenir un nouveau fil, résultat de l'assemblage.

Fière de son savoir-faire, elle veillait à ce que ses compagnes n'effectuent pas de fausse manœuvre.

« Si seulement elles étaient toutes comme Célestine », soupirait parfois André Duteil.

Angèle souriait, narquoise.

« Célestine doit être amoureuse de vous. Les plus jeunes ont d'autres préoccupations. »

André Duteil pinçait les lèvres. Deviner ce qu'il pensait n'était pas chose aisée. Habitué dès l'enfance à dissimuler ses sentiments, il était passé maître dans l'art de dominer ses émotions.

« Laissez-vous donc aller ! » avait parfois envie de lui crier Angèle.

Il désirait un enfant, ce n'était un secret pour personne. Las ! Le ventre d'Angèle restait désespérément plat. A croire, chuchotait-on dans le dos des époux, que le moulinier ne savait pas y faire. Personne, cependant, n'aurait eu le front de répéter ces médisances alors que Duteil, montant son cheval Roustan, traversait la petite ville endormie à l'heure de la sieste.

Secouant la tête comme pour chasser ces pensées importunes, Angèle passa dans la salle où se tenait le moulin. C'était une machine impressionnante, commandée par tout un jeu d'engrenages et de cames et tournant à grande vitesse. Le moulin de l'usine Duteil comportait plusieurs étages sur lesquels s'alignaient des rangées de fuseaux. Une courroie entraînait par friction le mouvement des fuseaux dans un sens variable selon la torsion, droite ou gauche, que l'on souhaitait donner, à une vitesse d'environ deux mille tours par minute.

Le moulin, de type Vaucanson, constituait pour Angèle le cœur de l'usine. Elle aimait à le voir et à l'entendre tourner, fascinée par l'appel du fil sur des bobines horizontales placées au-dessus de chaque fuseau. Un guide-fil, le barbin, lui permettait de s'enrouler sur ces bobines réceptrices. La mécanique était d'une précision rigoureuse qui plaisait à Angèle. Afin que la torsion soit bien répartie sur le fil, il fallait lui faire subir une tension. La coronelle jouait le rôle d'un régulateur de tension.

Tourret, que tout le monde appelait « le maître du moulin », déterminait la torsion du fil grâce à la vitesse de rotation du fuseau. Comme il l'avait expliqué un jour à Angèle, une vitesse d'appel de deux mètres par minute et une vitesse de fuseaux de deux mille tours donnaient une torsion de mille tours au mètre. Différents engrenages situés dans le moulin permettaient de varier la vitesse d'appel.

Il se retourna vers Angèle, tout en continuant de surveiller le tableau de commandes. Derrière lui, sur une table, étaient rangés plusieurs instruments de contrôle de la torsion du fil.

Combien de temps, encore, pourrait-il tenir sa place ? se demanda Angèle, prenant soudain conscience de sa silhouette qui se voûtait, de son regard qui se voilait. Pendant que lui, ne semblant pas se rendre compte de cet examen rapide, chantonnait : « Tourne, mon moulin, tourne… »

Angèle pivota sans prendre la peine de le saluer. Elle avait horreur des vieilles personnes. Elle-même s'imaginait mal en devenir une un jour. Plutôt mourir ! Elle frissonna et tourna les talons.

3

C'était le meilleur moment de la journée, le soleil de mai était encore supportable. Le bleu du ciel, traversé de voiles légers, n'allait pas tarder à s'intensifier, à se durcir. Dans moins de deux heures, il faudrait faire une pause, étancher sa soif à l'ombre de la treille et s'allonger une demi-heure dans la chambre fraîche avant de se rendre à la magnanerie. Vincent, Marceline et Paul continuaient de ramasser les feuilles des mûriers qui bordaient l'allée menant au mas en rangs serrés. Comme la plupart des éducateurs, Vincent avait une pépinière de mûriers derrière le mas, composée de *pourrettes*, de jeunes mûriers sauvages obtenus par bouturage. De cette manière, il ne risquait pas de se trouver à court comme en cette année du début du siècle où, ses arbres ayant gelé, il avait dû aller à Montélimar acheter de la feuille à prix d'or. Les arbres étaient enracinés depuis longtemps, hauts d'environ trois mètres, taillés en gobelet afin de faciliter le ramassage : la partie centrale de l'arbre bénéficiait de lumière tandis que la forme évasée permettait au cueilleur de ne pas se courber. Le mûrier, l'arbre d'or, était quasiment sacré. Malheur au cueilleur qui serait monté sur un mûrier avec des souliers ferrés !

Les vers à soie étaient insatiables. Pendant le premier âge, les vers issus d'une once de trente-trois grammes devaient manger environ un kilo de feuilles de mûrier par jour, ce qui ne posait pas de problème. En revanche, à compter du quatrième âge, il fallait soixante-cinq kilos de feuilles pour alimenter une once de vers à soie, et cent cinquante kilos au cinquième âge. De toute manière, on n'avait pas le choix : la feuille de mûrier constituait l'unique aliment du ver à soie. Si on ne la lui fournissait pas, il se laissait mourir de faim.

Jean-Baptiste, le berger, était venu aider. Dressé dans l'arbre, il chantait à tue-tête. Il avait montré à Paul qu'on arrachait la feuille de mûrier d'un coup sec, en remontant vers le haut du rameau. Vincent affirmait en riant qu'il « trayait » la feuille.

Vincent repoussa sa casquette en arrière. Depuis son retour, il avait abandonné le traditionnel chapeau de paille pour la « gâpette », ce qui ne plaisait guère à Marceline.

— Tu as un bon rythme, pour un homme aux mains blanches, remarqua Vincent.

D'un geste machinal, Paul considéra les paumes de ses mains. Elles comptaient plusieurs ampoules et s'ornaient de cals.

Marceline haussa les épaules.

— Un beau gâchis, commenta-t-elle.

Elle ne comprenait pas l'obstination de Paul à participer aux travaux de la ferme. Pour elle, un médecin restait un médecin, quoi qu'il fît. Il avait le devoir de soigner.

« Laisse-lui un peu de temps », lui conseillait son frère lorsqu'elle s'ouvrait à lui de ses réflexions.

« C'est un homme qui a tout perdu », avait-il consenti à lui expliquer.

Il avait eu un geste ample pour désigner le mas, leurs terres, et le troupeau de chèvres de Marceline.

« Toi et moi, on est enracinés ici, au pied de la montagne. Notre montagne. C'est notre pays, là où nos pères et nos grands-pères ont travaillé la terre, avant d'y être ensevelis. Cet amandier, là, on l'a vu pousser malgré la pauvreté du sol calcaire et, tous les ans, il ensoleille notre hiver. Tout comme, chaque année, nous suivons le cycle des vers à soie. Paul, lui, a quitté ses Ardennes pour ne pas mourir. Tu peux comprendre ça par amitié pour lui. »

Elle aurait voulu lui dire qu'elle éprouvait de la compassion à son égard mais elle n'était pas très à l'aise avec les grandes phrases. A force de fréquenter ses chèvres et ses cocons, elle était devenue taciturne, et la mort de Marcel n'avait rien arrangé. Lorsqu'elle menait son troupeau dans les collines, elle suivait quelque rêve intérieur, attentive seulement à ses bêtes et à la coloration du ciel. Elle savait qu'Angèle la considérait de haut, la jugeant simplette de se contenter de cette existence. Cela lui importait peu.

Paul redressa son dos douloureux et sourit à Vincent.

— Je manque encore d'entraînement. A quel âge as-tu commencé ?

Le frère de Marceline fronça les sourcils.

— On est nés dans les magnans, chez les Jourdans. Il y a bien eu un temps d'arrêt dans les années 1860, à cause de la pébrine. Cette maladie a ravagé la sériciculture, provoquant la mort de très nombreuses magnaneries. Pasteur, le grand Pasteur, est même venu s'installer à Alès à la demande de Dumas, sénateur du Gard. Il a dû travailler durant quatre ans avec son équipe et son microscope avant de démontrer l'existence d'un parasite.

— Un protozoaire, glissa Paul.

— Si tu veux. Tout ce que je sais, c'est qu'on a appelé « pébrine » la maladie du tube digestif du ver à soie parce que les animaux atteints avaient le corps parsemé de petites taches noires, comme des grains de poivre. Pasteur nous a fait acheter des microscopes et a recommandé de mieux aérer les magnaneries. Au mas de Césarée, on a toujours pratiqué la désinfection en lavant les murs et le taulier à la chaux vive et en faisant une bonne *estourre*, une fumigation de plusieurs plantes. Du thym, du buis, du genévrier et de la *rude*, un arbuste vénéneux. A l'époque, mon grand-père a failli tout arrêter. Mais qu'aurait-il fait d'autre ? Depuis près de deux siècles, on avait toujours vécu avec les magnans au-dessus de nos têtes.

— Je vous envie, murmura Paul. Votre vie a un sens.

Vincent parut sceptique.

— Dis plutôt qu'on ne se pose pas de questions ! On avance, voilà tout, parce qu'on n'a pas le choix.

Paul se troubla. Il entendait encore la voix chantante de sa femme Cosima lui reprocher gentiment : « Paul... pourquoi veux-tu à tout prix changer le monde ? »

Il se souvenait de cette minuscule ride qui creusait le front bombé de Cosima lorsqu'elle lui disait : « Je savais que mon destin était ailleurs. » Il l'avait aimée dès le premier jour avec une force, une intensité telles qu'il avait balayé les obstacles s'opposant à leur union et bravé sa mère. Cosima n'avait pas de dot, et sa famille était très pauvre ? C'était elle que Paul souhaitait épouser, et personne d'autre. Tant pis pour les grincheux qui chuchotaient sur le passage du couple : « Elle est arrivée sans un sou vaillant, avec une seule chemise sur le dos. » Lui la voulait nue, défaillante sous ses caresses.

Ils s'étaient mariés très vite, comme pour passer outre aux conseils de prudence. Paul revoyait la petite maison dans laquelle ils s'étaient installés, dans le quartier d'Arches. Quatre pièces, un jardinet ombragé d'un cerisier, la Meuse de l'autre côté de la route... C'était la maison du bonheur.

Il avait procédé lui-même à la délivrance. Pauline était née par une nuit de décembre, en 1913. Un accouchement difficile, Cosima était si menue, mais courageuse, ça oui. Elle trouvait le moyen de l'encourager alors qu'il avait peur pour elle et que ses gestes se faisaient moins sûrs.

Il crispa les mâchoires. Il refusait d'y penser. Cela lui faisait trop mal.

Le jour de son départ, en août 1914, Cosima, son bébé dans les bras, avait couru le long du quai tandis que le train s'ébranlait. Il aurait voulu lui crier de s'arrêter, la petite et elle risquaient de tomber, mais il n'était pas parvenu à prononcer un mot. Il la contemplait avec une sorte d'avidité. Elle était plus que belle. C'était sa femme. Ses longs cheveux noirs s'étaient dénoués, masquant son visage durant quelques instants, et une angoisse avait serré le cœur de Paul. S'il la perdait, Seigneur ! avait-il pensé alors. Il en mourrait...

Il reprit lentement contact avec la réalité sous le regard compréhensif de Vincent, se redressa. Pas question pour lui de susciter la pitié ou la compassion.

Vincent ne cilla pas.

— La vieille Philomène aimerait bien voir un toubib, déclara-t-il brusquement.

Et, comme Paul ne cherchait pas à dissimuler sa surprise, il précisa :

— Tu comprends, elle ne veut pas déranger le curé pour rien !

Il y eut un silence. Paul se racla la gorge.

— Tu penses que j'en suis capable ?

— C'est ton métier, non ? rétorqua vivement son ami. Et… franchement, tu es meilleur médecin que paysan !

L'Ardennais comprit que Vincent cherchait à le sortir de son apathie, mais il avait envie de lui demander un répit.

A quoi bon ? songea-t-il avec une sourde désespérance. Cosima et Pauline étaient mortes, il devait se résigner à cette idée.

4

Angèle Duteil releva le nez de ses comptes et fronça les sourcils. Des chiffres, toujours des chiffres. Il fallait bien qu'elle s'en charge, puisque son époux ne se souciait que de la partie commerciale de l'entreprise. Une fois par semaine, elle s'installait dans le bureau du comptable ouvrant sur la rivière, et faisait le point avec lui. Elle aimait à voir alignés sur des colonnes les montants de leurs ventes. Cela la rassurait, elle qui avait toujours besoin de plus d'argent. Elle détestait compter, se restreindre, elle avait trop vu sa mère se priver de tout. Elle se rappelait avec un pincement au cœur les jours de foire, à Taulignan. Angèle s'arrêtait devant les colifichets. Elle aurait désiré tout acheter ! Mais sa mère refusait de se laisser fléchir.

« Nous avons besoin de graines pour l'éducation », lui expliquait-elle. Et, quand sa fille faisait la moue, Geneviève Jourdans ajoutait : « La ferme passe avant tout. C'est notre gagne-pain. »

Cela, Angèle ne l'avait jamais accepté. Elle rêvait d'une autre vie, de soie et de velours, de fêtes. Elle avait vite compris que sa beauté constituait son meilleur atout.

Fréquentant l'église avec assiduité, elle était devenue indispensable au père Dominique, le curé de Sainte-Apollonie, et à mademoiselle Jeanne, sa sœur, qui l'assistait à la cure. Angèle, passée maîtresse dans l'art d'arranger les bouquets, avait été invitée aux différentes kermesses du canton. A Grignan, elle avait croisé le chemin d'André Duteil. Elle avait tout de suite compris qu'il représentait pour elle sa meilleure chance d'ascension sociale. Elle avait remarqué qu'elle lui plaisait, il avait parlé d'elle au père Dominique qui l'avait aussitôt répété à Angèle.

Mademoiselle Jeanne avait décidé de les marier. Ce serait sa croisade personnelle. Elle avait dès lors favorisé les occasions de rencontre entre le moulinier et Angèle. Duteil, pas dupe, se pliait à ces manœuvres avec un élégant détachement, comme s'il n'avait pas été vraiment concerné. De son côté, Angèle jouait serré. Elle savait qu'elle ne retrouverait jamais un aussi beau parti. Tour à tour coquette, femme-enfant, lointaine, elle offrait à Duteil un avant-goût de l'épouse qu'elle promettait d'être. En pure perte : il était resté indifférent. Le jour où elle avait pensé que tous ses espoirs étaient vains, il lui avait proposé de l'épouser.

Elle rêvait de baisers passionnés, de grandes déclarations d'amour… C'était mal connaître André Duteil. Il s'était contenté de lui proposer le mariage d'un ton désinvolte, comme s'il lui avait suggéré d'aller faire une promenade après dîner le long du Jabron.

Ne voulant pas demeurer en reste, Angèle avait réclamé un délai de réflexion. Duteil avait secoué la tête.

« Non. Maintenant. Ou jamais. »

Elle avait appris à le connaître et savait qu'il ne bluffait pas. Après tout, sa demande n'était-elle pas inespérée ? Elle s'imaginait mal passant toute sa vie au mas, à nourrir des vers à soie toujours plus exigeants et à travailler aux champs comme le faisait Marceline sans rechigner. Elle avait donc accepté qu'il vienne faire sa demande à leurs parents. Ils s'étaient mariés dans l'église de Sainte-Apollonie, qui n'avait pu contenir toute l'assistance.

Angèle se redressa, repoussa le livre de comptes.

— Les affaires reprennent bien. Il était temps que cette maudite guerre s'achève, déclara-t-elle à l'intention de monsieur Vionne, l'employé aux écritures.

Ce dernier, qui avait perdu son fils unique au Chemin des Dames, ne put réprimer un sursaut.

— Je pense que mon époux va bientôt devoir réembaucher, poursuivit-elle, imperturbable.

La guerre avait provoqué nombre de transformations dans les mentalités. De 1914 à 1918, l'économie du pays avait reposé presque exclusivement sur une main-d'œuvre féminine qui avait été de ce fait un peu mieux payée. Cependant, avec le retour des hommes, le cours normal des choses reprenait. On avait besoin de bras. Une nouvelle fois, on allait faire appel aux étrangers.

— La société n'est plus la même, risqua monsieur Vionne.

Son épouse ne s'était pas remise de la mort de leur fils. Elle l'attendait toujours, en répétant qu'il devait mourir de froid, là-haut, dans les brumes du Nord. Lorsqu'il l'entendait tenir ce genre de discours, monsieur Vionne enfonçait son chapeau sur sa tête et venait travailler à l'usine. Il avait envie de hurler sa détresse et son désespoir. Si seulement, pensait-il alors, tous deux avaient pu s'apporter un réconfort mutuel...

Angèle lui décocha un coup d'œil aigu.

— Comment ça, plus la même ? Il existe toujours les patrons et les ouvriers, que je sache !

L'employé repiqua du nez sur ses colonnes de chiffres en exhalant un soupir las. Comment aurait-il pu faire entendre raison à la belle Angèle, connue pour son égocentrisme ? D'ailleurs elle ne l'écoutait déjà plus. Elle avait marché jusqu'à la fenêtre, entrebâillé les persiennes qui maintenaient la pièce dans l'obscurité afin de ne pas laisser entrer la chaleur.

— Juin va être long, murmura-t-elle comme pour elle-même.

Elle supportait mal l'atmosphère étouffante régnant à l'usine. Dieu merci, à la Treille, le parc ombragé procurait une fraîcheur bienvenue.

Parfois, la nostalgie du mas de Césarée l'envahissait. Il faisait plus frais au pied de la montagne et les nuits y étaient plus agréables.

Elle salua l'employé, traversa les ateliers avant d'ouvrir son ombrelle et de grimper dans le phaéton conduit par Alfred. Elle prenait grand soin de son teint et ne se déplaçait qu'en voiture à cheval, ce qui faisait sourire ses anciennes camarades d'école. « L'Angèle n'était pas si fière quand elle faisait le chemin à pied depuis ses collines », se chuchotaient-elles.

Angèle Duteil n'en avait cure.

Elle se retourna légèrement en reconnaissant l'alezan du docteur Mailfait. Depuis un mois que le médecin avait ouvert son cabinet à Sainte-Apollonie, on faisait appel à lui dans tout le canton.

Un bel homme, pensa-t-elle de nouveau, détaillant avec gourmandise la haute silhouette vêtue de noir, bottée, le grand chapeau sombre dissimulant à demi l'éclat des yeux gris. Décidément, il fallait qu'elle s'arrange pour faire sa connaissance. Le moyen le plus simple était de le faire venir à la Treille. Depuis quelques semaines, elle ressentait une fatigue inexpliquée.

Angèle sourit en jouant avec la poignée de son ombrelle. Marceline et Vincent prétendaient que

Paul Mailfait ne parvenait pas à surmonter la mort de son épouse et de leur fille. Angèle se faisait fort de le consoler.

Jusqu'à présent, aucun homme ne lui avait encore résisté.

5

La chambre, ouverte sur les parfums de la nuit d'été, était chaleureuse avec son lit en noyer recouvert d'un boutis ensoleillé.

Marceline l'avait offert à Paul en lui expliquant qu'il avait été confectionné par l'une de ses aïeules, originaire de Marseille. Elle lui avait cité de mémoire la phrase célèbre de Frédéric Mistral : « Le boutis, ouvrage divin qui ressemble à un pré dont le givre broda de blanc les feuilles et les pousses », et il avait éprouvé le désir d'apprendre le provençal, pour le plaisir. Quand, cependant, en aurait-il eu le temps ?

Recru de fatigue, Paul marcha jusqu'à la croisée, prit une longue inspiration. Les roses exhalaient un parfum lourd se mêlant à celui des abricots gorgés de sucre. La maison qu'il louait était située à la sortie de Sainte-Apollonie. Deux cyprès encadraient la porte puisque, comme le lui avait dit Vincent, c'étaient les arbres traditionnels de la bienvenue.

Lorsqu'il s'y était installé, Paul s'était donné six mois pour se faire accepter des habitants de la région. Comme un sursis qu'il se serait accordé.

Conformément à ce que Vincent lui avait prédit, il était déjà intégré. On avait vite compris que le travail ne lui faisait pas peur et qu'il se déplaçait jusque dans les hameaux les plus reculés. Il avait fait l'acquisition de Roxane, sa jument alezane, à la foire de Dieulefit. Les années passées à l'armée lui avaient été d'un grand secours pour choisir un cheval de selle au sabot sûr. Il avait lu dans le regard appréciateur du maquignon que sa réputation allait être établie. Le docteur, bien qu'étranger au pays, s'y connaissait.

Il avait vécu cela comme une première victoire. Ensuite, les premières fois s'étaient succédé. Il savait qu'on attendait de voir comment il procédait face à une femme en couches. On ne faisait pas volontiers appel au docteur, la délivrance étant une affaire de femmes. Aussi Paul, lorsqu'il avait été appelé en pleine nuit auprès de l'épouse du notaire, avait-il mesuré l'importance de l'enjeu. Madame Leprêtre se tordait sur son grand lit surmonté d'un baldaquin.

Il faisait beaucoup trop chaud dans la pièce aux persiennes obstinément closes.

Tandis que le notaire l'implorait de sauver sa femme, Paul réclamait de l'eau bouillie, du savon, et demandait qu'on donnât un peu d'air dans la chambre. Une vieille servante suivait chacun de ses gestes d'un air méfiant, voire hostile.

« Apportez-moi des linges propres, s'il vous plaît », avait-il ajouté.

La délivrance de madame Leprêtre avait été longue et difficile. Il avait dû recourir au forceps, s'y était repris à deux fois, tant le bébé était gros. Quand enfin l'héritier de l'étude s'était mis à brailler après avoir reçu une tape sur les fesses, Paul l'avait confié à la vieille servante.

« Je suis sûr que vous attendiez cet instant », avait-il dit, et une ombre de sourire avait alors éclairé son visage revêche.

« Vous avez fait la conquête de Blanche, cette nuit-là », lui avouerait plus tard maître Leprêtre.

Blanche était fort influente à Sainte-Apollonie, Paul le comprit vite. Désormais, on fit appel à lui aussi bien pour les accouchements que pour les congestions ou les jambes cassées. Ce genre d'accident était fréquent fin juin, alors que les cerisiers croulaient sous les fruits rouges. Il aimait à deviser longuement avec ses patients. C'était pour lui une autre façon d'appréhender son nouveau pays, de découvrir ses coutumes et ses traditions.

Parfois, il éprouvait comme un vertige, se demandant où se trouvait désormais sa place. Il ne s'attardait pas, cependant, à analyser ses états d'âme. Il préférait s'abrutir de travail pour ne pas penser.

La nuit était profonde, encore chaude. Paul se retourna vers le lit. Avant de monter, il s'était aspergé le torse et la tête à la pompe.

— J'espère que vous ôtez vos bottes avant de vous coucher, lança une voix moqueuse.

S'il fut surpris, Paul n'en laissa rien voir.

— Si vous aviez besoin de mes services, il fallait me demander de passer à la Treille, madame Duteil, répondit-il d'un ton uni.

Il savait depuis leur première rencontre que cela se terminerait ainsi, au creux d'un lit. La belle Angèle appréciait les amants vigoureux, chuchotait-on. Cependant il n'aurait rien tenté de lui-même.

— Mieux vaudrait rentrer chez vous, reprit-il. Votre époux...

— Mon époux mène sa vie comme il l'entend, et moi de même, répliqua vivement Angèle. Pour l'instant, monsieur Duteil se trouve à Marseille. Il aurait dû savoir qu'il ne fallait pas me laisser toute seule.

Tout en parlant, elle attira Paul contre elle. Il pensa défaillir en respirant son parfum, rose et iris mêlés. Elle était nue, avec pour seule parure ses cheveux dénoués. Depuis combien de temps n'avait-il pas été aussi proche d'une femme ? se demanda Paul, incapable de la repousser.

Il enfouit la tête entre ses seins lourds avec un gémissement. Il voulait oublier son chagrin.

Cette nuit seulement, se promit-il.

Tous deux basculèrent sur le lit. Le boutis couleur de soleil glissa sur le parquet de châtaignier. Les yeux brillants, Angèle sourit.

Elle parvenait toujours à ses fins.

Vincent jeta un coup d'œil vers la chèvrerie, impatient de voir Marceline le rejoindre. En pleine période de grande *frèze*, la dernière semaine de leur existence, les vers à soie consommaient plus de feuilles de mûrier que pendant les quatre premiers âges.

Il repoussa sa casquette, s'essuya le front. La chaleur lourde, étouffante, rendait son travail plus pénible. Depuis son retour du front, il se fatiguait plus vite.

« Je suis devenu un vieux », avait-il confié la veille à Paul. Son ami l'avait réconforté.

Vincent avait été gazé, ce qui expliquait son essoufflement. De plus, quatre années de guerre ne s'effaçaient pas ainsi. Quand il se remémorait leurs conditions de vie au front, Paul frissonnait. Dans la boue et la crasse en permanence, les poilus avaient connu l'indicible, traversé des épreuves qui les avaient marqués à jamais. Comment s'étonner qu'ils aient du mal à oublier ? De plus, lorsqu'il côtoyait des hommes comme son beau-frère, « planqué », ainsi que le disait fort justement Marceline, Vincent avait le sentiment d'appartenir à un autre monde. André Duteil ne se souciait guère des « petits », seule comptait pour lui l'usine de moulinage. A croire qu'il manquait singulièrement de cœur. Il suffisait pour en être convaincu de le voir exiger toujours plus de rendement de la part de ses ouvrières...

— Il me faudrait une machine, dit Vincent.

Marceline, revenue de la chèvrerie, leva les yeux au ciel. Son frère avait déjà investi dans l'acquisition de plusieurs coupe-feuilles, finalement décevants car ils avaient tendance à déchiqueter la feuille.

Pour ce faire, il avait emprunté de l'argent à Paul, elle le savait. La jeune fille en avait perdu le sommeil. Chez les Jourdans, on ne contractait pas de dettes. Jamais. Même si Vincent lui promettait monts et merveilles.

Les temps étaient durs, soupira derechef Marceline. On aurait pu croire que tout redeviendrait comme avant une fois la guerre terminée, mais c'était loin d'être le cas. On manquait toujours de bras. La France avait payé un lourd tribut à la guerre. Lorsqu'elle passait sur la place de Sainte-Apollonie, là où les travaux nécessaires à l'édification du monument aux morts avaient commencé, Marceline se détournait. Elle songeait à Marcel, son fiancé. Vincent ne pouvait pas comprendre. C'était un homme de la terre, rude à la peine, qui s'était endurci pour ne pas sombrer. Il parlait peu et, lorsqu'il le faisait, c'était seulement pour évoquer les travaux de la ferme.

Angèle était inaccessible. Marceline avait compris que sa sœur la méprisait parce qu'elle ne partageait pas ses ambitions. Comment pouvait-on se consacrer à un troupeau de chèvres et aux vers à soie en 1919 ?

« Ma pauvre fille, tu vis dans le passé », signifiait le regard empreint de dédain qu'Angèle posait sur sa sœur.

Marceline et Vincent n'étaient jamais conviés à la Treille. On ne mélangeait pas deux mondes aussi différents. Cela importait peu à Marceline ; il n'y avait pas de place pour elle sous les hauts plafonds du château. Elle avait besoin de ses collines pour se sentir chez elle.

Elle caressa Belline, sa chèvre préférée, dont le comportement l'inquiétait. Soucieuse, Marceline l'examina avec une attention accrue. Elle entendait encore son père lui confier : « Ce qui fait un bon éleveur, c'est l'œil ! » et savait qu'elle avait déjà sauvé plusieurs de ses chèvres grâce à ses qualités d'observation. Par prudence, elle passerait la nuit prochaine dans la chèvrerie afin de veiller sur Belline.

6

Une mouette passa au-dessus de la rue de l'Amandier en criaillant de façon irritante. André Duteil leva les yeux, suivit un instant son vol avant de chercher l'enseigne de la Louisiane.

C'était une maison comme il y en avait beaucoup au nord du Vieux-Port, dans ce que les bourgeois nommaient « les rues chaudes » avec un délicieux frisson. Le moulinier avait coutume de s'y arrêter à chacun de ses voyages à Marseille. Il régnait une atmosphère bon enfant dans la rue de l'Amandier où les prostituées, qu'il préférait appeler du joli nom de « dames de partage », prenaient le frais sur des chaises paillées, leurs déshabillés entrouverts sur des appas plus ou moins fanés. Après plusieurs mois d'abstinence, les marins qui débarquaient à Marseille n'étaient guère regardants.

Duteil, pour sa part, venait toujours voir la même personne : Lucienne, une petite femme blonde aux grands yeux clairs cernés de bistre. Il l'avait connue vingt ans auparavant, alors qu'elle venait d'entrer à la Louisiane, la maison accueillante de madame Juliette.

André s'était pris d'affection pour cette gamine qui n'avait pas sa langue dans sa poche. Elle arrivait d'Aix et rêvait de connaître un jour Paris. Elle disait cela d'un air gourmand – Paris – en arrondissant sa bouche charnue, trop maquillée au goût de Duteil. Il songeait parfois que ses amis de Sainte-Apollonie ne manqueraient pas d'ironiser s'ils avaient vent de sa relation avec une prostituée de trente-sept ans, mais il s'en moquait. Lucienne faisait partie de sa vie. A ses yeux, elle était même aussi importante que l'usine.

Viviane, une accorte jeunesse qui portait une marinière et un béret incliné sur l'oreille, lui adressa un clin d'œil complice.

— Ça va comme tu veux, bourgeois ? lui lança-t-elle d'un air canaille.

André lui sourit en retour.

— Toujours quand je viens à la Louisiane. Lucienne est là ?

Viviane ricana. Soudain, elle parut très vieille, en dépit de ses vingt ans.

— Où veux-tu qu'elle soit ? Même si les barreaux ne sont pas visibles, ici, c'est une prison comme une autre. On y est pour perpète !

André frissonna, presque malgré lui, tout en pensant que Viviane exagérait. Lucienne, elle, ne se plaignait jamais.

Il poussa la portière en perles de bois et apprécia la fraîcheur régnant à l'intérieur du salon. Madame s'empressa. Elle avait une silhouette imposante, des bajoues et un chignon volumineux d'une curieuse couleur roussâtre. « Queue-de-vache », disait Lucienne en pouffant derrière sa main comme une gamine.

Comme d'habitude, la meilleure chambre lui était réservée. Il monta l'escalier aux marches recouvertes d'un tapis usé au milieu en sifflotant.

Chaque fois qu'il allait retrouver Lucienne, il se sentait joyeux.

Elle n'avait pas changé. Les seins lourds, la silhouette callipyge, tout en elle était rondeur rassurante. Elle ne portait pas de parfum bon marché au patchouli, préférant utiliser le savon de Marseille.

— Il y a bien longtemps, dit-elle en guise de salut.

Son regard était triste. André n'avait pas envie de savoir ce qu'elle avait fait de sa vie durant les six derniers mois. Il n'avait qu'un désir, s'oublier en elle. Avec Lucienne, il n'avait jamais redouté de ne pas être à la hauteur.

— Je t'attendais, reprit-elle, ouvrant son peignoir orné de ramages rouges et noirs.

André Duteil soupira d'aise avant de se laisser entraîner vers le meuble de toilette dissimulé derrière un paravent. Si seulement, pensa-t-il, son épouse avait pu être aussi douce que Lucienne…

Il fronça les sourcils. Il ne voulait pas songer à Angèle. Surtout pas.

Le parfum des dernières roses, opulentes, somptueuses, s'insinuait dans la chambre, ouverte sur la nuit. Angèle, nue, s'étira lentement, prenant soin de mettre en valeur son corps parfait. Elle se faisait admirer, consciente du regard chargé de désir de son amant.

Elle savourait ce mot d'amant. Jusqu'à présent, elle avait eu des aventures d'un soir, sans grande importance, histoire de se rassurer quant à son pouvoir de séduction. Avec Paul Mailfait, c'était différent. Elle l'aimait – dans la mesure où elle était capable d'aimer quelqu'un d'autre qu'elle-même.

Elle avait pris l'habitude de venir l'attendre chez lui une ou deux nuits par semaine, suivant l'emploi du temps de son époux. Il ne lui disait jamais s'il était heureux ou non de la trouver dans sa chambre, et cette incertitude mettait les nerfs d'Angèle à vif. Chaque fois, pourtant, il lui faisait l'amour avec une sorte de violence, comme si c'était pour lui le seul moyen de se prouver qu'il était encore en vie.

Un exutoire, avait pensé Angèle une nuit. Pour ne pas laisser voir à quel point l'attitude de Paul la blessait, elle s'était montrée encore plus audacieuse. Elle avait lu de l'étonnement dans le regard qu'il posait sur elle. Quelque chose d'autre aussi, d'indéfinissable, qui lui avait causé un malaise. Comme s'il l'observait, se demandant jusqu'où elle était capable d'aller.

Jusqu'où ? Angèle elle-même l'ignorait. Elle savait seulement qu'elle ne laisserait jamais le docteur Paul Mailfait lui échapper.

7

1920

La silhouette des Préalpes se détachait sur le ciel d'un bleu dur. La chaleur de la fin juin était oppressante. Les cigales stridulaient de façon lancinante, comme une invitation à la sieste.

— Les premiers mois, j'ai pensé que je ne m'habituerais pas au climat, confia Paul à son condisciple et ami, Elie Cluzel, venu lui rendre visite de Grenoble où il était installé.

Tous deux avaient suivi les cours de l'Ecole de médecine militaire de Lyon. A l'exemple de Paul, Elie se conformait à une tradition familiale : on était médecins de père en fils chez les Cluzel.

Elie rit de bon cœur.

— Ne me dis pas que tu regrettes les brumes de tes Ardennes ? Si ? C'est à se demander comment tu as fait pour venir t'exiler ici !

Le visage de Paul s'assombrit.

— Je n'avais pas le choix, déclara-t-il.

Elie se mordit la lèvre. Quel fichu maladroit il faisait ! Il aurait dû savoir que certains sujets ne devaient pas être abordés. Le temps ne faisait rien à l'affaire. Sa vie durant, Paul porterait en lui le deuil de Cosima et de Pauline.

Gêné, Elie toussota.

— Tu es bien ici, reprit-il, désignant d'un geste de la main la maison que son ami occupait depuis un an. Te sens-tu intégré ?

Paul esquissa un sourire.

— Etant donné que je me déplace tous les jours que Dieu fait, par tous les temps, on a très vite accepté ma présence. Je crois qu'on m'apprécie, même si je ne comprends pas encore le provençal.

Il tentait de se familiariser avec certaines expressions locales en devisant avec Marthe, la domestique qu'Angèle lui avait recommandée. Tous deux s'entendaient bien. « On forme un bon attelage, vous et moi », lui avait-elle déclaré au bout de deux semaines, et il avait acquiescé en souriant.

Marthe n'avait pas eu une vie facile. Paul le savait par Vincent car, bien entendu, elle aurait préféré se faire hacher menu plutôt que de se plaindre. Elle lui avait simplement confié, un soir d'hiver : « Moi, je suis née au bord du chemin. » Il avait compris ce qu'elle avait voulu dire en discutant avec Vincent : Marthe était une enfant de l'Assistance, née en 1880. Sa mère l'avait vraisemblablement déposée à la porte de l'orphelinat de Montélimar où une religieuse l'avait recueillie. Placée dans une famille nourricière, la petite avait dû, dès dix ans, travailler dans une ferme. L'apprentissage était rude sous la férule de la fermière, particulièrement redoutable. Première levée, dernière couchée, Marthe s'occupait du ménage, des poules, gardait un œil sur les chèvres qu'elle trayait deux fois par jour, repassait le linge, lavait la vaisselle à l'eau bouillante afin d'éliminer toute trace de graisse... Elle s'était mariée avec le premier homme à faire sa demande, un charretier mort prématurément, écrasé sous son chargement. Marthe avait alors décidé que, désormais, elle choisirait ses employeurs. Elle avait travaillé chez le pharmacien avant de venir chez le docteur.

Elle était restée chez Paul, ravie de disposer d'une chambre pour elle seule et de pouvoir s'organiser à sa guise. Le docteur était arrangeant. Jamais un mot plus haut que l'autre, et des attentions auxquelles on ne l'avait guère accoutumée ! Il lui parlait avec respect, s'inquiétait de ses préférences en matière culinaire, lui accordait tout son dimanche... Qu'en aurait-elle fait, Seigneur ? Elle n'avait pas de famille, pas d'amis.

Désormais, le docteur et sa maison constituaient son univers.

— Que devient ta mère ? s'enquit Elie, d'un ton un peu trop désinvolte.

A l'Ecole de médecine, Paul et lui étaient suffisamment proches pour échanger des confidences.

Paul avait évoqué à mots couverts cette mère castratrice qui ne supportait pas de voir son fils s'éloigner d'elle. Veuve à l'âge de vingt et un ans, Adèle Mailfait, qui ne savait rien faire excepté jouer divinement du piano, s'était remariée quatre ans plus tard avec le docteur Malot, médecin comme le père de Paul. Ce dernier n'avait pas eu le choix : il avait dû faire médecine. Le vieux docteur Malot, son grand-père par alliance, l'avait beaucoup marqué. Homme d'une grande culture, parlant couramment aussi bien le latin que le grec et l'allemand, Théodore Malot impressionnait le gamin timide qui le considérait avec un respect mêlé de crainte. Paul devait appeler « monsieur » celui qui le vouvoyait et lui donnait du « jeune homme ».

Sa mère lui répétait qu'il ne fallait pas le décevoir. Il avait grandi avec une conscience aiguë de son devoir. Il ne s'était jamais rebellé – jusqu'au jour où il avait rencontré Cosima. Ce jour-là, il avait refusé de se plier aux ukases maternels.

Elie savoura la dernière bouffée de sa cigarette.

— Tu te souviens du tabac qu'on touchait au front ? Je sens encore l'odeur du « roulé ».

Paul acquiesça d'un hochement de tête. Ils portaient en eux des souvenirs qu'ils ne pouvaient pas partager avec ceux de l'arrière.

— Je compte sur toi, reprit Elie. Tu m'as promis de venir à Grenoble.

Avec le train, c'était facile.

— Je verrai, répondit Paul, sans se compromettre.

Il consacrait le peu de temps libre dont il disposait à la lecture de revues médicales et à l'aménagement de la maison. Vincent, qui lui louait le mazet, lui avait laissé carte blanche.

« Tu es ici chez toi, tu le sais bien », lui avait-il dit.

Elie sourit.

— Tu viendras au moins assister à mon mariage.

Il s'apprêtait à épouser Amélie, la fille d'un notaire grenoblois qui avait été sa marraine de guerre.

— Je ne prise guère les mondanités, répondit Paul après un temps de silence.

Elie l'observa à la dérobée. Son ami était bel homme avec sa haute stature, ses yeux clairs d'homme du Nord, ses traits réguliers. Rompu à la pratique du tennis, de l'escrime et de l'équitation, il affichait une silhouette mince et musclée. Un homme dans la force de l'âge, pensait-on en le voyant. Cependant, son regard était empreint d'une tristesse insondable. Elie craignait que Paul Mailfait ne se remît jamais du double deuil qui l'avait frappé.

Avec tact, il fit diversion. A la différence de son ami qui revendiquait haut et fort son statut de médecin généraliste, il avait choisi de se spécialiser en psychiatrie.

Paul proposa à Elie de l'emmener jusqu'aux champs de lavande, du côté de la Roche-Saint-Secret. Tous deux étant bons marcheurs, la promenade serait agréable.

Ils se mirent en route alors que le clocher de l'église sonnait cinq coups. Paul connaissait des chemins ombragés bordés de mûriers, omniprésents dans la région. Elie parut intéressé par la voracité des vers à soie.

— Tu verras, dit-il à son ami, nous vivons une époque passionnante. Je suis convaincu que les découvertes médicales vont s'accélérer dans la prochaine décennie.

Tous deux avaient été impressionnés par les travaux de Pierre et Marie Curie. Le radium avait déjà changé la donne, permettant d'affiner le diagnostic du médecin. Elie rêvait de sonder les âmes aussi bien que le corps humain. Paul fit la moue.

— Laisse à tes patients une part de leur mystère, lui conseilla-t-il.

Sa nouvelle vie lui avait appris à composer avec la nature. Après avoir tenté de réparer, quatre années durant, les conséquences de la folie meurtrière des hommes, il aspirait à prendre un peu de recul. Marceline et Vincent l'avaient bien compris. Ils discutaient avec lui du rôle bénéfique des plantes, un savoir qu'on se transmettait de génération en génération chez les Jourdans.

— Regarde...

Une mer de lavande les attendait, offerte, d'un bleu accentué par le contraste avec le vert des chênes. A en croire Marceline et Marthe, cette fleur magique guérissait pratiquement tous les maux.

— C'est ici mon pays, désormais, reprit Paul, d'une voix un peu enrouée. Le travail ne manque pas, mais cela me convient.

Il adressa un clin d'œil à Elie.

— Je ne ferai pas fortune, comme tu pourrais le faire avec tes patients de Grenoble. Peu m'importe. J'ai juste besoin d'une raison de vivre.

Une légère brise parcourait les champs de lavande, qui frissonnaient sous la houle. D'ici quelques jours, les enfants et les femmes, faucille à la main, viendraient cueillir la « bleue ». Un labeur harassant, sous le soleil, qui cassait le dos et écorchait les mains. Mais pas question de s'y dérober. La lavande permettait de gagner quelques sous.

Elie tapota l'épaule de son ami.

— Ta vie n'est pas finie, Paul. Tu es jeune, encore.

Paul ne répondit pas. Angèle, déjà, lui avait tenu le même genre de discours. En vain. Au fond de lui, il savait qu'il n'aimerait plus.

— Prends bien soin d'Amélie, se contenta-t-il de recommander à Elie.

8

L'orage menaçait depuis la veille. Le tonnerre grondait à intervalles réguliers au-dessus de Sainte-Apollonie. L'atmosphère très humide des ateliers de moulinage se faisait irrespirable pour Mélanie. La jeune fille porta les mains à sa gorge, cherchant l'air. Elle étouffait.

Se mordant violemment la lèvre, elle s'efforça de ne pas s'affoler.

— Respire doucement, lui conseilla son amie Emilienne qui l'observait avec inquiétude.

Mélanie était fragile, elles le savaient toutes les deux. Le travail était dur, à l'usine Duteil. Dix, douze heures par jour, et ce malgré la loi de 1919 limitant la durée du travail à huit heures.

« Si vous y trouvez à redire, monsieur Duteil ira chercher des ouvrières en Italie », avait menacé la « patronne » au début de l'année. On savait bien que les Italiennes étaient encore moins payées que les orphelines venues d'Ardèche et de Drôme. Misère pour misère, on préférait rester entre soi, affirmait Emilienne.

C'était une grande fille robuste. Depuis leur arrivée à l'usine, elle avait pris la frêle Mélanie sous sa protection. Celle-ci avait d'ailleurs menti le jour de son embauche, se gardant de mentionner ses quintes de toux nocturnes et ses crises d'étouffement.

« Tu fais tout pour te faire remarquer », lui répétait sœur Marie-Madeleine à l'orphelinat. Un jour, elle lui avait jeté au visage un broc d'eau glacée. « En voilà assez avec tes simagrées ! » avait-elle tonné.

Suffoquée, saisie, Mélanie avait cru sa dernière heure arrivée. Depuis, elle souffrait en silence. Ce matin, pourtant, elle avait beau se dire que ça allait passer, rien n'y faisait. Elle cherchait l'air, et sentait bien que son malaise s'aggravait.

— Tu es toute blanche, s'alarma Emilienne.

Sans plus se soucier de la contremaîtresse qui tentait de s'interposer, elle saisit son amie par le bras et l'entraîna dans l'escalier. Lorsqu'elles furent parvenues dehors, elle l'appuya contre le mur.

— Respire, ma belle ! l'exhorta-t-elle.

Mélanie se pâmait en portant les mains à sa gorge. Affolée, Emilienne appela à l'aide. Le gardien accourut. Les coursiers et les ouvrières s'écartèrent pour céder le passage au docteur Mailfait.

Par chance, il visitait ce matin-là André Duteil, qu'il soignait pour sa tension. Prévenu par Maurice, le gardien de l'usine, il s'était empressé d'accourir auprès de Mélanie. D'un coup d'œil, Paul comprit. Il entraîna Mélanie vers un banc, l'assit bien droite, lui fit respirer le cognac dont il avait toujours une flasque sur lui. Lentement, l'adolescente retrouva son souffle. Il put alors la questionner gentiment avant de l'ausculter. Maurice s'était chargé de renvoyer les curieux à leur poste. Lorsqu'il se redressa, le visage de Paul était grave.

— Petite, tu ne dois plus travailler à l'usine, dit-il à Mélanie.

La gamine s'affola. Cela faisait à peine un an qu'elle était arrivée à Sainte-Apollonie. De quoi allait-elle vivre ? On la jetterait à la rue et elle n'avait pas de parents, ni de frères et sœurs.

Tout en s'efforçant de la rassurer, Paul se disait qu'il ne s'habituerait jamais à cette misère. Il avait beau tenter de sensibiliser les Duteil au sort de leurs ouvrières, il savait qu'il n'était pas parvenu à les convaincre. Oh ! certes, les orphelines n'étaient pas maltraitées à l'usine de moulinage, mais elles effectuaient des journées de travail trop longues, dans une atmosphère débilitante. Il leur aurait fallu une nourriture plus riche en viande, des sorties plus nombreuses…

Il posa une main apaisante sur l'épaule de Mélanie.

— Je parlerai à monsieur Duteil. Il faut te soigner.

Que pouvait-elle faire ? Elle n'avait pas d'argent, ignorait tout de la tuberculose et des règles de prophylaxie. Dès qu'il aurait prononcé le mot qui faisait si peur, Mélanie deviendrait une paria.

— Attends-moi ici, reprit-il.

Quelles qu'en soient les conséquences, il devait parler à André Duteil. Ensuite, il emmènerait la gamine chez lui. Telle qu'il connaissait Marthe, elle l'aiderait.

Tout en marchant à grandes enjambées vers le bureau de Duteil, il songea que, pour la première fois depuis longtemps, il avait un but.

Sauver Mélanie.

Le relief des Préalpes du Sud dominait la vallée du Jabron, sans paraître pour autant écrasant. Des genêts s'accrochaient aux talus bordant la route étroite menant à Dieulefit. Blottie contre les falaises de safre, la ville avait débordé de ses remparts pour s'étendre vers des promenades ombragées de platanes.

Paul se tourna vers Mélanie, assise à ses côtés. Il avait pris rendez-vous avec un jeune médecin qui vantait les vertus du climat dans de nombreuses revues médicales.

— Eh bien, qu'en dis-tu ?

L'adolescente rougit. Elle avait peur.

— C'est une ville différente, murmura-t-elle.

Elle aurait pu ajouter qu'elle se défiait des villes. Elle ne connaissait de Sainte-Apollonie que l'usine Duteil et l'église, où elle se rendait chaque dimanche matin. Même si le travail était dur à l'usine, elle se sentait protégée du monde extérieur. Or, tout d'un coup, elle se retrouvait plongée dans un autre univers.

La lumière baignait les silhouettes étagées des maisons construites en pierre calcaire, surmontées d'un toit de tuiles rondes. La falaise des Rouvières dominait le temple, ceinturé de grilles.

Mélanie cligna des yeux. De nombreuses questions se bousculaient dans sa tête. Elle se demandait si elle n'allait pas mourir, si elle pourrait retravailler un jour, se marier, avoir des enfants... Elle avait pleuré quand le docteur lui avait demandé s'il lui restait de la famille. Elle avait secoué la tête avec une obstination douloureuse. Elle avait le vague souvenir de quelques gestes tendres, d'un bonbon qu'on lui donnait à sucer le soir, quand elle avait été sage. C'était avant ses cinq ans, avant la mort brutale de mémé Jeannette, sa grand-mère.

Mélanie, qui dormait avec elle, s'était réveillée un matin frissonnante. Il faisait glacial dans la salle. Le feu n'était pas allumé et mémé Jeannette était allongée, froide et déjà raidie, dans le lit.

La gamine avait hurlé si fort que Damien, le valet, était accouru.

« La vieille Jeannette est passée », avait-il déclaré sans émotion apparente et, pendant longtemps, Mélanie avait été incapable de trouver le sommeil. Comment ? On pouvait s'endormir et passer de vie à trépas, comme ça, pendant la nuit, sans le moindre signe avant-coureur ?

Le fils de mémé Jeannette était venu avec sa femme, une personne revêche portant moustache, ce qui avait mis l'effroi de Mélanie à son comble. Elle les avait entendus parler d'une bâtarde dont il convenait de se débarrasser au plus vite. Elle n'aurait jamais imaginé qu'il s'agissait d'elle ! Mémé Jeannette l'appelait « Nini », ou encore « mon soleil ». Bâtarde... qu'est-ce que cela signifiait donc ? Elle l'avait compris après avoir vécu quelques jours à l'orphelinat où Félicie, la femme à moustache, l'avait déposée, comme elle l'eût fait d'un paquet encombrant.

Les bâtardes comme elle n'avaient que des devoirs, et aucun droit. Elevée à la dure, sans tendresse, Mélanie avait considéré comme une délivrance la perspective de travailler à l'usine Duteil, à partir de ses douze ans. Elle avait vite déchanté. Les journées de travail étaient longues et, surtout, sa santé se dégradait de plus en plus. Ses terribles quintes de toux l'effrayaient.

La jument du docteur gravit sans peine une côte plutôt raide. De là, le regard embrassait le doux vallonnement des collines.

— C'est beau, souffla Mélanie, sous le charme.

Elle ne vit pas l'inscription « Préventorium de Bellevue » sur la façade de la grande villa. De toute manière, elle ne connaissait pas la signification du mot « préventorium ». Simplement, accueillie par une jeune femme au délicieux sourire, elle pressentit qu'ici, on allait peut-être la respecter. Et elle se sentit déjà mieux.

9

Chaque jeudi, c'était le même rituel. Marceline, levée dès potron-minet, chargeait la charrette, attelait Coquet, le robuste percheron, et prenait la route de Nyons, où se tenait l'un des plus grands marchés de la région. Elle allait y vendre ses cocons et ses fromages, et vivait ce rendez-vous comme une récréation dans son emploi du temps monotone. Ce jour-là, Vincent s'occupait des chèvres en bougonnant. Le frère et la sœur s'*engrainaient* régulièrement pour des vétilles. Mais Marceline savait qu'elle pouvait compter sur lui. Les champs d'oliviers cernaient la sous-préfecture. Abritée du mistral par les montagnes de Vaux, de Garde-Grosse et d'Essaillon, Nyons était baignée d'une lumière douce, qui faisait chanter la gamme d'ocres et de roses des toits de tuiles. Marceline plissa les yeux. Une foule nombreuse se pressait déjà sur la place des Arcades. Elle attacha Coquet à l'un des nombreux anneaux prévus à cet effet et héla le jeune Christian, le fils de la mercière. Chaque jeudi, moyennant une pièce, il lui déchargeait ses *bourras* remplis de cocons. Il s'agissait de sacs de toile de jute utilisés pour transporter aussi bien le tilleul que les cocons ou la lavande.

Christian, un gamin au visage rieur, ôta sa casquette.

— Ça va comme vous voulez, Marceline ?

Elle lui sourit.

— Bien. Et toi ?

Elle aimait l'atmosphère du marché de Nyons. La place des Arcades offrait un cadre plein de charme aux échanges. Tout le monde se connaissait. La jovialité était de mise. A la mi-journée, quand les vendeurs avaient remballé leurs éventaires, ils avaient pour habitude de sortir leur *biasse*, leur casse-croûte, ou bien d'aller manger des godiveaux, de petites saucisses de porc, aux terrasses des cafés qui les servaient en accompagnement d'un verre de vin rouge.

Marceline, établie à sa place habituelle, devant le magasin de nouveautés Au Petit Paris, disposa avec soin ses fromages sur des clayettes.

Elle avait ses clients, qui revenaient d'une semaine sur l'autre. Certains lui demandaient des nouvelles de Belline, sa chèvre préférée. Ses fromages comme ses cocons, elle n'avait pas besoin de les vanter. Elle s'installait et contemplait le spectacle qui lui était offert, exactement comme le jour où Marcel l'avait emmenée au café du Kiosque, place du

Champ-de-Mars, assister à une séance de « cinématographe ». Un grand drap déplié faisait office d'écran. Marceline avait beaucoup ri aux facéties des acteurs avant de trembler face à Fantômas. C'était l'été 1914, juste avant la guerre.

Elle déglutit avec peine. Elle avait la gorge sèche, mais ce n'était pas seulement à cause de la poussière du chemin. Chaque fois qu'elle pensait à son fiancé, le cœur lui manquait.

Ferdinand, le marchand d'olives, vint se planter devant elle.

— Je te salue, Marceline ! Dis-moi, quand vas-tu te décider à prendre époux ? Tu dois te languir, là-bas, au mas de Césarée !

— Pas au point de me marier avec toi ! répliqua vivement la jeune fille.

Quelques badauds s'esclaffèrent. Beau joueur, Ferdinand mit chapeau bas.

— Touché, ma jolie ! Sans rire, j'aurais bien aimé te conter fleurette.

Marceline ne répondit pas. Le marchand d'olives, un quadragénaire râblé, avait la réputation d'être un brave homme, courageux et honnête. Il y avait plus de dix ans qu'il tournait autour de la sœur cadette de Vincent, sans le moindre espoir ; elle lui avait déjà expliqué à plusieurs reprises qu'elle n'éprouvait pour lui que de l'amitié. Rose, qui vendait elle aussi ses cocons « éduqués » dans sa ferme du Pègue, se tourna vers Marceline.

— Que feras-tu, le jour où Vincent se mariera ?

Son nez pointu lui valait le surnom peu flatteur de Belette. Marceline se défiait d'elle, la sachant prompte à critiquer son prochain.

— Nous verrons bien ! répondit-elle avec une désinvolture assez bien imitée.

Vincent marié ? Seigneur ! elle n'y avait jamais pensé. Dans son esprit, tous deux continueraient d'exploiter le mas comme ils l'avaient fait depuis le mariage d'Angèle. Marceline estimait avoir des droits sur la ferme. Ne s'était-elle pas échinée à la conserver vaille que vaille, durant les quatre années de guerre ?

Rose, la voyant songeuse, enfonça le clou.

— Dame, tu n'es qu'une femme ! insista-t-elle.

Marceline se redressa.

— Et après ? Je travaille autant qu'un homme, et je ne perds pas mon temps au café !

— Bien dit ! approuva bruyamment monsieur Lemerre, un négociant.

Il se pencha sur les *bourras* de Marceline, vérifia la qualité des cocons.

— De la belle ouvrage, comme toujours, apprécia-t-il. Marceline, mon petit, je vous prends tout le lot.

Elle le remercia d'un sourire. C'était un plaisir de faire affaire avec le vieil homme. Point n'était besoin de marchander, elle savait qu'elle pouvait lui faire confiance.

Il lui glissa plusieurs billets dans la main.

— Saluez bien Vincent pour moi, surtout, lui recommanda-t-il.

Ses pratiques habituelles lui avaient déjà acheté tous ses fromages. Elle remit ses clayettes dans la charrette qui était rangée avec beaucoup d'autres dans la rue des Bas-Bourgs et s'accorda le plaisir de faire un tour de marché. Elle jeta un coup d'œil distrait aux marchands de volailles, sur la place du Pont, avant de s'arrêter devant les potiers de Dieulefit et le confiseur.

Vincent avait un faible pour le nougat, bien dur, cuit au chaudron suivant les règles de l'art.

Elle passa devant le colporteur sans s'arrêter. Contrairement à Angèle, elle n'avait jamais été attirée par les colifichets. Elle portait toujours ses cheveux tressés en une longue natte qui lui battait les reins. L'été, son chapeau de paille l'abritait du soleil. Elle achetait deux fois l'an un coupon de satinette noire dans lequel elle taillait elle-même ses tabliers. Elle puisait des robes dans l'armoire de sa mère, et les retouchait à sa taille. De toute manière, comment aurait-elle pu procéder autrement ? Elle n'avait pas d'argent en propre. Les phrases cruelles de la Belette sonnaient douloureusement à ses oreilles. Si Vincent se mariait, que deviendrait-elle ?

Elle s'éloigna du marché, remonta la rue des Bas-Bourgs en direction du quartier de la Maladrerie. Là-bas, à la *scourtinerie*, on fabriquait depuis le siècle précédent des *scourtins* résistant à la force accrue des presses hydrauliques, remplaçant celles à vis. Il s'agissait de sortes de bérets plats, ronds, en fibres végétales, employés dès l'Antiquité romaine pour servir de filtre lors du pressage des olives réduites en pâte. Les *scourtins* laissaient passer le jus du fruit, l'huile si précieuse, tout en retenant les morceaux de noyaux. En 1892, Ferdinand Fert, un tisserand, avait utilisé de la fibre de noix de coco, imputrescible et résistante à la traction, et mis au point de nouveaux métiers à tisser mécaniques.

A l'école, Marceline avait connu Catherine, une cousine éloignée du patron. Elle aurait bien aimé savoir ce qu'elle devenait.

Il faisait chaud dans l'atelier, et la poussière des fibres en suspension fit tousser Marceline.

Le patron ôta sa casquette pour la saluer. Il parut étonné de sa requête.

— Tu ne sais donc pas que Catherine est mariée et établie à Pierrelatte ? Elle a déjà deux *petitouns*. Tu devrais aller lui rendre visite. Avec le chemin de fer, c'est facile…

L'inauguration de la ligne Pierrelatte-Nyons, en 1898, avait fait couler beaucoup d'encre. Le président de la République, Félix Faure, était venu en personne à Nyons à cette occasion.

— Belle fille, apprécia un ouvrier après qu'elle eut pris congé.

Le patron secoua la tête. Ça lui faisait peine d'expliquer à ses employés que Marceline était une « veuve blanche ». Il ressentait une impression de gâchis. Le pays avait été saigné à blanc. Tous ces morts dont les noms commençaient à s'inscrire sur les monuments qu'on édifiait dans chaque village… Il renifla avec dégoût.

— La guerre, quelle chiennerie ! marmonna-t-il.

Marceline attela Coquet à la charrette alors que la place du Pont se vidait lentement. Elle éprouvait un sentiment indéfinissable de mélancolie. Sa récréation était terminée. Elle devait se hâter pour rentrer avant la traite du soir. Heureusement, elle avait préparé le souper la veille. De la soupe au pistou, en suivant scrupuleusement la recette de sa mère, avec des haricots blancs tout fraîchement cueillis et du jambon de l'Ardèche, qu'elle conservait soigneusement enveloppé dans un torchon.

Coquet trottait allégrement sur la route poudreuse. Les montagnes barraient l'horizon. L'air encore chaud desséchait le gosier.

Marceline obliqua sur la route de Sainte-Apollonie alors que le soleil incendiait le ciel. Sous la lumière rasante, les montagnes viraient au violet. La jeune fille pensa avec un pincement au cœur qu'elle aimait son pays de collines plus que toutes les villes.

— On rentre à la maison, Coquet, dit-elle au cheval qui redressa les oreilles.

De nouveau, elle songea à la Belette.

Si Vincent se mariait… eh bien, elle irait en compagnie de ses chèvres vivre au pied de la Lance.

Rassérénée, elle fit claquer sa langue. Il lui tardait d'être de retour au mas.

10

1922

Si elle fermait les yeux, Nevart apercevait les vergers couverts de fleurs d'Amassia. Des champs roses à perte de vue. Elle se revoyait, enfant, disant à son grand-père, dont elle tenait la main bien serrée : « Quand je serai grande, presque aussi grande que toi, je pourrai grimper aux arbres ? » Grand-père Myran souriait. Pour elle, il souriait toujours, même s'il avait été déçu le jour de sa naissance. Sa mère, Anissa, aurait dû avoir un fils en premier. Peu importait à Nevart ! Elle savait bien qu'elle était la préférée de grand-père Myran. Il le lui avait confié un soir, en lui faisant goûter les premières figues.

Elle avait connu une enfance heureuse dans la ferme de ses grands-parents paternels. Myran Tchekalian était un lettré, il connaissait l'arménien, bien sûr, mais aussi le turc et le français, qu'il avait enseigné à Nevart.

La fillette aimait étudier à l'école arménienne. Elle souhaitait devenir institutrice. Son père, qui élevait des chevaux – les chevaux les plus robustes du pays, recherchés jusqu'à Istanbul pour tirer les fiacres – l'encourageait.

« Tu as raison, ma fille, nous vivons au XXe siècle, la femme doit être indépendante. »

Ce discours progressiste faisait sourire Anissa.

« Mikaël, mon mari, tu parles d'or quand il s'agit de ta fille, de ton trésor. Que dirais-tu si je voulais travailler à l'extérieur ? »

Mikaël Tchekalian partait alors d'un grand rire.

« Que me contes-tu là, Anissa, ma beauté ? La place de mon épouse est à mon foyer, bien entendu ! »

Et, pour clore la discussion, il se mettait à chanter, de sa voix de basse. On chantait beaucoup, dans la famille de Nevart. Elle se souvenait également du goût délicieusement sucré des gâteaux au miel confectionnés par sa mère et de l'arôme du café oriental préparé dans la *djezve*, la cafetière arménienne. Un parfum qu'elle n'oublierait jamais.

Elle avait près de onze ans quand leur vie avait basculé. Elle croyait encore que le monde était aussi accueillant que grand-père Myran, qui tenait table ouverte et recevait chez lui les chemineaux s'arrêtant à la ferme. Elle avait hurlé de terreur quand elle avait vu surgir la horde effrayante, sabre au clair.

Elle entendait encore l'ordre de grand-père Myran : « Cours, Nevart, et ne reviens pas, quoi qu'il arrive ! »

Elle lui avait obéi. Il était le chef de famille, celui qui était servi le premier et dont personne n'aurait eu l'idée de contester la parole. Elle avait donc fui, entraînant avec elle Boros, son petit frère. Ils s'étaient cachés dans le cellier, derrière les écuries. Là, Nevart avait entrevu la lame du sabre brandi par un Turc, luisant dans le soleil. Elle avait gémi, se mordant le poing jusqu'au sang. Elle avait eu le réflexe de jeter son tablier sur la tête de Boros afin qu'il n'assiste pas à la scène. Elle avait vu la tête de grand-père Myran rouler sur le sol ; un flot de bile lui était monté à la gorge et elle s'était évanouie.

Les hommes sombres avaient fini par les dénicher, Boros et elle. Ils poussaient des cris sauvages et Nevart, tenant son petit frère serré contre elle, avait pensé qu'ils allaient mourir, eux aussi. A cet instant, elle n'avait pas peur. Elle était encore sous le choc de la terrible image de la tête tranchée de grand-père Myran. Elle cherchait désespérément ses parents. Elle avait aperçu les ruines encore fumantes de ce qui avait été l'une des plus belles fermes de la région d'Amassia, entrevu des cadavres entassés. On les avait alors poussés, comme du bétail, sur la route poussiéreuse, puis regroupés, plusieurs enfants et elle, autour de deux femmes. La plus jeune, âgée d'une trentaine d'années, se lamentait crescendo. Exaspéré, l'un des Turcs l'avait assommée du plat de son sabre. Elle avait basculé en arrière. Nevart, s'étant précipitée, avait voulu la relever.

« Tu ne peux plus rien pour elle », avait remarqué l'autre femme dans son dos. Nevart l'avait déjà croisée, sur le marché où elle vendait des volailles.

Elle avait ajouté, d'une voix vibrante : « Tu dois vivre. »

Cette exhortation avait soutenu Nevart tout au long de leur chemin.

Ils s'étaient retrouvés des milliers, hagards, les pieds en sang, la gorge desséchée, à marcher sous un soleil de plomb, en butte aux brutalités des soldats turcs. A Khichela, les hommes encore vivants avaient été séparés des femmes et fusillés sans délai. Pétrifiées, Nevart et ses compagnes de malheur n'avaient pas eu le temps de réagir. Déjà, on les fouillait pour s'emparer de l'or et de l'argent qu'elles portaient. Nevart était partie sans rien : un gendarme, bredouille, l'avait giflée avec une telle violence qu'elle était tombée à la renverse. Boros, sanglotant, s'était jeté sur elle. Mue par un réflexe de protection, Nevart avait posé la main sur la bouche de son frère pour le faire taire. Une vieille femme qui se lamentait avait été piétinée par le cheval d'un officier. Saisies d'horreur, les prisonnières s'étaient remises en marche, pressées par des coups de baïonnette.

Nevart n'oublierait jamais les scènes de cauchemar qui avaient jalonné un périple harassant, par les chemins les moins praticables. Ses compagnons et elle marchaient, hébétés, épuisés. De nouveaux prisonniers les rejoignaient à intervalles réguliers, venant grossir le fleuve des Arméniens se dirigeant vers le sud. Un *tchavouche* fou avait deviné que plusieurs femmes avalaient leur or de crainte de se faire détrousser ; il avait donc résolu d'en massacrer au hasard plusieurs centaines et de chercher avec ses sbires de l'or dans leurs intestins. Nevart, que sa petite taille protégeait, aurait souhaité mourir pour ne pas assister à ce calvaire.

Elle ne pourrait jamais chasser de sa mémoire les images des corps suppliciés, ni celles de ces hommes enterrés vivants, dans une vallée désertique, survolée par des vautours. Une prisonnière qui avait voulu leur donner à boire avait été abattue sur place.

Des jours plus tard, des hordes d'hommes en armes avaient surgi de derrière une barrière de rochers et enlevé les jeunes filles. En l'espace de quelques minutes, ils avaient disparu dans un tourbillon de poussière et l'on n'avait même plus entendu l'écho des pleurs et des supplications de leurs captives. Chaque fois qu'ils atteignaient un village, les jeunes filles et les jeunes femmes étaient exhibées sur la place, et les habitants venaient faire leur choix pour les enfermer dans leur harem. Les gendarmes, complices, fermaient les yeux du moment qu'on leur donnait suffisamment d'or. Nevart, qui prenait soin de ne pas débarbouiller son visage couvert de boue séchée, avait ainsi vu disparaître des dizaines de compagnes.

La traversée de l'Euphrate avait à nouveau provoqué des milliers de morts. Les gendarmes avaient jeté un grand nombre de femmes et d'enfants dans le fleuve et tiré sur eux. Nevart qui avait appris à nager avec son père, aux temps heureux, avait franchi l'Euphrate sans problème, Boros accroché à elle. Un musulman, sans doute ému par cet exploit, leur avait donné sa gourde pleine d'eau, ce qui constituait un présent inestimable. La plupart du temps, les gendarmes les empêchaient de boire lorsqu'ils s'approchaient d'un puits. Seuls ceux qui avaient encore un peu d'argent parvenaient à se désaltérer.

Plusieurs femmes avaient accouché sur le chemin. Contraintes de se remettre en marche aussitôt après, elles n'avaient pas survécu. Nevart, tenant bien serrée la main de Boros, avait continué d'avancer en regardant droit devant elle. Elle n'aurait plus eu la force de lutter si elle avait vu les nouveau-nés abandonnés sur la route ou écrasés contre des rochers. Elle aurait voulu les sauver tous, mais savait que c'était impossible.

Pendant les huit mois qu'avait duré leur marche interminable, Nevart avait eu l'impression de devenir une vieille femme. Elle qui avait vécu dans un univers protégé s'était retrouvée confrontée d'un coup à une barbarie sans limites. Quand ils avaient enfin atteint Alep, elle avait été tentée de se laisser tomber sur le sol. Mais il fallait avancer encore, un pas après l'autre, en songeant à grand-père Myran pour se donner du courage. Tout en marchant, elle se répétait des poèmes français qu'il lui avait appris. Myran Tchekalian vouait en effet une admiration éperdue à Victor Hugo.

Quelle aurait été la réaction des gendarmes turcs s'ils avaient su que Nevart se récitait « Demain dès l'aube... » pour avoir la force de continuer sa route ?

Nevart n'avait plus onze ans, elle était sans âge, vieille, si vieille qu'elle prit peur le jour où, recueillie dans un orphelinat d'Alep, elle aperçut son reflet dans un miroir. Elle se mit à pleurer en silence mais, curieusement, ses joues demeurèrent sèches. C'était son cœur qui pleurait. Rien que son cœur.

Au terme d'un interminable périple, ce fut d'abord un murmure, puis un cri, qui enfla à bord du cargo.

— Marseille !

Et, aussitôt après, cette précision, porteuse d'espoir :

— La France.

La jeune fille qui se tenait bien droite sur le pont supérieur contemplait le port méditerranéen, rêve de tant de réfugiés, avec un air de défi. Depuis plus de cinq ans, elle s'était battue pour quitter Alep et la Syrie, où elle avait trop de souvenirs douloureux.

Pourtant, on avait été bons pour Boros et pour elle à l'orphelinat d'Alep. Les religieuses lui avaient rendu forme humaine. Elle avait frotté sans répit son corps maigre recouvert d'une couche de crasse et de sang séché. Elle aurait voulu chasser tous ses souvenirs de sa mémoire. Ils revenaient la hanter sous forme de cauchemars. Elle se réveillait en hurlant, le cœur battant la chamade. Pourquoi avait-elle perdu tous les siens ? Pourquoi tant de morts, jalonnant les routes du désert ? Pour quelle raison elle-même avait-elle survécu ?

Elle avait tenté de consigner par écrit les principales étapes de leur longue marche, avait fini par y renoncer. Plus tard, peut-être, s'était-elle promis. De toute manière, elle était une fille d'action. C'était sœur Abel qui l'affirmait. Un véritable phénomène, cette sœur Abel, qui se déplaçait avec un pistolet automatique dans la poche de son grand tablier et insultait copieusement son mulet, qui n'avançait jamais assez vite à son gré !

Elle avait soigné des centaines de réfugiés arméniens, se dévouant sans compter pour eux. Elle avait aussi tenté de sauver Boros, atteint de la grippe espagnole en 1918.

Nevart étouffa un sanglot. Son petit frère était mort dans ses bras en l'appelant « maman ». Elle avait pensé mourir, cette nuit-là, veillant Boros, le berçant contre elle et fredonnant à mi-voix les chansons que leur mère leur chantait.

Un réfugié de Constantinople, curé de l'Eglise apostolique arménienne, était venu bénir le corps du petit garçon. Nevart, toute blanche dans des vêtements noirs trop grands pour elle, avait jeté une poignée de terre d'Alep sur le cercueil de son frère. Cette fois, elle n'avait pu retenir ses larmes. Elle pleurait sur Boros, sur leurs parents qu'elle n'avait jamais retrouvés malgré ses recherches, sur grand-père Myran et tous ceux qu'elle avait vus mourir en chemin. Sœur Abel était restée à ses côtés tout le temps de la cérémonie. Quand elles avaient regagné l'orphelinat, la religieuse lui avait dit : « A présent, Nevart, tu vas te battre. »

Elle connaissait le français, ce qui constituait un atout non négligeable. A dix-sept ans, elle se sentait assez forte pour effectuer n'importe quel travail.

Elle revenait de l'enfer. Rien ne pouvait être pire, se dit-elle, soudain sereine, en apercevant la silhouette de Notre-Dame-de-la-Garde surmontée d'une vierge dorée, protectrice des marins.

Elle était bien décidée à se battre. Pour elle, c'était le meilleur moyen de ne pas mourir.

11

Un soleil radieux irisait la Méditerranée, qu'il apercevait par-dessus les toits.

André Duteil, descendant à grands pas vers le Vieux-Port, s'arrêta quelques instants pour suivre des yeux les évolutions d'une mouette. Il venait de passer un moment des plus agréables avec Lucienne et se sentait d'excellente humeur. Il avait laissé Angèle à Aix, où elle faisait ses emplettes. Marseille était trop cosmopolite pour l'épouse de l'industriel. Il lui fallait la bourgeoisie feutrée d'Aix, la beauté sereine du cours Mirabeau…

Il se sentait libéré, comme chaque fois qu'il était seul. Il se hâta en entendant la sirène du cargo. Il voulait se trouver parmi les premiers sur le quai afin de faire son choix.

Les émigrés arméniens arrivaient par centaines à Marseille. On les disait travailleurs, et surtout dociles. N'avaient-ils pas tout perdu ? Duteil n'avait jamais fait de sentiment. Cet afflux de main-d'œuvre constituait pour lui une aubaine.

Il jeta à peine un regard aux bassins de la Joliette en face de la cathédrale de la Major. Il considéra d'un air critique les premiers arrivants qui, avant de débarquer à Marseille, avaient passé trois jours dans l'île du Frioul. Là-bas, à condition de ne pas être débordé par le nombre, le service médical avait procédé aux vaccinations et fait prendre une douche aux immigrants. Des femmes, des enfants... peu d'hommes, on racontait qu'ils avaient été pour la plupart massacrés.

Duteil remarqua tout de suite que les réfugiés étaient exploités. Certains dockers leur réclamaient de l'argent au titre de « droits des docks ». Leurs passeports étaient également retenus et ils ne pourraient les récupérer que contre une somme d'argent exorbitante pour eux, vingt-cinq à trente francs.

Quand il vit la jeune fille aux grands yeux noirs, il éprouva comme un coup au cœur. Elle n'était pas vraiment belle, tout en bras et en jambes, comme si elle avait grandi trop vite, mais possédait un charme certain. Ses longs cheveux sombres contrastaient avec son teint très clair.

Duteil tendit son stick dans sa direction.

— Celle-ci, lança-t-il.

Le docker plissa les yeux.

— Elle est jeune et guère épaisse.

— J'ai dit : « Celle-ci », répéta Duteil, sans élever la voix.

Il y avait une force en elle qui l'impressionnait. Même si elle était jeune, la fille avait du cran, cela se voyait. Il aimait les caractères forts. Depuis la fin de la guerre, Angèle prenait de plus en plus d'importance au sein de l'usine, ce qui déplaisait à son époux. Cette petite parviendrait peut-être à tenir tête à la « patronne ». Cette perspective amusait André Duteil, qui cherchait à river son clou à Angèle. Elle ne lui avait toujours pas donné d'héritier. Il fallait bien qu'il se venge…

Nevart se retrouva sur le côté, en compagnie de trois autres jeunes femmes.

Elle n'avait pas peur, elle ressentait même une sorte d'excitation. Comme si elle avait attendu la revanche que la vie lui devait.

Le front contre la vitre, Nevart contemplait le paysage qui n'avait rien de comparable avec ce qu'elle avait connu. Des collines douces, des villages perchés, une harmonie de couleurs et d'architecture rompue par les silhouettes en fuseau des cyprès…

Ses trois compagnes, arméniennes comme elle, ne parlaient pas le français.

Nevart servait tout naturellement d'interprète ; depuis son arrivée à Marseille, elle lisait tout ce qui lui tombait sous la main, jusqu'à l'indicateur des chemins de fer. Cela amusait beaucoup monsieur Duteil, qui les avait embauchées, leur évitant de séjourner dans l'un de ces camps de transit où les réfugiés s'entassaient.

« Je suis assez curieux de voir ce que tu deviendras », lui avait-il dit la veille.

Et Nevart, sans baisser les yeux, lui avait répondu, avec un soupçon de provocation : « Quelqu'un, assurément ! »

Elle fixa intensément la silhouette imposante du château de Grignan qui se découpait sur un ciel rose-mauve. Monsieur Duteil lui avait expliqué qu'il avait été vendu pour un prix dérisoire en 1902, et une ombre de mélancolie avait voilé les yeux sombres de Nevart.

Parfois, elle se demandait ce que la ferme et le domaine étaient devenus. Et puis, elle cadenassait ses souvenirs, parce qu'ils lui faisaient trop mal. Elle entendait la voix chaude de sa mère chantant une berceuse à Boros, elle imaginait le verger et ses pommiers en fleur à perte de vue, elle sentait le parfum miellé des roses courant sur la façade blanche, elle entendait le hennissement des chevaux de son père… C'était un monde perdu, auquel elle ne devait plus songer.

Ses compagnes gardaient un silence craintif. Nevart connaissait fort peu de choses à leur sujet. Plus âgées qu'elle, elles avaient certainement subi des violences de la part des gendarmes turcs ou des Kurdes qui faisaient des incursions sur les longues files de déportés. Nevart respectait leur désir de discrétion, le partageait même. Si les émigrés regardaient trop souvent en arrière, ils ne parviendraient jamais à construire quelque chose en France.

La France... en avait-elle assez rêvé, quand grand-père Myran évoquait pour elle la Révolution, et la patrie des Droits de l'homme !

Elle eut un coup au cœur en apercevant les premiers champs de lavande. Ces fleurs d'un bleu violet, agitées par le vent, symbolisaient pour elle l'espérance d'une vie nouvelle. Monsieur Duteil, devant son intérêt, lui raconta que la lavande était sauvage, et s'accommodait des sols ingrats. Elle écoutait, attentive, et, tout en l'entendant parler, elle se disait que plus tard, promis, juré, elle produirait de la lavande.

Pour se prouver que la terre n'était pas forcément rouge de sang.

Madame avait prévenu les nouvelles embauchées : « Ici, il faut travailler. Si vous n'en êtes pas capables, vous serez renvoyées dès la première quinzaine. »

Nevart avait traduit ce bref discours à l'intention de ses compagnes. Anaït, la plus jeune des trois, s'était tout de suite effrayée.

« Ne t'inquiète pas, lui avait conseillé Nevart. Tu fais de ton mieux, nous verrons bien. »

De toute manière, après qu'elles eurent connu la promiscuité des campements de fortune à Alep, le dortoir de l'usine paraissait luxueux ! Même si les simples lits de fer s'alignaient par rangées de trois sous les combles, c'étaient de véritables lits, bien propres.

Mademoiselle Gertrude y veillait. Responsable du dortoir, cette femme à qui l'on ne pouvait donner d'âge en imposait. Les cheveux relevés en sévère chignon, le visage revêche, elle ne laissait passer aucun manquement à la discipline.

Le matin, lever à six heures, toilette puis déjeuner composé de pain et d'un bol de chicorée.

Nevart ne rechignait pas au travail. En revanche, elle avait l'impression d'étouffer dans les locaux de l'usine Duteil.

Heureusement, il y avait la montagne ! Chaque dimanche, après avoir sacrifié au rituel de l'office, elle allait se promener dans les collines, marchant d'un pas assuré parmi les chênes verts. Le ciel d'un bleu pur, dégagé par le mistral, lui rappelait celui de son enfance, à la ferme.

Nevart progressait avec l'aisance d'une chèvre et ramassait, dans la besace en toile de jute dont elle ne se séparait pas, herbes médicinales et plantes aromatiques. Sœur Abel lui avait appris à les reconnaître dans son grand livre orné de planches illustrées.

Elle s'était fixé un but : aller en France. Et réaliser ainsi l'un des rêves de son grand-père Myran.

Parvenue sur la crête, la jeune fille contempla les vignes déjà rousses, les cyprès plantés droit comme des cierges et la minuscule chapelle agrippée au rocher. Elle prit une longue inspiration, se grisant de l'air vif.

A présent, elle était ici chez elle.

12

Jusqu'à Reims, Paul réussit à maîtriser son émotion. Il pouvait se dire qu'il effectuait un simple voyage d'affaires, qu'il n'était pas vraiment impliqué. Il éprouva un sentiment étrange en reconnaissant les crêtes de Poix. Il avait un camarade de lycée à Montigny-sur-Vence auquel il allait rendre visite à bicyclette pendant les grandes vacances. Avant la guerre, au début du siècle.

Lorsque le train s'arrêta en gare de Charleville, il fut tenté de fuir. Partir, ne jamais revenir sur les lieux où il avait connu bonheurs et drames. Il savait bien, pourtant, que c'était impossible. On l'attendait aux Quatre Vents, la propriété familiale.

Le télégramme du docteur Chancel, le médecin de famille des Mailfait depuis deux générations, était explicite. Il lui demandait de se rendre au plus vite au chevet de sa mère.

Paul, cependant, avait mis deux jours à se décider. Il devait trouver un remplaçant, il ne pouvait partir ainsi... Vincent l'avait regardé avec gravité.

« Ne te cherche pas de mauvaises excuses. Tu dois y aller. On n'a qu'une mère. »

Oui, mais Adèle lui avait déjà joué la comédie à plusieurs reprises. Hypocondriaque, elle s'imaginait souvent à l'article de la mort. Paul avait fini par appeler le docteur Chancel depuis la poste de Sainte-Apollonie.

Son confrère n'avait pas hésité.

« Venez, Paul. »

Il avait parlé d'œdème pulmonaire, d'un cœur épuisé. Paul était resté plusieurs secondes l'appareil à la main, saisi par une impression d'irréalité. Sa mère et lui avaient eu des relations particulièrement tendues au cours des dix dernières années, mais il avait toujours cru Adèle Mailfait immortelle.

Marceline l'avait bien compris.

« Allez vite voir votre mère, lui avait-elle conseillé. Si vous ne le faites pas, tel que je commence à vous connaître, vous ne vous le pardonnerez pas. »

Il l'avait regardée en souriant.

« Vous m'impressionnez, Marceline. Je vais finir par croire ce qu'on raconte des bergers. Ne seriez-vous pas un peu sorcière ?

— Grands dieux, non ! J'observe, c'est tout. »

Marceline aurait mérité d'être heureuse. Paul ne pouvait s'empêcher de comparer les deux sœurs. Angèle était beaucoup trop narcissique pour se préoccuper d'autrui. Elle supportait mal, d'ailleurs, le fait que Paul et elle se voient moins souvent. Très pris par son travail, il rentrait au mazet de plus en plus tard et déchirait les invitations des Duteil.

— Monsieur, vous attendez quelqu'un, peut-être ?

L'employé de la gare le considérait d'un air intrigué. Paul constata brusquement qu'il était seul sur le quai. L'air était frais. Il remonta le col de sa veste, s'enquit de la correspondance pour la vallée de la Meuse. Il devrait patienter une petite heure, le temps de boire un café au buffet de la gare et de faire un tour dans Charleville.

Il se garda bien de passer sous le pont des Deux-Villes, la « frontière » entre Charleville et Mézières. Il n'en avait pas la force. Pas encore.

Il marchait avec une certaine prudence. L'humidité le surprenait, il n'y était plus accoutumé, tout comme la lumière du Sud lui manquait déjà. Il était parti depuis près de quatre ans et se sentait presque un étranger.

Sous les arcades de la place Ducale, il eut la surprise de rencontrer un ancien condisciple, Pierre-Alain Baudry.

— Mailfait ! s'écria celui-ci. Je croyais que tu avais quitté la région.

Paul lui donna brièvement quelques explications. Il n'avait pas envie de se justifier, d'autant que Baudry répétait : « Partir comme ça, à l'autre bout de la France, moi je n'aurais pas pu. »

Il accepta, cependant, de l'accompagner jusqu'au café du Commerce où il but une seconde tasse de café. Il retrouvait avec plaisir l'arôme incomparable du café ardennais. Le goût d'un bonheur enfui.

— Avoue que ça t'a manqué ! insista Baudry.

Paul y consentit. Il avait la tête vide. La faim, peut-être... Il prit brutalement congé de son ancien camarade en entendant le campanile de la mairie jouer quelques mesures du *Chant du départ*. Il ne pouvait pas s'attarder, il avait un train à prendre.

— Tu finiras bien par revenir, cria Baudry dans son dos.

Sa phrase poursuivit Paul alors qu'il redécouvrait la vallée de la Meuse sous un ciel pommelé, lourd de nuages sombres. Avait-il vraiment oublié ces collines couvertes de forêt, ces crêtes rocheuses dominant les boucles du fleuve, ces toits d'ardoises qui se confondaient avec le schiste ? Il était de ce pays, il se sentait profondément ému d'y revenir et, en même temps, il savait qu'il n'y avait plus sa place.

Le ciel était couleur de cendre lorsqu'il remonta l'allée des Quatre Vents. Sa mère vivait depuis 1880, en compagnie de quatre domestiques, dans cette bâtisse édifiée au XVIIIe siècle.

Paul ne put se défendre d'éprouver un pincement au cœur en passant devant la scierie, où il se rendait souvent étant enfant, malgré l'interdiction maternelle. Son oncle Vital le comprenait.

« Ne touche surtout à rien », lui recommandait-il.

Paul aimait à respirer l'odeur de sciure, mais ce qu'il préférait, c'était partir chasser en forêt en compagnie de son oncle.

Il se rappelait les petits matins brumeux, le calme qui s'emparait de lui lorsque Pataud, le chien d'arrêt, avait levé un gibier. Il suffisait d'observer son port de tête, les mouvements de sa queue, pour deviner s'il s'agissait d'un lièvre ou d'une perdrix. Son oncle lui avait appris à communiquer avec son chien par un simple échange de regards. Sa connivence avec Pataud était parfaite. Il avait pleuré le jour où le chien avait été éventré par un sanglier. Il n'avait pu le sauver.

La semaine suivante, il partait pour Lyon.

Il s'arrêta avant de gravir le perron des Quatre Vents. La demeure chapeautée d'ardoises avait encore belle allure avec ses fenêtres imposantes et ses murs en pierre de taille. Cependant, dès qu'il en eut franchi le seuil, une détestable odeur pharmaceutique le fit tousser.

— Dépêchez-vous, Monsieur Paul.

Lucille avait toujours vécu aux Quatre Vents. Ou, tout au moins, Paul l'y avait toujours connue. Elle se déplaçait sans bruit sur ses chaussons de feutre, le dos voûté, la silhouette comme ratatinée sous le poids des ans.

Elle le débarrassa de sa veste, de sa mallette de voyage, l'entraîna dans l'escalier. Paul ne jeta pas un regard aux meubles cossus ni aux vitraux célébrant les ancêtres maîtres de forges de la famille.

Il éprouva un choc en découvrant sa mère, adossée à une dizaine d'oreillers. Son teint cireux, sa respiration sifflante révélaient la progression de l'œdème. Le docteur Chancel, qui se trouvait au chevet de la vieille dame, se tourna vers Paul.

— Enfin, vous voilà !

Il lui serra la main d'un air ennuyé.

— C'est la fin, chuchota-t-il.

Adèle Mailfait regarda son fils s'approcher du lit. A cet instant, Paul aurait souhaité faire la paix avec elle, mais elle ne lui en laissa pas le temps.

— Si tu étais resté aux Quatre Vents, tu aurais pu me soigner, toi ! siffla-t-elle.

Il tendit la main vers elle, elle tourna la tête.

— Laisse-moi, ajouta-t-elle avec peine. C'est trop tard, maintenant.

Chancel échangea un coup d'œil navré avec Paul.

— Vous la connaissez, elle n'a jamais eu un caractère facile, glissa-t-il avec componction.

Paul était incapable de lui répondre. Il considérait sa mère en se demandant si elle l'avait jamais vraiment aimé. Elle passait la majeure partie de ses journées à jouer – fort bien – du piano et à recevoir les épouses de notables. Elle adorait être le centre d'intérêt, constituer l'un des piliers de la vie mondaine de Château-Regnault.

Il se rapprocha du lit, lui prit la main. Cette fois, elle ne protesta pas. Elle ouvrit la bouche, comme pour chercher de l'air.

— Ouvrez la fenêtre, je vous prie, demanda Paul à son confrère.

Il se pencha, saisit sa mère dans ses bras et, l'enveloppant dans une couverture, la porta jusque devant la fenêtre. Elle aspira une longue goulée d'air avec effort. Elle avait beaucoup maigri. Il aurait dû, bien sûr, revenir plus souvent, ne pas se contenter de lui écrire, de loin en loin.

— Regardez la forêt, mère, lui dit-il avec douceur.

Elle était née aux Quatre Vents, dans une famille où l'on travaillait le fer et le bois depuis plusieurs générations. Elle s'était exclamée un jour qu'il lui serait impossible de vivre ailleurs que dans la vallée de la Meuse. Au fond de lui, Paul devait reconnaître que, même s'ils s'étaient fréquemment heurtés, il l'admirait.

— N'oublie pas… le coffret en fer… souffla-t-elle.

C'était si incongru qu'il eut presque envie de sourire. Et, en même temps, cette phrase ressemblait bien à sa mère. Adèle, en effet, avait toujours accordé beaucoup d'importance aux choses matérielles.

Il la serra un peu plus fort contre lui. Le corps d'Adèle se contracta. Elle expira dans ses bras.

— C'est fini, murmura le docteur Chancel.

Lucille, qui n'avait pas quitté la chambre, commenta :

— Elle est passée.

Paul secoua la tête d'un air incrédule.

Déjà, la domestique s'affairait, fermant la fenêtre et les volets.

— Venez, Paul, reprit le médecin de famille, nous allons laisser faire cette brave Lucille.

Il l'entraîna dans la vaste cuisine, au rez-de-chaussée. Séverine, la cuisinière, leur servit d'autorité « un bon café », depuis toujours considéré comme une véritable panacée en Ardenne.

Paul ne parvenait pas à imaginer que tout se fût terminé si vite.

Il regardait sans vraiment les voir les solides meubles de chêne qu'il avait toujours connus aux Quatre Vents, l'horloge dans sa gaine, la cuisinière que son beau-père avait achetée aux usines de Laval-Dieu.

Chancel se racla la gorge.

— Vous allez revenir par chez nous, à présent, suggéra-t-il.

Paul secoua la tête.

— Pour y faire quoi, grands dieux ? Non, ma vie est ailleurs, désormais. Entre le Ventoux et la montagne de la Lance.

Il avait hâte d'y retourner.

13

L'air était piquant, mais sec.

« Tu verras, avait promis Vincent. La chasse, par ici, c'est sacré. »

Il avait deux chiens à sanglier. Des bêtes de race indéfinie, au poil rêche, au caractère teigneux. Lorsqu'ils avaient levé une piste, rien n'aurait pu les arrêter.

Vincent n'avait pas laissé le choix à son ami. Dès son retour des Ardennes, il lui avait annoncé son intention de l'emmener avec lui à la chasse.

« Il est temps que tu te frottes à nos collines », avait-il ajouté.

Il ne lui avait pas parlé de sa mère. Les deux hommes partageaient la même pudeur.

Paul était revenu différent. Comme s'il avait porté un masque, avait remarqué Marceline, toujours fine observatrice. Vincent n'avait rien répondu. Il n'imaginait que trop bien à quel point ce voyage dans les Ardennes avait bouleversé son ami.

Paul n'avait pas attendu l'enterrement d'Adèle pour se rendre au cimetière de Saint-Julien. Là, tout près de l'hôpital de Mézières qui avait été détruit, tout comme le quartier de l'hôtel de ville, il était resté longtemps devant la tombe de son épouse et de sa fille. Il avait été incapable de prier. Comment aurait-il pu continuer à croire en Dieu ? Le visage tendu, les poings serrés, il avait contemplé la plaque d'ardoise sur laquelle les prénoms de Cosima et de Pauline avaient été gravés. De nouveau, la haine et la révolte étaient montées en lui. Pourquoi ? S'il avait eu la foi, il se serait senti moins seul.

Il avait posé sur le monument un bouquet de roses roses, celles que Cosima préférait. Parfois, il se réveillait la nuit en hurlant, il avait l'impression que le visage de sa femme lui échappait.

Au bout d'un long moment, il était parti, sans se retourner. Une pluie fine et tenace accentuait la tristesse du lieu. Il n'avait pas pleuré. De toute manière, il lui semblait ne plus avoir de larmes.

Les obsèques d'Adèle Mailfait avaient constitué une autre épreuve. Leur parentèle s'était déplacée, ainsi que les notables. Tout ce monde s'était serré dans l'église de Château-Regnault tandis que, conformément à une tradition bien ancrée, plusieurs dizaines d'hommes étaient demeurés sur la place en face de l'église.

Paul avait dû recevoir les condoléances, répéter une bonne centaine de fois qu'il ne reviendrait pas s'installer aux Quatre Vents, feindre de reconnaître les cousins de Belgique, dont il n'avait pas entendu parler depuis des lustres...

Au cimetière, devant le trou béant, il avait eu comme un vertige. La certitude que, quoi qu'il arrive, désormais il était bel et bien seul.

Il avait fallu se charger de ces problèmes matériels qui lui pesaient tant. Se rendre chez le notaire, où il avait appris sans surprise qu'Adèle lui avait légué tous ses biens. Confirmer dans ses fonctions le directeur de la scierie. La forge n'avait pas été rouverte depuis la guerre. Rentré aux Quatre Vents, il avait cherché le fameux coffret en fer. Il l'avait découvert dans l'un des tiroirs du secrétaire d'Adèle. Il contenait une petite fortune en napoléons ainsi qu'un bref message.

Nous ne nous sommes pas toujours compris, admettait Adèle d'une écriture serrée, *mais tu es mon fils unique et je t'ai aimé à ma façon. Fais ce que tu veux du domaine et de la scierie. Je désirerais seulement que tu gardes mon piano.*

Elle avait simplement signé « Adèle, veuve Mailfait », sans s'embarrasser de formule tendre, ce qui lui ressemblait. Rêveur, Paul avait lentement replié le message. Le piano... Que pourrait-il en faire au mazet ? Finalement, il avait aussi gardé quelques meubles des Quatre Vents, qu'il avait fait acheminer à Sainte-Apollonie par camion. Marthe avait joint les mains en voyant arriver le demi-queue.

« Peuchère ! Où va-t-on mettre tout ça ?

— Nous nous débrouillerons », l'avait rassurée Paul.

Il avait entassé les fauteuils crapauds, le guéridon Charles X et la bonnetière en noyer au grenier en se disant qu'il trouverait bien un moment durant l'hiver pour les installer dans la maison. Pour le piano, c'était différent. Il avait sa place au salon, devant la fenêtre qui ouvrait sur la route. Paul avait soulevé le couvercle, fait courir ses doigts sur le clavier, jouant une étude de Chopin. Il s'était senti mieux après avoir trouvé une place pour le piano d'Adèle. Apaisé.

Vincent le poussa du coude.

— Regarde… au fond de la combe.

Le sanglier, massif, en imposait. Les chiens, le poil hérissé, frémissaient d'impatience.

— Va ! leur ordonna Vincent.

Ils filèrent en direction de la combe. Cette atmosphère, l'excitation des chiens, la présence du sanglier rappelaient à Paul d'autres journées de chasse, dans son adolescence, en compagnie de son oncle Vital. Plus que la traque, il appréciait l'ambiance chaleureuse, la proximité de la nature.

Il prit une longue goulée d'air, se retourna pour mieux contempler le défilé dans lequel ils s'étaient engagés. La rivière était presque à sec. L'eau manquait. Marceline avait parlé de faire venir le sourcier et Paul, intéressé, avait tendu l'oreille. Il y avait déjà un bon moment que Marthe lui rebattait les oreilles de ce père Sylvain qui, à l'entendre, était un sourcier de premier ordre. Habitué à raisonner de façon très cartésienne, Paul avait de la peine à imaginer qu'on fît confiance à une personne dont rien n'attestait le don.

Les aboiements des chiens augmentèrent en intensité.

— Sale bête ! Tu viendras encore retourner mon potager ! grommela Vincent.

Paul le suivait, sans se sentir réellement concerné. Il savourait le plaisir de marcher dans les collines, d'arpenter le pays, comme pour mieux y prendre racine. L'odeur forte du sanglier couvrit brutalement le parfum légèrement citronné du thym qui s'accrochait un peu partout.

La bête, poursuivie par les chiens qui donnaient de la voix, déboula du fond de la combe. Vincent épaula, tira. Deux coups de chevrotine. Le sanglier, touché en pleine course, fut parcouru d'un long tressaillement avant de s'effondrer.

— Ici, les chiens ! ordonna Vincent.

Il cassa sa carabine, se retourna vers Paul.

— Tu ne vas pas tarder à goûter la daube de sanglier de Marceline. C'est une fameuse cuisinière, tu sais, quand elle ne passe pas tout son temps avec ses chèvres. Enfin... tu sais comme moi qu'elle a eu du malheur. Je pensais qu'elle finirait par se marier un jour mais ça n'en prend pas le chemin. En plus, on manque d'hommes...

Paul ne put réprimer un sursaut.

— Rassure-moi, tu n'espères pas me faire épouser Marceline ? Dis-toi bien que je ne me remarierai jamais.

Vincent, interloqué, éclata de rire.

— *Fan de lune*, qu'est-ce que tu vas chercher ? Je ne parlais pas de toi, espèce de grand escogriffe ! D'abord, tu ne vas quand même pas t'amuser à fréquenter mes *deux* sœurs !

Il y eut un silence. Les amis n'avaient pas encore osé aborder ce sujet. Même si les liens entre Angèle et Paul s'étaient distendus, ils se voyaient encore une à deux fois dans le mois.

Le médecin, profondément embarrassé, se racla la gorge.

— Tu sais, il n'y a rien de vraiment sérieux entre Angèle et moi, reprit-il avec effort.

Vincent lui décocha une amicale bourrade.

— Tu n'as pas de comptes à me rendre, je ne m'appelle pas Duteil, Dieu merci ! Et d'ailleurs, si Angèle ne trompait pas son pisse-froid de mari avec toi, elle le ferait avec un autre ! Ce qui n'empêche pas, entre nous... Ma sœur est une coquine, c'est un peu la faute de notre père, il lui a toujours passé tous ses caprices.

Encore mal à l'aise, Paul ne répondit pas.

— C'est la vie ! conclut Vincent avec bonne humeur.

Il plissa les yeux.

— Tu as vu la silhouette tout en noir, là-bas ? Elle grimpe comme une chevrette.

Elle progressait à une belle allure pour qui connaissait les difficultés du terrain.

— C'est une gamine, on dirait, estima Paul.

Vincent n'en était pas certain. Une gamine aurait porté des habits de couleur.

— Si elle redescend de notre côté, reprit le magnanier, on lui proposera de partager notre casse-croûte.

Ils s'installèrent sur une roche plate, à l'abri du vent. Les chiens, recrus de fatigue, se laissèrent tomber sur le sol caillouteux.

Depuis leur refuge, le regard embrassait les contreforts des Alpes. Au loin, la sentinelle du Ventoux verrouillait la plaine du Comtat. Un vautour survola la crête.

— Y a pas intérêt à laisser traîner notre cochon, commenta Vincent.

Il ouvrit d'un coup sec son couteau hérité de son grand-père Alphonse. Marceline leur avait préparé un solide en-cas. Du pain cuit au mas dont la croûte craquait sous la dent, du pâté de porc qui sentait bon la truffe, et deux picodons sortis tout droit de sa laiterie.

— Respire-moi ça ! ordonna Vincent en tendant un fromage de chèvre à son ami.

Les picodons de Marceline étaient réputés.

Au fond de sa besace, Vincent avait gardé le meilleur. Du vin des côtes du Rhône, charnu et velouté.

— C'est du bon, apprécia Paul.

Il avait appris à mieux connaître le vin depuis son installation à Sainte-Apollonie. On l'invitait souvent à trinquer au cours de ses tournées. Il acceptait un fond de verre pour ne pas blesser ses hôtes. Au fil des mois, il avait appris à reconnaître les cépages. Ils heurtèrent leurs quarts.

— A notre amitié, proposa Vincent. Tiens, ajouta-t-il, la chevrette arrive.

De loin, il était difficile de deviner son âge. Elle portait une sorte de sarrau, des bas et un fichu noir, ainsi que de gros souliers. Un sac en toile de jute lui battait la hanche.

— Bonjour, dit-elle poliment en parvenant à la hauteur des deux hommes.

Elle avait une pointe d'accent étranger. Vue de près, elle était jeune, une gamine, comme avait dit Paul, mais ce qui frappait surtout, c'était l'insondable tristesse de son regard sombre.

— Un peu de pâté ? proposa Vincent.

La jeune fille se joignit à eux tout en observant une certaine réserve.

Les deux amis se présentèrent. Elle les salua d'un petit signe de tête.

— Je m'appelle Nevart, précisa-t-elle à son tour.

C'était un joli nom, qui lui allait bien.

— J'aime cette montagne, enchaîna-t-elle. Plus tard, j'y cultiverai de la lavande.

Paul n'en douta pas un seul instant. Malgré son jeune âge et sa silhouette menue, sa force et sa détermination l'impressionnaient.

— Chez moi, reprit-elle d'une voix lointaine, ce n'était pas le mont Ventoux mais le mont Ararat, notre emblème.

C'était la première fois qu'elle en parlait.

Paul devina que sa voix était prête à se briser.

— Chez vous, répéta-t-il doucement.

Nevart releva la tête, ôta son fichu. Ses cheveux noirs se répandirent sur ses épaules.

— Je viens d'Arménie, répondit-elle avec fierté.

Elle n'avait pas besoin d'en dire plus. Les deux amis venaient de comprendre qu'elle était, elle aussi, une rescapée de l'enfer.

14

1923

Un vent léger faisait frémir les cimes des amandiers. Le nombre de geais et de pies qui faisaient grand tapage dans les arbres annonçait une bonne année.

La lumière, en cette mi-mai, était douce avant l'embrasement du plein soleil.

Depuis cinq heures du matin, tout le monde, au mas de Césarée, encabanait dans une atmosphère joyeuse. A l'invitation de Marceline, Marthe était venue, dans la jardinière du docteur. Il avait également amené Nevart, qui avait demandé à monsieur Duteil la permission de rentrer tard le dimanche. Elle préférait s'adresser à lui plutôt qu'à la contremaîtresse ou à la « patronne ». Celle-ci, en effet, ne cachait pas la sourde animosité que lui inspirait la jeune Arménienne. André Duteil avait fait peser un regard indéfinissable sur la jeune fille.

« L'encabanage... cela vous passionne donc à ce point ? »

Nevart aurait pu lui rétorquer qu'elle aimait avant tout se retrouver en compagnie d'amis, loin de l'usine. Elle supportait de plus en plus mal de devoir rester enfermée plus de dix heures par jour dans l'atelier.

Elle n'était pas faite pour cette vie-là, elle le savait. Mais comme, pour l'instant, elle n'avait pas le choix, elle serrait les dents.

— Raconte-moi encore... suggéra-t-elle à Marceline.

Elle souhaitait tout apprendre de sa région d'adoption. Même si elle rêvait de se lancer dans la lavandiculture, elle s'intéressait également aux vers à soie. Marceline ne se faisait pas prier pour expliquer comment un bon éducateur reconnaissait à certains signes qu'il était temps d'encabaner. D'abord, les vers, suffisamment gavés de feuilles de mûrier, commençaient à bouder leur nourriture avant de chercher un support pour grimper. Ensuite, leur couleur changeait. Ils devenaient presque transparents sous le cou, là où l'on pouvait distinguer une sorte de veine. Il devenait donc urgent d'encabaner, c'est-à-dire de garnir les tables d'arceaux de bruyère qui allaient former des voûtes permettant aux vers de tisser leur cocon.

Vincent était allé acheter des fagots de belle bruyère blanche sur le marché. Marceline, qui surveillait les dépenses, avait bien essayé une année de remplacer la bruyère par des branches d'olivier et de buis, sans grand succès. Son père, qui lui avait enseigné la soie, lui avait déclaré un jour : « Mets une branche de bruyère et une branche de genêt côte à côte, le ver montera sur la bruyère. » On ne l'expliquait pas, c'était ainsi. L'odeur du buis déplaisait aux vers à soie, sans qu'on en connaisse la raison exacte.

Des voisins, habitant sur le chemin menant au mas, étaient venus prêter main-forte aux Jourdans.

On « mettait le bois » à la magnanerie dans une atmosphère des plus joyeuses car l'on se disait que la récolte était proche. Les jours précédents avaient été particulièrement pénibles ; durant leur dernier âge, les vers avaient dévoré autant de feuilles de mûrier que pendant les quatre premiers.

Paul souriait lorsque, suivant les consignes de Marceline, il se plaça face à elle.

— Regardez bien, ordonna-t-elle.

D'un geste précis et rapide, elle arc-bouta les rameaux secs de bruyère entre les planches et dressa des sortes de tunnels d'une quarantaine de centimètres de large.

— Laissez-moi la table la plus haute, recommanda-t-elle.

On ne pouvait encabaner celle-ci puisqu'elle n'avait pas d'appui supérieur. Elle se contentait donc d'y disposer des sarments de mûrier dans lesquels elle piquait des bruyères et un gros bouquet de thym.

Les plaisanteries fusaient tandis que l'encabanage progressait à un rythme soutenu. Il faisait chaud dans la magnanerie, d'autant plus chaud que Vincent avait débouché de bonnes bouteilles et qu'une délicieuse odeur de jambon venait chatouiller les narines des travailleurs.

— Vous voici tranquilles, commenta Paul à l'adresse de Marceline, alors que le dernier « tunnel » de bruyère venait d'être achevé.

La jeune fille fronça les sourcils.

— Tranquilles, vous savez, on ne l'est jamais vraiment ! Mon père prétendait que la période durant laquelle les vers « montent » à la bruyère était la plus dangereuse. Pour ma part, j'ai déjà vu des vers commencer à monter... pour finalement faire demi-tour et s'en aller crever sur leur litière. Mon père, comme beaucoup d'autres éducateurs, n'aurait jamais encabané pour la Saint-Médard. Pour lui, « Saint-Médard emportait le tiers ou le quart » des vers.

— Regarde, Marceline ! s'écria Nevart.

Frémissante, le doigt tendu, elle désignait les premiers vers qui grimpaient dans les rameaux de bruyère pour baver leur soie.

Vincent, pourtant d'une nature réservée, serra sa sœur contre lui.

— C'est parti, ma belle ! Tu auras une bonne récolte, c'est moi qui te le dis.

Marceline se signa.

— Le ciel t'entende, Vincent.

Ils savaient tous deux que la vente des cocons était indispensable pour le mas. C'était une rentrée d'argent plus qu'appréciable. Comme beaucoup de sériciculteurs, Marceline était superstitieuse. Son père lui avait appris à faire le signe de croix avant de donner à manger aux vers, ainsi qu'à placer du laurier bénit dans la magnanerie.

— Venez manger, mes amis, proposa-t-elle. Et encore merci de votre aide.

Le repas, pris dehors, fut très gai. Les convives firent honneur à la soupe à l'ail nouveau et aux croûtons, ainsi qu'au jambon savoureux à souhait et aux picodons de Marceline. Nevart accepta de goûter au vin de Vincent.

— C'est une cuvée exceptionnelle, lui dit-il. D'avant la guerre.

Il se reprocha cette dernière phrase aussitôt après l'avoir prononcée. En effet, le silence qui tomba soudain lui fit prendre conscience de sa maladresse. La première, Nevart se ressaisit.

— Délicieux, approuva-t-elle.

Ces heures passées ensemble dans une atmosphère détendue lui en rappelaient d'autres, dans la ferme de ses grands-parents. Son visage se défit.

Paul posa sa main sur la sienne dans un geste amical, empreint de sollicitude.

— Nous avons tous une blessure en nous, lui dit-il simplement.

Nevart rougit. Marceline, en effet, lui avait parlé à mots couverts du drame vécu par le médecin.

— Excusez-moi, murmura-t-elle.

Elle se sentait perdue. Ils avaient partagé une si bonne journée, jusqu'à ce que ce flot de souvenirs jette une ombre ! Elle ne trouva aucun goût au fromage de chèvre qu'elle appréciait pourtant d'ordinaire, ne vida pas son verre de vin. Elle avait déjà éprouvé cette sensation à plusieurs reprises et en avait discuté avec Alice, une jeune Arménienne qui travaillait elle aussi à l'usine. Elle se demandait souvent pourquoi elle avait survécu, et non les autres membres de sa famille. C'était une question dérangeante, qui lui donnait envie de pleurer. Pourtant, elle n'avait plus de larmes.

Paul proposa à Nevart de la reconduire à Sainte-Apollonie avant la tombée de la nuit. Le mistral s'était levé, le ciel était rouge du côté du Ventoux.

— C'était une belle journée, commenta Marceline.

Nevart ne soufflait mot. Pourtant, Paul se sentait étonnamment proche d'elle.

C'était toujours la même scène. Nevart avait les pieds en sang, sa langue collait à son palais tant la soif la dévorait. Elle portait Boros, épuisé, sur son dos. Son petit frère et elle se protégeaient mutuellement. Leurs bourreaux ne prêtaient guère attention à leurs silhouettes chétives.

« Fais-toi la plus petite possible », lui avait recommandé une vieille femme qui lui avait montré qu'en se barbouillant le visage de boue, elle perdait tout attrait. Nevart n'avait qu'un seul but : survivre.

L'homme qui lui arrachait Boros avait toute la partie gauche du visage marquée par une horrible cicatrice. Elle le reconnaissait, il hantait toujours ses cauchemars. Avec un sourire effrayant, il jetait Boros contre les rochers.

Nevart hurla.

Dressée sur son lit de fer, elle criait son désespoir et sa révolte.

Mademoiselle Gertrude braqua sur elle le faisceau de sa lampe.

— Tchekalian, vous perturbez encore le sommeil de vos camarades, gronda-t-elle.

Nevart garda le silence. Qu'aurait-elle pu dire pour se justifier ? Que chaque nuit, ou presque, elle revivait le calvaire de son peuple, se reprochant inlassablement de n'avoir pu sauver Boros ? Elle savait bien que la surveillante ne comprendrait pas.

Pour elle, seul le travail comptait.

Les yeux grands ouverts, elle tenta de faire le vide dans sa tête. Elle n'était plus sur les chemins de la déportation mais en France, à Sainte-Apollonie. Comme chaque fois qu'elle se sentait perdue, elle songea aux champs de lavande. Un jour qu'elle espérait proche, elle cultiverait la « bleue ». Ce serait pour elle comme une renaissance. La preuve que la vie continuait, malgré tout.

15

« Je compte sur toi pour le décoconnage », avait dit Marceline à Nevart sur un ton sans réplique. Avant de poursuivre, les yeux brillants : « Tu verras... c'est la fête pour nous, les magnaniers. Ce jour-là, on peut enfin se dire que l'éducation est sauvée. »

L'enthousiasme de Marceline était communicatif. Nevart avait répondu : « Oui, je viendrai », sans réfléchir aux problèmes que cela lui poserait. La « patronne » l'avait dans le nez, lui avait annoncé la contremaîtresse deux semaines auparavant. Nevart était considérée comme une forte tête, qui refusait de se plier aux règles en vigueur à l'usine.

« N'oubliez pas que votre situation est précaire », avait insisté Pellot, le chef d'atelier.

Il aimait à jouer au petit chef avec une main-d'œuvre docile, facilement craintive. Or, Nevart l'exaspérait car elle ne courbait pas la tête.

« Quelle petite prétentieuse ! » pestait Angèle, qui ne supportait pas qu'on lui résistât. Ce qui ne manquait pas de faire sourire son époux.

« Cette jeune Arménienne a du caractère, je l'ai remarqué tout de suite. Elle ira loin », prédisait-il, au grand dam d'Angèle.

La « patronne » commençait à s'empâter. Etait-ce à cause de son ventre obstinément sec ? Elle était sujette à des accès de mélancolie qui la poussaient à grignoter des sucreries. Ensuite, furieuse contre elle-même, elle s'épuisait au tennis, jouant malgré la chaleur. André soupirait.

« Ma pauvre amie, il faut toujours que vous soyez excessive. »

Nevart avait de la peine à imaginer qu'Angèle Duteil fût la sœur de Vincent et de Marceline. Elle ne montait pratiquement jamais au mas de Césarée, d'ailleurs, et ne se serait pas dérangée pour le décoconnage.

« Notre sœur a jugé plus commode d'oublier d'où elle vient », avait dit un jour Vincent, et il y avait dans ses yeux comme le reflet d'une blessure. Marceline avait ri un peu trop fort. Un rire qui ressemblait à un sanglot. Nevart avait alors pensé à Paul.

« Nous avons tous une blessure en nous », lui avait-il soufflé le jour de l'encabanage. Avec le recul, la jeune fille comprenait que le médecin lui avait tendu une perche, l'incitant à confier ce qui lui pesait sur le cœur. Il était trop tard, cependant. Beaucoup trop tard.

Pellot rattrapa Nevart alors qu'elle quittait l'atelier.

— Où allez-vous, mademoiselle Tchekalian ? s'enquit-il.

Son ton belliqueux révélait qu'il avait envie d'en découdre.

— Je vais décoconner au mas de Césarée.

— Vraiment ? ironisa le chef d'atelier. Peut-on savoir qui vous y a autorisée ? Certainement pas mademoiselle Gertrude.

— Non, c'est monsieur Duteil, répliqua la jeune fille.

Pellot fronça les sourcils.

— Depuis quand monsieur Duteil s'occupe-t-il de l'atelier ? Il a bien d'autres soucis en tête !

Nevart le considéra froidement.

— Monsieur Jourdans et monsieur Duteil se sont entendus à ce sujet. Entre beaux-frères.

Bec cloué, Pellot s'inclina.

— La journée sera déduite de votre salaire, mademoiselle Tchekalian, tint-il cependant à glisser.

— Pour ce qu'il est élevé, mon salaire ! répliqua la jeune fille avec insolence.

Peu lui importaient les conséquences de son éclat. Elle n'avait qu'une hâte, courir au mas de Césarée et participer à ce que Marceline lui avait décrit comme l'aboutissement de plusieurs mois d'éducation.

Elle étouffait de plus en plus dans l'atelier, entre le bruit lancinant des machines et la chaleur humide. Lorsqu'elle courait dans les collines, elle avait le sentiment de revivre.

Elle partit sans jeter un regard en arrière. Angèle Duteil, qui remontait l'allée menant à l'usine, l'aperçut alors qu'elle franchissait les grilles du moulinage.

Où va-t-elle encore ? s'interrogea-t-elle, furieuse. Il lui semblait que tout allait de travers depuis l'arrivée de l'Arménienne, un an auparavant. D'ailleurs, Angèle ne se gênait pas pour distiller quelques perfidies au cours des soirées de la sous-préfecture. Les officiels avaient-ils réfléchi aux répercussions de cet afflux de réfugiés arméniens sur le sol français ? On lui avait répondu qu'elle n'avait pas à s'en soucier. Les Arméniens avaient un tel désir de s'intégrer qu'ils ne risquaient pas de causer de problèmes : ce à quoi Angèle avait répliqué : « Il a donc fallu que nous héritions de la seule forte tête ! » d'un air pincé.

Cela amusait son époux. Il observait Nevart en se demandant combien de temps encore elle tiendrait avant d'exploser.

« Avouez-le, que cette fille vous plaît ! » aurait voulu lui lancer Angèle.

Elle ne l'avait pas osé, elle-même n'étant pas irréprochable. Paul se faisant de plus en plus lointain, elle avait séduit un fringant journaliste venu rédiger plusieurs articles sur la région. Elle savait bien, cependant, que cette aventure ne prêtait pas à conséquence. Guillaume Pastour repartirait bientôt pour Paris, et elle resterait à Sainte-Apollonie avec la désespérante certitude que la vraie vie se trouvait ailleurs. Où ? Elle n'en avait pas la moindre idée.

Elle se montra particulièrement odieuse avec les ouvrières ce matin-là. Elle ne se l'avouerait jamais mais elle aurait aimé grimper, elle aussi, au mas de Césarée, pour participer à la grande fête du décoconnage. Elle y aurait certainement rencontré Paul, et aurait peut-être pu comprendre pour quelle raison il la fuyait.

Elle ne supporterait pas qu'il la rejette. Jamais.

Nevart avait déjà traversé Sainte-Apollonie et courait vers la montagne. Le vent, encore fort, courbait les échines des arbres, échevelant le feuillage des derniers oliviers qui s'étageaient sur les flancs de la montagne.

A quelques kilomètres au nord, on n'en trouvait plus. Cette notion de frontière climatique séduisait Nevart. Elle voulait tout connaître de sa nouvelle région, afin de mieux s'y intégrer. Après avoir éprouvé la tentation de se laisser sombrer à Alep, elle retrouvait lentement un certain goût de vivre. Et puis, elle avait un but, sa lavanderaie.

Lorsqu'elle arriva, haletante, au mas de Césarée, Marceline, Marthe et plusieurs autres voisines qu'elle ne connaissait que de vue étaient déjà installées. Assises sous la treille, elles s'activaient, un rameau de bruyère sur les genoux.

Tout ce petit monde salua comme il se devait l'arrivée de Nevart. On lui proposa un verre d'eau vinaigrée, remède souverain contre la soif, avant qu'elle ne se joigne au travail des femmes. Marceline lui indiqua comment procéder. On prenait les rameaux de bruyère, on en détachait avec soin les cocons avant de les jeter dans des corbeilles d'osier. Elle expliqua à Nevart qu'il était important de trier les cocons en mettant à part les doubles, les tachés et les « faibles », non terminés parce que le ver était mort avant d'avoir filé toute sa soie.

La jeune fille acquit vite une certaine dextérité. C'était facile et il était agréable de bavarder sous la treille tandis que les mains s'activaient. Les voisines parlaient de la prochaine fête et du corso de Nyons. Elles évoquaient aussi bien leurs joies que leurs peines, la grand-mère qui s'enfermait dans son monde, le petit dernier qui ne parvenait pas à s'exprimer... En les écoutant, Nevart songeait qu'elles n'étaient pas différentes des femmes de sa famille. Parfois, la souffrance était si intense qu'elle se sentait comme coupée en deux. Ils lui manquaient tous, avec d'autant plus de force que les années passaient. Nevart n'avait rien emporté, pas même une photographie jaunie qu'elle aurait pu contempler de temps à autre. Les traits de ses parents s'effaçaient dans sa mémoire. Le travail de son père l'obligeait à partir fréquemment, et sa mère l'accompagnait. Grand-père Myran avait représenté son point d'ancrage dans son enfance. Près de dix ans après son assassinat, elle le pleurait toujours dans son cœur.

— Dis-moi, petite, tu n'ôtes pas la *blaze*.

Mémé Antonine, une petite vieille toute ridée, au regard étonnamment vif, tendit la main vers le panier de cocons placé devant Nevart. Elle lui montra la sorte de bourre constituée par les premiers fils de soie bavés par le ver. D'un geste preste, elle enroula son index droit autour du cocon. La *blaze*, à laquelle étaient accrochés des morceaux de brindille, se défit d'un coup.

Mémé Antonine cligna de l'œil à l'intention de Nevart.

— Tu vois... Ça fait soixante-dix ans que je décoconne, et je n'ai pas perdu la main. C'est bien, tu es agile.

Vincent venait à intervalles réguliers vider les paniers pleins de cocons dans les *bourras*.

— On irait plus vite si tu avais une machine à *déblazer* comme à Saint-Remèze ! lança Sidonie, qui avait le verbe haut.

Vincent sourit.

— Je n'ai pas les moyens, je n'ai pas une grosse éducation, moi ! Et puis, avec la machine, vous ne pourriez plus autant vous amuser pendant le décoconnage.

Tout le monde rit. Nevart se sentait bien dans cette atmosphère chaleureuse. Comme chez elle.

On finit le jambon de l'encabanage au dîner. La tradition voulait qu'on mangeât aussi du poulet. Marceline avait prévu large, et préparé un tian de courgettes.

Paul, qui avait été invité, n'arriva qu'à huit heures. On en était à la tarte aux cerises. Il ne voulut rien accepter d'autre, malgré l'insistance de Marceline.

Son visage était las, ses traits tirés. Nevart comprit tout de suite qu'il était en souci.

— Venez marcher un peu, docteur, lui proposa-t-elle alors que la gnôle circulait à table.

Il se leva sans se faire prier. Ils s'éloignèrent en direction du champ de lavande de Marceline.

Le ciel virait au rose. Un parfum entêtant montait des champs de « bleue ».

Un sentiment de paix envahit Nevart.

— C'est ici que je veux vivre, murmura-t-elle. Et cultiver *ma* lavande.

Paul ne sourit pas. Il la comprenait.

— Je n'ai pas pu sauver un patient tantôt, déclara-t-il enfin d'une voix assourdie. Le tétanos. On m'a appelé trop tard…

Spontanément, Nevart lui serra la main.

— Vous n'êtes pas en cause. Vous ne pouvez pas sauver tous les malades.

Il tourna vers elle un visage perdu.

— Je sais, Nevart. Cependant, je ne puis m'empêcher d'espérer.

Ils revinrent à pas lents vers le mas de Césarée. L'obscurité les rattrapait.

Il la reconduisit après qu'elle eut pris congé de Marceline et de Vincent.

— Prenez bien soin de vous, lui recommanda-t-il.

Il lui semblait parfois qu'il était encore plus solitaire qu'elle.

16

1924

André Duteil contempla d'un air satisfait les bâtiments de l'usine de moulinage. L'année s'annonçait bien. Ses clients habituels lui étaient restés fidèles et il avait conquis de nouveaux marchés, aussi bien en Angleterre qu'en Amérique latine, continent en pleine expansion.

Son grand-père serait fier s'il pouvait voir l'usine Duteil. Le vieil Alphonse, en effet, avait subi de plein fouet la crise de la pébrine et failli mettre la clef sous la porte. Il s'était rendu jusqu'au Japon afin d'acheter des graines. André, méfiant, avait créé de nouvelles filières d'approvisionnement en Indochine. Ce choix était cependant très coûteux. Pour sa part, le moulinier préférait gagner toujours plus de nouveaux marchés, notamment aux Etats-Unis.

L'année 1924 était prometteuse. La mode avait redonné aux élégantes le goût des belles matières. Les garçonnes montraient leurs jambes mais exigeaient de la soie pour leurs sous-vêtements. Angèle avait suivi le mouvement. Dommage qu'elle ait pris du poids, songea André avec une pointe de cynisme. Elle avait moins de succès dans les soirées mondaines, ce qui lui aigrissait le caractère. Heureusement, il avait Lucienne. Il retournait à Marseille à la fin de la semaine et se réjouissait à la perspective de retrouver sa maîtresse.

Auprès de Lucienne, il parvenait à oublier qu'Angèle n'avait pas réussi à lui donner un fils.

Pellot rattrapa Duteil au moment où ce dernier franchissait le seuil des écuries. Il aurait dû acheter une automobile, ainsi qu'Angèle le lui suggérait avec de plus en plus d'insistance, mais il n'arrivait pas à se séparer de Roustan, son alezan préféré. De plus, la ligne de chemin de fer lui permettait de gagner rapidement Montélimar ou Marseille.

— Monsieur, je voulais vous dire...

Le chef d'atelier avait l'habitude particulièrement agaçante de ne pas terminer ses phrases. André Duteil soupira.

— Au fait, Pellot, venez-en au fait. Je suis déjà en retard.

— C'est encore cette fille, jeta-t-il d'un trait. Elle a des cauchemars presque toutes les nuits, ce qui perturbe le dortoir. Mademoiselle Gertrude pense qu'elle cherche à se faire remarquer.

— Depuis quand mademoiselle Gertrude pense-t-elle ? ironisa Duteil. Si vous me retenez à cause de ces sottises, vous avez du temps à perdre, mon vieux. Pas moi. Je n'ai pas la moindre intention de m'intéresser à ces histoires de bonnes femmes. Occupez-vous donc de la production !

Maté par le ton mordant de l'industriel, Pellot baissa le nez et marmonna une vague excuse.

— Si je ne savais pas qu'elle passe toutes ses nuits au dortoir, je dirais que l'Arménienne est la bonne amie du patron, confia-t-il à Maurice, le concierge, quelques minutes plus tard.

Celui-ci haussa les épaules.

— Croyez-moi, monsieur Pellot, ne vous en mêlez pas. Cette fille ne porte pas bonheur.

S'il laissait Maurice s'embarquer dans ses histoires de superstitions, il en avait pour un bon moment. Pellot prit congé en prétextant un rendez-vous urgent avec monsieur Tourret. Le concierge le suivit des yeux jusqu'à ce qu'il disparaisse à l'intérieur de l'usine.

— Personne ne veut m'écouter, grommela-t-il.

Il y avait près de quarante ans qu'il occupait le poste de concierge. Il avait connu le père et le grand-père de monsieur Duteil, et avait le sentiment d'appartenir à une époque révolue. Pour lui, le fils Duteil n'était pas un vrai moulinier. Il venait en coup de vent à l'usine, préférant se charger de l'exportation des soies. Un voyageur de commerce, voilà ce qu'il était, pensa Maurice avec un soupçon de mépris.

Il regagna son logis en boitillant. Il se sentait las et, plus encore, désabusé.

Le ciel était d'un bleu presque cruel sous la chaleur de midi. N'en ayant cure, Nevart, son balluchon serré contre elle, courait presque vers le mas de Césarée.

Libre, enfin ! Il avait suffi d'une nouvelle remontrance, assortie de menaces, pour qu'elle arrête sa décision. Au fond d'elle-même, elle savait bien qu'elle s'étiolait dans l'atelier, tout comme elle étouffait, la nuit, dans le dortoir. On lui reprochait tout, depuis ses cauchemars qui perturbaient le sommeil de ses camarades jusqu'à ses escapades dans les collines. Surtout, la « patronne », Pellot et mademoiselle Gertrude ne supportaient pas la fierté de la jeune fille. Ils auraient souhaité lui voir courber la tête avec humilité. Or, Nevart avait trop souffert pour leur offrir ce plaisir.

« Vous ne pourrez pas rester chez nous. Vous ne vous pliez pas aux règles », lui avait reproché tantôt Angèle Duteil. Ce à quoi Nevart, très calme, avait répondu : « Bien. Je m'en vais », en ôtant sa blouse grise au beau milieu de l'atelier.

Ç'avait été un beau tollé. Angèle avait poussé les hauts cris en glapissant qu'on n'avait jamais vu pareille impudence. Les plus jeunes ouvrières, effrayées, s'étaient rassemblées autour de mademoiselle Gertrude qui observait la scène sans mot dire. Emilienne, l'amie de Mélanie, avait croisé les bras.

« Il est temps que tout ça change », avait-elle commenté de sa voix grave.

A ce moment-là, Nevart avait intercepté le coup d'œil inquiet échangé par la « patronne » et le chef d'atelier. Elle avait lu quelques semaines auparavant, dans les anciens numéros de *L'Illustration* que Vincent lui prêtait, l'histoire de la grève de 1899. Dans le secteur, plusieurs ouvrières avaient réclamé la diminution de la journée de travail à dix heures par jour sans réduction de salaire. A coup sûr, Angèle Duteil et Pellot y songeaient aussi.

« Qu'elle parte ! avait alors décidé la "patronne". De toute manière, cette fille n'a jamais été à sa place chez nous. »

C'était tout à fait le genre de phrase propre à blesser Nevart. Se contrôlant à grand-peine, la jeune fille avait salué à la ronde.

« Bonne chance ! » avait-elle lancé à ses camarades.

A présent, alors qu'elle grimpait d'un bon pas malgré un point de côté, elle se demandait de quoi elle allait vivre. A la demande d'Angèle Duteil, Pellot lui avait remis un maigre pécule correspondant à son salaire.

Combien de temps pourrait-elle tenir avec cette somme ? Elle n'en avait pas la moindre idée.

Pour l'instant, elle savourait la chaleur du soleil, le chant des cigales et le parfum de lavande qui la grisait.

Elle tendit le cou, aperçut Marceline qui effilait des haricots, sous la treille. La sœur de Vincent, concentrée sur son travail, ne regardait pas le chemin de terre menant au mas de Césarée. Nevart s'immobilisa sous le figuier.

— Marceline ! héla-t-elle.

Son amie releva la tête. Son visage s'éclaira lorsqu'elle reconnut Nevart.

— Quelle bonne surprise ! s'écria-t-elle.

Nevart sut alors qu'elle avait pris la bonne décision. Elle n'était pas seule.

Le soleil tapait fort sur les *baïasses* à flanc de montagne.

Nevart redressa son dos douloureux et s'épongea le front à l'aide de son grand mouchoir blanc. C'était l'une de ses rares coquetteries, ces mouchoirs de fil qu'elle achetait à mémé Lisette, la vieille mercière qui faisait le tour des fermes dans sa jardinière tirée par une mule.

Elle souffrait de la chaleur et de la fatigue mais elle n'avait pas l'idée de se plaindre. Même si le travail était pénible, elle était heureuse dans les lavanderaies.

Elle avait été embauchée grâce à l'entremise de Vincent, qui connaissait le propriétaire de *baïasses* situées sur le plateau de Sault. Le docteur Mailfait l'avait conduite à la ferme des Banettes. Tout au long du chemin, il lui avait prodigué ses recommandations. Nevart devait toujours porter son chapeau de paille, sacrifier au rituel de la sieste en pleine chaleur et se défier des vipères. Elle avait ri de ces conseils de prudence.

« Je n'ai pas peur, voyons ! »

Il avait ouvert la bouche comme s'il avait souhaité ajouter quelque chose, pour finalement choisir de garder le silence.

Nevart l'avait observé à la dérobée, en songeant qu'il avait changé. Son hâle faisait ressortir ses yeux clairs. Même s'il était toujours aussi réservé, il paraissait plus ouvert, plus à l'aise. Etait-elle devenue une autre, elle aussi ? Elle avait eu vingt ans en juin, mais il lui semblait être une vieille femme. En même temps, le fait de vivre en pleine nature l'avait aidée à reprendre confiance en elle. Elle avait l'impression de se régénérer au contact de la lavande. Pourtant, les premiers jours, elle avait bien failli renoncer. Il ne suffisait pas d'aimer la « bleue », comme disait Vincent avec un soupçon d'émotion dans la voix et le regard, il fallait aussi l'apprivoiser. Armée d'une *saquette* et d'une faucille, Nevart s'était blessée à plusieurs reprises aux doigts.

« Tiens bon ! lui avait recommandé Aïda, une Italienne, avec son accent chantant du Piémont. C'est le métier qui rentre. »

Les femmes, beaucoup moins nombreuses que les hommes dans les *baïasses*, se serraient les coudes. Elles se partageaient la nuit le jas, la cabane en pierres la plus proche de la ferme mais, Dieu merci, n'avaient pas besoin de monter la garde pour se protéger des ardeurs des coupeurs, trop épuisés pour songer à la bagatelle. Il fallait être jeune pour résister..

Payés au rendement, les coupeurs étaient les seuls maîtres de l'organisation de leur ouvrage. Les plus robustes travaillaient dès l'aube jusqu'au coucher du soleil, cet impitoyable soleil d'août qui les brûlait. Ils pouvaient redresser leur dos douloureux lorsqu'ils en éprouvaient le besoin, s'arrêter à l'heure de leur choix pour le casse-croûte, qu'ils prenaient à l'ombre d'un chêne vert en chantant des chansons. Pain d'épeautre, tomates, olives, une poignée d'abricots constituaient un festin de roi qui permettait de reprendre des forces. Les hommes buvaient du vin tandis que les femmes se contentaient d'eau gardée fraîche dans la gourde.

Le soir, le dos brisé par le poids de la *saquette*, la tête grisée de parfum, les coupeurs s'allongeaient dans leur couverture sur le sol caillouteux et contemplaient les étoiles qui s'allumaient l'une après l'autre dans le ciel couleur de velours bleu de nuit. Le sommeil les prenait parfois d'un coup, sans qu'ils aient le temps de regagner l'abri du jas, et ils passaient la nuit à la belle étoile.

C'était une vie rude, qui convenait fort bien à Nevart.

17

1927

Le mistral, qui prenait plus de force à partir de Valréas, soufflait sans relâche depuis trois jours. Il avait été accueilli avec soulagement, car les nuages menaçaient. Au bout de quarante-huit heures, cependant, Nevart souffrait déjà de maux de tête.

« Le mistral rend fou », affirmait Marceline. Elle ajoutait : « Regarde ma sœur… »

Angèle, de l'avis unanime, avait de bizarres sautes d'humeur. Toutefois, comme elle avait toujours eu un caractère difficile, on n'y prêtait plus vraiment attention.

La jeune fille frotta sa tempe d'un geste machinal, comme pour chasser la douleur qui s'obstinait. Même si elle le supportait mal, elle savait que le mistral faisait partie intégrante de ce pays. Certaines nuits d'hiver, elle avait l'impression que la porte et les volets de la bergerie où elle avait trouvé refuge allaient céder sous les coups de boutoir de ce vent sauvage et frondeur.

Paul lui avait offert un vieux livre découvert à Grignan dans lequel la marquise de Sévigné, au XVIIe siècle, pestait déjà contre le mistral, qu'elle appelait « la bise », suivant la coutume de l'époque.

Nous avons cent fois plus froid ici qu'à Paris. Nous sommes exposés à tous les vents. C'est le vent du Midi, c'est la bise, c'est à qui nous insultera ; ils se battent entre eux pour avoir l'honneur de nous renfermer dans nos chambres.

Elle avait lu cet ouvrage recroquevillée sous les couvertures qu'elle avait tissées elle-même avec la laine des chèvres de Marceline. La lampe-tempête oscillait d'une manière inquiétante mais elle n'avait pas vraiment peur. Elle avait un toit et son champ de lavande. N'était-ce pas l'essentiel ?

Elle avait trimé dur pour transformer le champ pierreux alloué par Vincent en lavanderaie ! Courbée au-dessus du sol ingrat, Nevart avait manié le plantoir avec une sorte de rage. Elle avait tracé au cordeau des lignes espacées d'environ soixante centimètres après avoir labouré la parcelle et aéré le sol. Même s'il n'en soufflait mot, elle savait que Vincent gardait un œil sur son labeur. Le premier hiver avait été le plus pénible. Après avoir repiqué ses plants de lavande, Nevart avait dû chercher du travail. Elle s'était louée de ferme en ferme pour la *bugade*, la lessive, avait travaillé sur les marchés, cueilli les olives et les abricots. Aucune tâche ne la rebutait, du moment qu'elle ne se retrouvait pas enfermée dans un atelier. Habile de ses mains, courageuse, elle avait aussi tressé des paniers et appris à filer la laine. On l'appréciait, aussi bien à Sainte-Apollonie que dans les fermes des environs.

L'heure décisive est arrivée, se dit-elle. Pendant trois années, elle avait veillé sur son champ, binant deux à trois fois l'an les jeunes plantations au piochon, s'inquiétant les nuits de gel et les soirs de pluie.

Elle savait en effet que la lavande s'était toujours mieux accommodée d'un excès de sécheresse que d'un excès d'humidité. Les étés passés à se louer chez les lavandiculteurs de la région lui avaient appris à déterminer le meilleur moment pour la récolte. Il fallait que toutes les fleurs soient ouvertes et même que quelques-unes commencent à se faner. Sous l'effet de la chaleur, l'essence monterait encore mieux dans les fleurs de lavande.

Elle prit une longue inspiration. Elle désirait que tout soit parfait pour cette première récolte.

— Ohé ! Nevart !

Sur le sentier en contrebas du champ, Marceline agitait la main. Elle ramenait ses chèvres au mas. Nevart descendit à sa rencontre ; les deux amies s'embrassèrent.

— Demain, c'est le grand jour ? questionna Marceline.

Ses yeux brillaient. Les années ne semblaient pas avoir de prise sur elle. Ses traits étaient empreints de sérénité. Les longues heures vécues en la seule compagnie de ses chèvres avaient forgé son caractère. Si elle pensait toujours à Marcel, son fiancé tué à la guerre, elle avait apprivoisé l'idée de rester célibataire – expression qu'elle préférait à celle de « vieille fille », estimant qu'il s'agissait d'un choix de sa part. Elle avait reçu deux demandes en mariage en 1925, qu'elle avait refusées sans même se poser de questions. Elle avait assisté au cheminement parallèle de Nevart : l'adolescente farouche, refermée sur son chagrin, était devenue une jeune femme d'une beauté saisissante. Comme son amie, Nevart avait adopté le grand chapeau de paille qui protégeait son teint clair de la brûlure du soleil. Ses cheveux noirs ondulaient librement jusqu'au bas de ses reins ; elle était très séduisante avec ses yeux noirs, sa silhouette mince, sa poitrine ronde et ses longues jambes fines. On la réclamait à l'occasion des fêtes votives où elle chantait, d'une voix légèrement rauque, les refrains en vogue.

Elle se pencha, huma un brin de lavande.

— Elle est belle, approuva Marceline.

C'était elle qui avait bataillé pour convaincre son frère de laisser Nevart tenter sa chance. Depuis leur première rencontre, elle était persuadée que son amie était capable de réaliser son rêve. Nevart vivait pour la lavande, s'était investie dans cette culture au point qu'à présent, elle s'y connaissait autant que les anciens qui la travaillaient depuis des lustres.

« La petite est faite pour la “bleue”, ça ne s'explique pas », avait commenté Jean-Baptiste, le vieux berger, un jour où il était venu boire un verre de vin de figues au mas. Lui aussi avait adopté Nevart, ce qui équivalait à une intronisation.

— Je viendrai t'aider, si tu veux, proposa Marceline.

Nevart accepta son offre sans façons. Les deux jeunes femmes se « prêtaient la main », comme elles disaient, aussi bien pour la cueillette des fruits que pour la traite des chèvres. Leur amitié leur était précieuse.

— L'année prochaine, j'espère que l'autre champ sera productif, reprit Nevart.

Elle débordait de projets. C'était pour elle une façon de s'obliger à vivre. Paul et elle en avaient parlé, un soir, alors qu'ils se promenaient en bordure du champ de lavande. Pour la première fois, ils avaient échangé quelques confidences sur les drames qu'ils avaient vécus. Fort peu... Nevart n'aimait pas se livrer. Il lui semblait que, si elle ouvrait les digues, rien ni personne ne l'empêcherait de s'effondrer. Elle lui avait dit, cependant, qu'elle souffrait de ne plus voir Alice et Anaït.

Les jeunes filles, qui étaient arrivées en France en même temps qu'elle, avaient épousé des réfugiés et les avaient suivis jusqu'à Romans où s'était installée une importante colonie arménienne. Elles invitaient régulièrement Nevart à aller les voir, mais Romans lui paraissait si loin… et elle n'avait guère d'argent.

« Je vous emmènerai un jour, si vous voulez », avait suggéré Paul.

Blessée, elle s'était récriée. Elle ne demandait pas la charité ! Elle avait juste exprimé un manque. Ce jour-là, le médecin avait compris à quel point Nevart différait des autres femmes. Comme elle avait tout perdu, son orgueil lui tenait lieu d'armure. Il ne l'en avait que plus admirée.

Des abeilles butinaient la lavande offerte. L'heure était douce, la chaleur ayant un peu décru. Un soupir gonfla la poitrine de Nevart.

— Cette lavande, tu ne peux pas savoir ce qu'elle représente pour moi, souffla-t-elle.

C'était la vie, gorgée de sève, qui continuait.

Marceline sourit à son amie.

— Je crois en avoir une petite idée.

Bras dessus, bras dessous, elles regagnèrent le mas de Césarée, escortées par les chèvres. Le lendemain, une longue journée de travail les attendait.

Pour la première coupe, les mains de Nevart tremblaient si fort qu'elle s'entailla deux doigts. Elle avait l'habitude, pourtant, de manier la faucille, et se blessait peu. Mais ce n'était pas la même chose. Il s'agissait de *son* champ, de *sa* lavande.

— Respire un bon coup, lui conseilla Marceline.

Respirer, c'était se griser de l'odeur à la fois entêtante et douce de la lavande. Recevoir en plein cœur l'offrande de cette houle bleu-violet qui frissonnait sous le vent d'été. Admirer, jouir du spectacle avant d'attaquer la première rangée, c'était comme un rêve longuement caressé. Nevart avait peur qu'il ne s'évanouisse. Et puis, brusquement, elle se souvint du conseil de la vieille femme, en Turquie. « Tu dois vivre. »

Lentement, la main crispée sur le manche en bois de sa faucille, elle procéda à la première coupe, à main droite, poignée après poignée. Il lui fallait en effet un peu de temps, et d'assurance, avant d'opter pour la coupe à main renversée, plus efficace car elle permettait de « peler » toute la touffe en trois, quatre coups de faucille. Elle avançait à son rythme, à présent, le dos courbé, les pieds glissant sur le sol caillouteux, entassant des poignées de tiges coupées dans sa *saquette*, cette toile de drap blanc d'environ deux mètres sur un mètre cinquante, croisée sur le dos afin de former une sorte de sac, que coupeuses et coupeurs se nouaient sur la poitrine par quatre bouts de tissu cousus à chacun des coins.

Elle allait vite, tout en veillant à ne pas saisir d'abeilles dans une poignée de tiges. Elle connaissait, heureusement, le meilleur remède : verser sur la piqûre, après avoir retiré le dard, quelques gouttes d'essence de lavande.

Le dos courbé, elle se mit à fredonner.

— Regarde-moi ces *bourras* !

Marceline, rayonnante, se tourna vers son frère. Tout au long de la journée, sous le soleil impitoyable, Nevart et elle avaient vidé sur les toiles de drap grossier étalées en bordure de champ le contenu de leur *saquette*. Plusieurs *bourras*, attachés par les quatre coins, devenaient des trousses. Le lavandiculteur le plus proche, Vallon, avait envoyé sa remorque afin de charger ces trousses et de les transporter devant sa ferme.

Vincent assistait à la scène, et Nevart lui en était reconnaissante. Par sa présence, il apportait son soutien à la jeune fille et signalait qu'elle ne devait pas être lésée.

— Ça va ? lui demanda-t-il en lui voyant le visage défait sous son chapeau de paille.

Son corsage de satinette était marqué de taches de sueur. Ses avant-bras portaient des traces de griffures et ses doigts avaient été blessés par la faucille, mais elle avait pu vérifier une fois de plus l'exceptionnel pouvoir cicatrisant des fleurs de lavande. La première année, Aïda lui avait expliqué que les coupures ne s'envenimaient jamais. C'était vrai.

Nevart hocha la tête avec vigueur. Elle se sentait un peu grise, comme lorsqu'il lui avait fait goûter de la clairette de Die.

— Je suis heureuse, souffla-t-elle.

De nouveau, Vincent la regarda. Il se rappelait l'adolescente vêtue de noir, au regard empreint de désespérance, qu'ils avaient rencontrée, Paul et lui, sur les chemins menant à la montagne de la Lance.

Ce soir, elle rayonnait.

— Vous comprenez, reprit-elle, c'était pour moi comme un défi. Il fallait que je me prouve que j'étais capable de cultiver mon champ.

Il désigna d'un coup de menton la remorque qui s'ébranlait.

— S'agit d'aller jusqu'au bout, maintenant. Quand tu redescendras, ta part de soupe t'attendra au mas.

Elle lui aurait volontiers sauté au cou, si elle n'avait pas eu peur de faire jaser dans tout le pays. Il lui avait apporté une aide précieuse, tout comme Marceline.

— Merci, dit-elle simplement.

On l'attendait chez Vallon, où elle retravaillerait dès le surlendemain comme simple coupeuse. Là-bas, elle allait, avec ses camarades, ouvrir les trousses et disposer les fleurs de lavande en bancs, à l'aide d'une fourche, afin d'aérer les tiges et de favoriser un séchage optimal, sans risque de fermentation.

— A tout à l'heure ! lui cria Marceline tandis qu'elle s'éloignait derrière la remorque.

Elle était fière de son amie. Elle avait toujours su qu'elle réussirait.

18

1928

Chaque fois que, renversant la tête en arrière, il contemplait le ciel à la luminosité incomparable, Paul éprouvait un pincement au cœur. La douleur était toujours là, bien qu'assourdie. Il ne voulait pas se demander quel âge aurait Pauline, ou si quelques cheveux blancs auraient terni la chevelure de Cosima. Il gardait leur souvenir intact, telles qu'elles étaient avant que les bombes ne les fauchent.

Il n'avait pu évoquer sa femme et sa fille qu'avec une seule personne, Nevart : elle aussi avait connu l'indicible.

Il se retourna comme pour mieux mesurer la distance qu'il venait de parcourir. Il aurait pu monter au mas de Césarée les yeux bandés. La vieille bâtisse était devenue pour Paul et ses amis un lieu où ils aimaient à se réunir, le dimanche, autour d'un ragoût de chevreau ou d'une daube.

Il songeait parfois que Nevart, Marceline, Vincent et lui avaient reconstitué une famille. Une drôle de famille, dans laquelle les liens du cœur auraient remplacé ceux du sang. Le frère et la sœur les avaient aidés à s'intégrer. Neuf ans après son arrivée en Drôme, le docteur Mailfait était considéré comme « un du pays ». Même s'il se trouvait parfois une ou deux personnes pour lui faire remarquer que, décidément, il n'avait pas l'accent de la région, tous reconnaissaient son dévouement et ses compétences.

On venait de loin pour le consulter dans son cabinet de Sainte-Apollonie, car il était réputé avoir un excellent diagnostic. Il ne rechignait pas non plus à se déplacer, et avait dû plus d'une fois exercer son art de chirurgien sur une table de ferme ! La péritonite ou la hernie étranglée devant être opérées de toute urgence, Paul ne se dérobait pas. Il savait qu'on n'avait pas le temps de transporter le malade jusqu'à l'hôpital de Montélimar. Dans sa vieille mallette de cuir fatigué, à côté de la lancette destinée aux saignées dont il ne se servait plus guère, de la grosse montre permettant de prendre le pouls et de la petite boîte métallique contenant les diverses seringues, il avait un flacon de chloroforme réservé aux anesthésies d'urgence. Il avait ausculté tant de patients, depuis l'obtention de son diplôme, qu'il ne redoutait plus vraiment les situations difficiles. Son expérience lui était de plus en plus utile, même s'il avait toujours aussi peur de perdre l'un de ses malades. La nécessité de se faire accepter au cours des dernières années lui avait enseigné une certaine humilité. Il avait même appris les vertus des herbes médicinales, ce qui lui valait le respect de la vieille Pascaline.

« Enfin un toubib pas fier, qui n'a pas peur de mes remèdes ! » plastronnait-elle. Paul rêvait d'une médecine universelle, qui se serait inspirée des méthodes de soins en usage dans différents pays.

« Il faudra que je vous parle des emplâtres de ma mère », lui avait promis Nevart. Elle avait réussi à l'évoquer sans pleurer. « Il faut croire que je grandis », avait-elle commenté en esquissant un sourire indéfinissable à l'adresse du médecin.

A cet instant, il avait éprouvé le désir irrépressible de la serrer contre lui. N'était-ce pas pure folie ? Il était beaucoup trop âgé pour elle. Personne ne fêtait plus son anniversaire depuis la fin de la guerre, mais il allait avoir quarante ans fin octobre. Quarante ans ! Chaque fois qu'il y songeait, cela lui faisait un drôle d'effet. Comme s'il s'était trouvé à la croisée des chemins.

Il s'arrêta quelques secondes afin de reprendre son souffle. La dernière côte était traîtresse, il aurait mieux fait de se munir de son bâton de marche à bout ferré.

Il prit une longue inspiration. Les genêts d'Espagne parsemaient les collines de taches jaunes dont la couleur était avivée par le vert foncé, presque noir, des cyprès montant la garde devant la minuscule chapelle du Beauvoir. Personne ne se rappelait à quelle occasion elle avait été édifiée là, sur une sorte de promontoire rocheux. En revanche, on ne manquait pas de s'y rendre en pèlerinage, au temps des Rogations, afin d'obtenir un peu de pluie.

Il se signa, machinalement. Croyait-il encore en Dieu ? Il avait envie d'en discuter avec Nevart. Il s'arrêta de nouveau, saisi par le fait que la jeune fille tenait une place de plus en plus importante dans sa vie. Angèle Duteil avait été la première à s'en apercevoir. Paul avait laissé leur relation s'effilocher ; la sœur de Vincent se faisait de plus en plus exigeante et tentait de faire pression sur son amant en le menaçant de tout révéler à son époux.

« Ne vous gênez pas, lui avait répondu Paul, excédé, un soir de 1926. Cela me soulagera vis-à-vis de votre mari. »

Angèle s'était alors déchaînée, hurlant, brisant plusieurs objets. Paul s'était interposé lorsqu'elle avait voulu saisir le cadre dans lequel il avait glissé une photographie de Cosima. Lui prenant le bras, il avait considéré son ancienne maîtresse d'un air glacial.

« Si vous vous calmiez, ma chère ? » avait-il suggéré d'une voix très douce.

Il avait beaucoup de peine à se maîtriser lui-même. Il savait pourtant que c'était le seul moyen de rassurer une personne aussi hystérique qu'Angèle. De plus, il ne pouvait s'empêcher de se sentir un peu coupable. Il n'aurait jamais dû céder à ses avances. Depuis le premier jour, leur relation était faussée. Il ne l'aimait pas, ne l'aimerait jamais.

« Vous avez changé depuis l'arrivée de cette sainte-nitouche de réfugiée ! » avait-elle gémi.

L'instant d'après, comme elle n'était pas femme à supplier, elle partait en marmonnant des menaces à l'encontre de Paul et de Nevart. Depuis ce jour-là, elle était ostensiblement allée consulter un autre médecin, à Dieulefit. Son mari, cependant, avait refusé de retirer la surveillance médicale des ateliers à Paul. Ce dernier était connu pour sa probité et sa conscience professionnelle ; s'il avait fait appel à un autre praticien, on l'aurait aussitôt soupçonné de dissimuler quelque chose.

Il reprit son ascension en se demandant ce qu'il allait advenir d'Angèle. Il avait évoqué son cas avec Elie Cluzel, son ancien condisciple, qui s'était spécialisé en psychiatrie. Elie avait parlé de schizophrénie. Paul s'était senti un peu dépassé. Il se rendait compte que son activité de médecin de campagne, très accaparante, l'empêchait de se tenir au courant de l'actualité médicale aussi régulièrement qu'il l'aurait souhaité. Les revues de documentation s'empilaient sur son bureau, au grand mécontentement de Marthe, qui ne comprenait pas qu'on puisse posséder autant de livres.

« Ça va vous abîmer les yeux ! » affirmait-elle doctement.

Pourtant, il avait choisi d'être généraliste, et ne regrettait pas son choix.

« Cette femme peut se révéler dangereuse, avait confié Elie. Mieux vaut garder tes distances. »

Il n'avait pu parler d'Angèle avec Vincent. Seulement avec Marceline qui, ayant souffert du caractère de sa sœur étant enfant, était de bon conseil.

« Il serait temps que Duteil se soucie un peu d'elle », avait-elle fait remarquer d'un ton acide, qui ne lui ressemblait pas.

André Duteil semblait être victime de la folie des grandeurs. Pour produire toujours plus, à destination notamment des Etats-Unis, il avait fait des investissements importants et embauché du personnel supplémentaire, des ouvrières qu'il faisait venir à présent d'Italie. A la mort de son cheval Roustan, il avait fait l'acquisition d'un véhicule Peugeot et s'était découvert une passion pour la vitesse. Il roulait vite, trop vite, sur les routes étroites de la Drôme, ce qui lui attirait les critiques du facteur et les remontrances de la maréchaussée, dont il n'avait cure. Il avait toujours été persuadé de pouvoir agir à sa guise.

Curieux personnage, songea une nouvelle fois Paul. Il ne parvenait pas à le cerner. Quelque chose en lui le gênait. Angèle et lui auraient pu former un couple heureux s'ils en avaient eu la volonté. A croire qu'ils s'étaient mariés pour de mauvaises raisons, chacun demandant à l'autre ce qu'il ne pouvait lui donner.

Les cigales stridulaient de plus en plus fort. S'il se retournait, il apercevrait le Ventoux, bien dégagé. Vincent avait promis de les emmener jusqu'au sommet, Nevart et lui.

« Le Ventoux, c'est un autre monde », disait-il avec une émotion sourde dans la voix.

Il sourit en distinguant la silhouette ramassée du mas de Césarée.

— Enfin, vous voilà !

Nevart s'élança vers lui. Elle portait une robe rouge qui contrastait avec ses cheveux et ses yeux sombres. Paul la reçut contre lui. Elle sentait bon la lavande. Il s'émut soudain de ce corps jeune et ferme, aux courbes appétissantes. Le travail en plein air lui allait bien. D'ailleurs, Marceline soutenait sans rire qu'il n'y avait pas de meilleur climat au monde que le leur. Paul la croyait volontiers : après plusieurs mois passés au préventorium de Dieulefit, Mélanie, la petite orpheline de l'Ardèche, avait recouvré la santé. Elle travaillait désormais dans une école située à quelques kilomètres de Dieulefit où elle s'occupait du ménage et du linge. Elle y était heureuse, affirmait-elle à Paul qui prenait régulièrement de ses nouvelles.

— Venez voir mes champs de lavande, reprit Nevart en l'entraînant vers les parcelles que Vincent lui avait concédées en contrebas du mas.

— C'est si important pour vous ? s'étonna-t-il.

Le visage de la jeune fille s'empourpra.

— Mon grand-père avait une ferme, du côté d'Amassia. Un endroit merveilleux, où j'ai passé mon enfance. Chez nous, la terre était sacrée. Et puis, les hommes noirs sont venus...

Elle se mordit les lèvres.

— Mes champs de lavande, je les cultive avant tout en mémoire de mon grand-père.

Elle s'interrompit, se refusant à éclater en sanglots devant lui. Chaque touffe de lavande était une façon de rendre hommage à Myran.

— Je crois que je comprends ce que vous voulez dire, murmura Paul.

Elle leva les yeux vers lui. A cet instant, les mots entre eux étaient superflus.

19

Tout le pays, de Grignan au Poët-Laval, fleurait bon la lavande dont le parfum entêtant imprégnait les vêtements comme la peau, et les coulées mauves et violettes qui rythmaient le paysage donnaient à Nevart le sentiment de vivre dans quelque secret pays de cocagne.

Pour la première fois, elle avait fait appel à des coupeurs extérieurs. Uniquement des personnes qu'elle connaissait bien pour avoir travaillé à leurs côtés dans les champs du père Vallon. Tous deux avaient été les seuls à croire à l'avenir de la lavande à une époque où on leur prédisait les pires catastrophes. A présent que la plupart des pays d'Europe et même d'Amérique réclamaient l'huile essentielle aux mille vertus, ils pouvaient se féliciter d'avoir eu du flair.

Vincent lui-même n'y avait pas cru. Il avait fini par reconnaître qu'il n'avait aidé Nevart que pour lui faire plaisir.

« Tu comprends, petite, lui avait-il expliqué, pour moi, la "bleue", c'était une fleur un peu folle, qui poussait à l'état sauvage. Difficile d'imaginer qu'on pouvait la cultiver, et que ça allait rapporter ! »

On pouvait même parler, comme André Duteil le faisait avec un soupçon de mépris, de « fièvre de la lavande ». Les cours, en effet, s'étaient envolés et on commençait à voir des cultivateurs convertir leurs bonnes terres à blé en lavanderaies.

Mauvais calcul, estimait Nevart qui avait souvent constaté que la « bleue » préférait les sols ingrats. Elle l'aimait, sa lavande, au point d'avoir repeint les volets de la bergerie en « bleu charrette » un peu passé, ce qui lui donnait l'illusion que les champs aboutissaient à sa maison. C'était désormais chez elle, puisqu'elle avait racheté la bergerie à Vincent l'hiver passé.

Le kilo d'essence de lavande avait dépassé les deux cent cinquante francs. Nevart n'aurait jamais imaginé gagner autant. Prudente, marquée par les années de misère, elle avait placé une partie de son bénéfice à la Caisse d'épargne de Sainte-Apollonie. Elle n'avait pas changé de vie pour autant, se contentant d'acheter quelques meubles et du linge, des draps de métis. Chaque fois qu'elle refermait sa porte, qu'elle humait le parfum des bouquets séchés accrochés un peu partout dans sa cuisine, elle se sentait mieux. Rassurée.

Elle tenta d'expliquer à Paul, venu lui rendre visite, ce qu'elle éprouvait. Il esquissa un sourire teinté de mélancolie.

— Vous avez trouvé un havre de paix.

Son courage et sa détermination l'impressionnaient. Il se demandait parfois si lui-même aurait eu la force de tenir bon, après les tragédies qu'elle avait vécues. Elle se refusait toujours à les évoquer, et chacun respectait son silence.

— Si je comprends bien, vous ne regrettez pas l'usine, lança-t-il en guise de boutade.

— Pour ça, non ! Ici…

Elle désigna d'un ample geste de la main la treille qu'elle avait aménagée elle-même sur le côté de la bergerie et la vue à couper le souffle sur les champs de lavande qui couraient se perdre vers la plaine.

— Ici je me sens, comment dire ? à ma place.

— Moi aussi, appuya Paul après avoir gardé le silence quelques instants.

Il avait longtemps pensé que ce serait impossible. La greffe ne prendrait pas, il venait de trop loin… pourtant il était intégré à ce pays où il était venu chercher refuge en désespoir de cause.

La nuit de juillet gagnait lentement du terrain. Le ciel, après avoir viré au rose, se voilait de mauve. Il bascula soudain dans l'obscurité. Nevart, le nez levé, guettait la première étoile, celle qui lui permettrait de faire un vœu. La lumière dispensée par la lampe-tempête ciselait les contours de son visage, modelait les courbes de sa silhouette.

Bouleversé, Paul mesura brutalement l'importance qu'elle avait prise dans sa vie. Il n'aurait jamais imaginé que cela fût possible après la fin brutale de sa relation avec Angèle mais il désirait une autre femme que Cosima. Ce n'était pas uniquement du désir, d'ailleurs. Il éprouvait pour la jeune fille de la tendresse, de l'admiration, peut-être même de l'amour. Un autre amour...

— Regardez ! s'écria Nevart. Je crois bien avoir localisé l'étoile Véga.

Il ignorait tout de l'astronomie mais rejeta la tête en arrière afin de ne pas la décevoir. En même temps, il se morigénait. Quelle folie d'aller s'éprendre d'elle ! Elle avait vingt-quatre ans, lui-même était quadragénaire. Il était beaucoup trop âgé.

— Je dois rentrer, Nevart, déclara-t-il.

Il refusa de voir le regard blessé qu'elle lui jetait.

Trop vieux, tu es beaucoup trop vieux pour elle, se répéta-t-il en descendant le chemin caillouteux après avoir brièvement salué la jeune fille. Une pierre roula sous ses pas ; il trébucha, jura, se sentant stupide. La nuit de juillet, sensuelle, parfumée, l'enveloppait. Il brûlait du désir de retourner vers Nevart, de la serrer contre lui. Il accéléra le pas, pour mieux s'interdire de céder à la tentation. Il rentra chez lui triste et perdu.

Angèle Duteil vérifia d'un dernier coup d'œil qu'elle était fort appétissante dans son déshabillé de soie gris perle. Appétissante... Ce compliment lui venait de son dernier amant, un clerc de notaire, qui était parti pour Montélimar. Elle s'était imposé un régime draconien, avait pris les eaux à Aix-les-Bains avant de se remettre à pratiquer assidûment le tennis. Elle avait un but : reconquérir Paul. Elle n'avait pas supporté de franchir le cap de la trentaine, huit ans auparavant, et avait traversé une période particulièrement difficile. Si elle perdait sa beauté, elle n'avait plus de raison d'être.

André ne lui avait été d'aucun secours.

Elle était encore belle, pourtant, se dit-elle en s'examinant sans indulgence devant la grande psyché de sa chambre. La pièce, en rotonde, était tapissée de toile de Jouy rose et blanche. Son secrétaire, un meuble rare en bois de citronnier, ne lui servait qu'à faire ses comptes. Au cours d'une conversation à la sous-préfecture portant sur l'art pictural, Angèle Duteil avait brusquement compris qu'elle manquait de culture. Ses relations mondaines lui avaient conféré un léger vernis, insuffisant en présence de véritables artistes. Piquée, elle avait pris conscience du fait qu'elle ne savait que séduire. Las ! A partir d'un certain âge, c'était beaucoup plus difficile.

Elle releva ses cheveux avec coquetterie. Elle les faisait teindre chaque mois dans un salon de coiffure réputé de Montélimar. Elle avait ressenti un choc en découvrant ses premiers cheveux blancs. Elle avait alors revu sa mère avec sa tresse toute blanche, et avait eu envie de pleurer. Elle avait douloureusement compris ce jour-là que lorsqu'elle aurait perdu sa beauté, il ne lui resterait plus rien.

Elle avait commencé à ressentir des douleurs diffuses. Des maux de ventre, de dos, des nausées. Son humeur oscillait en fonction de son état. Lasse le matin, elle se traînait jusqu'au déjeuner et se sentait souvent beaucoup mieux le soir. Le sommeil, cependant, la fuyait. Seule dans ce grand lit, elle se livrait à un bilan de sa vie, plutôt déprimant. Qu'avait-elle réalisé ? Rien. Même son action à l'usine lui paraissait dérisoire. Elle s'était volontairement isolée de son frère et de sa sœur ; désormais, elle était seule.

Elle jeta un coup d'œil à la pendulette de sa table de chevet.

Elle avait fait demander au docteur Mailfait de venir soigner ses malaises. Paul tardait. Quoi d'étonnant ? Il devait encore être dans les collines, à rendre visite à cette jeune Arménienne qui réussissait dans la lavande. On parlait d'elle jusque dans les salons du sous-préfet, ce qui irritait fort Angèle. Avait-on jamais vu quelqu'un faire fortune dans la « bleue » ? Décidément, le monde marchait sur la tête !

Elle retourna à la fenêtre, observa la cour. Jules, le valet, déchargeait des caisses de vin de Bordeaux. André tenait à avoir la meilleure cave du pays mais, ne supportant pas les crus capiteux, il avait une fâcheuse tendance à négliger les côtes-du-rhône, crozes-hermitage ou autres châteauneuf-du-pape. On le lui pardonnait mal, d'autant que les viticulteurs de la région connaissaient des difficultés récurrentes. André avait de la peine à admettre que les temps changeaient. Angèle le pressentait confusément, et cela l'effrayait. Ces derniers temps, deux articles au vitriol étaient parus dans la presse régionale, critiquant les « usines-couvents » du textile et les règlements draconiens qui ne respectaient pas les lois sociales.

« Je suis bien tranquille, avait commenté son époux. Nous n'avons jamais retenu une seule ouvrière. Celles qui ne sont pas satisfaites peuvent aller chercher du travail ailleurs. Il y en a au moins cinquante qui attendent ! »

C'était vrai.

Un bruit de sabots la fit sursauter.

Enfin ! songea-t-elle en reconnaissant la jument de Paul. Elle s'installa dans une bergère, arrangea ses cheveux d'une main légèrement tremblante. Elle avait peur, tout à coup.

Une servante introduisit le médecin dans la chambre de Madame.

— Eh bien, que vous arrive-t-il ? lança Paul.

Il usait d'un ton léger sans pour autant parvenir à se défaire de son air contraint. Lorsqu'il avait compris qu'on le demandait au « château », il avait hésité avant de s'y rendre. Il y avait plus d'un an qu'il évitait Angèle, après avoir rompu au terme d'une scène pénible.

Elle ne fit état de rien, cependant, tandis qu'il la soumettait à un interrogatoire précis au sujet de ses malaises. Elle attendit qu'il l'ausculte pour écarter les pans de son déshabillé. Elle haletait légèrement.

— Paul, j'ai besoin de toi, souffla-t-elle.

Il ne répondit pas. Elle sentit son mouvement de recul et s'affola. Elle ne voulait pas le perdre. Pas lui.

— Paul, insista-t-elle, au mépris de toute fierté.

Il se redressa.

— Madame Duteil, je pense que vos malaises sont dus à une trop grande nervosité.

— Vraiment ?

Elle le défia du regard. Elle était belle encore, songea-t-il, s'étonnant de ne plus rien éprouver pour elle.

— Rajustez-vous, déclara-t-il froidement.

Angèle blêmit.

— Tu le regretteras ! siffla-t-elle.

Le visage déformé par la haine, elle était effrayante. Paul soutint son regard.

— Vous devriez consulter mon confrère de Dieulefit, madame Duteil. Vous en aviez pris l'habitude, je crois.

Il ne pouvait mieux lui signifier son congé. Elle porta les mains à sa gorge.

— Je me vengerai, menaça-t-elle.

Paul referma sa mallette d'un coup sec.

— Bonsoir, madame Duteil, dit-il.

Il s'éloigna sans lui prêter plus d'attention. Angèle s'élança derrière lui en sanglotant.

— Paul, ne me laisse pas ! supplia-t-elle.

Elle ne joue plus la comédie, se dit-il en remarquant ses joues striées de larmes, ses mains qui se tordaient. Quelque chose d'indéfinissable dans son regard l'alarma. Comme si elle venait de basculer dans un autre monde. Il l'écarta et referma la porte de la chambre derrière lui. Descendant l'escalier, il entendit ses hurlements et ses imprécations. Il croisa le regard lourd de la domestique.

— Allez voir madame, lui recommanda-t-il.

Il aurait aimé parler à Duteil, mais il était absent, comme trop souvent. Il se promit de demander conseil à son ami Elie. Le comportement d'Angèle l'inquiétait. Face à ses malaises, à son hystérie et à son obsession, il se sentait démuni.

Peut-être aussi avait-il mauvaise conscience.

20

Une chaleur lourde régnait sur les collines. L'air était immobile, comme en suspension. De gros nuages s'amoncelaient dans le ciel du côté de Saint-Ferréol mais, pour le moment, l'orage ne menaçait pas encore.

— On a le temps, estima Nevart.

Depuis le début de la matinée, ses coupeurs et elle s'activaient autour de la chaudière. Pour la première fois, elle avait décidé de distiller elle-même.

Elle avait longuement discuté avec Jean-Baptiste, le berger, qui était intarissable sur le pays, et avait observé avec beaucoup d'attention la façon dont Vallon procédait. Jean-Baptiste lui avait expliqué qu'un médecin romain nommé Discoride avait mis au point un procédé pour extraire les huiles des fleurs et qu'à la fin du XVIIIe siècle, Demachy avait fait le point sur l'évolution de la distillation de la lavande. C'étaient précisément les bergers qui, les premiers, avaient fait la démarche d'aller chercher en ville de grands alambics en cuivre surmontés d'un chapiteau étamé. Ils les installaient à côté d'un ruisseau et, après avoir coupé la lavande, l'entassaient dans la chaudière, qu'ils recouvraient avec le chapiteau. A l'aide d'herbes sèches, ils allumaient un feu sous le trépied de l'alambic, et recevaient enfin l'essence obtenue dans une grande bouteille en verre.

Nevart avait assimilé le principe. Restait à l'appliquer et, pour ce faire, elle avait loué à Vallon un alambic. Les sourcils froncés, une ride barrant son front, elle se concentrait sur l'opération. Aïda, Marceline et elle avaient rempli la cuve avec des fleurs fraîchement coupées, point trop entassées. Elles avaient ensuite versé de l'eau à mi-hauteur et porté, en la chauffant, l'eau à ébullition. Sous l'action de la chaleur, les cellules à essence éclataient. Entraînée par la vapeur d'eau, l'huile essentielle ainsi obtenue était recueillie dans un col-de-cygne puis refroidie et condensée dans un bac réfrigérant. On séparait enfin l'essence de l'eau par différence de densité dans un « essencier » ou vase florentin. Cependant, ce n'était pas si simple ! Malgré leurs efforts, le feu n'était pas régulier, ce qui occasionnait des nuances dans la dilatation des fleurs. De même, la réfrigération se faisait par à-coups.

— Je veux produire de l'huile essentielle d'excellente qualité, martelait Nevart.

Son grand-père lui avait transmis le goût de l'exigence. Elle l'entendait encore lui recommander : « Recherche toujours le meilleur. »

Si elle désirait obtenir la clientèle des parfumeurs de Grasse, elle devait se surpasser, elle le savait.

La « passée » s'écoulait lentement. Nevart repoussa d'une main lasse une mèche de cheveux rebelle.

— Il faudrait distiller à la vapeur, réfléchit-elle à voix haute.

Vincent et Paul lui avaient parlé du premier alambic à vapeur conçu et expérimenté par Joseph Marie, à Sault.

« Je vous emmènerai sur le plateau un prochain dimanche », lui avait promis Paul.

Confiant dans les progrès mécaniques, il avait acheté, lui aussi, une automobile, une Mathis. Cela ne l'empêchait pas de continuer à venir dans les collines à cheval.

« On ne se défait pas aussi aisément des vieilles habitudes », avait-il expliqué en souriant.

Tout le monde, Nevart en tête, avait remarqué qu'il souriait beaucoup plus souvent. Marceline avait bien une explication, mais Nevart avait refusé de l'écouter.

« Tais-toi ! avait-elle demandé. Laisse-moi rêver encore un peu. »

Nevart aimait Paul. Elle s'était pourtant longtemps défiée de l'amour, simplement pour essayer de ne pas souffrir. Trop d'images brutales avaient souillé son enfance. Lorsqu'elle s'était installée à la bergerie, elle avait imaginé une vie solitaire. C'était compter sans ses amis. A croire que tous voulaient lui trouver un époux ! Aïda s'ingéniait à lui présenter de jeunes Piémontais venus se louer pour l'été. Vincent s'était mis en tête de lui faire rencontrer un cousin ardéchois qui souhaitait prendre femme, et Marceline lui énumérait en riant tous ceux à qui Nevart aurait tourné la tête ! La jeune fille souriait gentiment : « Non, non, n'insistez pas, je tiens à rester célibataire. »

C'était pour elle une sorte de défense. Car, dès leur première rencontre, elle s'était sentie attirée par le médecin. Elle était très jeune, alors, et n'avait pas su mettre de mots sur ce qu'elle éprouvait. Au fil des années, son attirance s'était muée en complicité, puis en amour. Paul, cependant, ne semblait rien remarquer. A croire que, pour lui, elle était restée la gamine de dix-huit ans rescapée de l'enfer. Ils passaient pourtant plus de temps ensemble. Elle avait le sentiment qu'il appréciait sa compagnie et sa conversation mais, bien entendu, cela ne voulait rien dire.

Epuisée, Nevart s'assit au bord de la source et s'aspergea le visage et les mains d'eau fraîche.

Elle n'oublierait jamais le jour où le sourcier était venu sur ses terres. Elle l'avait fait demander parce que le manque d'eau se faisait cruellement sentir. Il était arrivé sur sa mule, vêtu comme un clerc de notaire ; il ne ressemblait pas le moins du monde à l'image qu'elle se faisait d'un sourcier et elle s'était interrogée quant à ses capacités. Pourtant, lorsqu'elle avait vu la baguette de coudrier tressauter entre ses mains, elle avait compris qu'il avait le don.

L'eau fraîche lui fit du bien. La chaleur du feu nu sous l'alambic avait été difficile à supporter en fin de journée, alors que l'orage grondait au loin. Nevart était fatiguée, mais trop énervée pour dormir. Pour la première fois, elle avait mené à bien l'opération de la distillation et elle en ressentait une certaine fierté.

Elle remonta lentement vers la bergerie. Les champs sentaient encore la lavande. Elle avait l'impression d'être imprégnée de ce parfum magique. Elle se laissa tomber sur le sol et, allongée sur le dos, contempla les étoiles.

Un bruit de pas la fit sursauter.

— Nevart ? Vous êtes là ? questionna la voix de Paul.

Elle sourit.

— Je m'endormais à la belle étoile. Recrue de fatigue, mais heureuse !

Il se laissa tomber à ses côtés sans mot dire. Il avait eu une journée difficile. Un accident hélas assez fréquent : un trimardeur avait été écrasé par son chargement de fûts mal arrimé. Appelé sur les lieux, Paul n'avait rien pu faire. Dans ces moments-là, il détestait le sentiment d'impuissance qu'il éprouvait. Après avoir procédé aux premières formalités, il s'était éloigné à grands pas, furieux contre lui-même et contre Dieu, en lequel il n'était plus certain de croire.

Il avait longtemps marché dans les collines avant de suivre le chemin menant à la bergerie. Il fallait qu'il vienne voir Nevart. Elle seule, lui semblait-il, avait le pouvoir d'apaiser les doutes qui l'assaillaient.

Il ne pouvait distinguer son visage, et c'était peut-être mieux ainsi. Il la sentait très proche, cependant. Le parfum de lavande qui l'enveloppait s'imprégnait de sensualité dans l'obscurité. La nuit était tiède. Un nocturne hulula dans le lointain. Nevart se tourna vers Paul.

— Je vous attendais, murmura-t-elle.

Elle n'en dit pas plus. Il se pencha vers elle, but son souffle. Il avait besoin de se rassurer au contact de son corps jeune et mince, besoin de se sentir vivant. Elle noua ses bras autour de son cou, l'attira contre elle. Il voulut s'écarter. N'était-il pas trop vieux pour elle ? De plus, il s'était juré de ne jamais se remarier. Cosima resterait la seule épouse du docteur Mailfait.

Il devina plus qu'il ne vit le léger haussement d'épaules de Nevart.

— Pensez-vous que je cherche à me faire épouser ? Moi aussi, je tiens à garder mon nom de Tchekalian. C'est la seule chose qui me reste de ma famille, en dehors de mes souvenirs. Je suis une femme libre, Paul Mailfait. Quant à votre âge… c'est un très mauvais prétexte !

Sous l'effet de la colère, son corps se raidissait. Il percevait sous son souffle court l'effort qu'elle faisait pour ne pas se fâcher. Il sourit.

— Nevart, ma douce...

Ses mains étaient dures, impatientes. Peu importait à la jeune fille. Il y avait si longtemps qu'elle attendait cette étreinte ! Elle se tendit vers lui. Il eut un gémissement en découvrant ses seins, ronds et tièdes sous ses mains.

Il se voulait attentionné et tendre. Pourtant, leur désir mutuel les poussa à se dévêtir avec des gestes précipités.

Il tint à lui demander si elle était sûre d'elle. Elle le fit taire d'un baiser.

— Aimez-moi, pria-t-elle.

Ils s'aimèrent dans le champ de lavande, à la lumière des étoiles. Le corps de Nevart était couleur de nacre. Paul se grisa de baisers, de caresses de plus en plus audacieuses, jusqu'à ce qu'ils atteignent ensemble l'orgasme, dans un éblouissement de sensations.

Haletants, ils restèrent allongés l'un près de l'autre sans parler.

Nevart ne cherchait pas à analyser ce qu'elle éprouvait. Elle se sentait merveilleusement bien. Son corps tout entier lui semblait flotter, dans un délicieux état d'apesanteur. Elle prit peur, cependant, quand Paul se souleva sur un coude. Elle l'aimait trop, elle redoutait qu'il ne la rejette. Aussi manqua-t-elle défaillir lorsqu'il la serra contre lui avec emportement.

— Chérie, ma douce...

Ce n'était pas le même amour. Celui-ci était peut-être plus fou, plus exigeant.

Parce que, désormais, Paul savait combien il était fragile.

21

Depuis le versant sud du Ventoux, les champs de lavande, à perte de vue, composaient une symphonie d'un bleu profond.

« Je vous emmènerai sur le plateau avant qu'ils ne procèdent à la cueillette », avait promis Paul à Nevart.

La jeune femme contemplait cette mer bleue frissonnante sous la brise d'été. L'ascension du mont Ventoux l'avait impressionnée. Vaillante, la Mathis de Paul n'avait pas montré de signes de faiblesse tout au long de la route. Lorsqu'ils avaient débouché du col de la Gabelle, Nevart n'avait pu retenir un cri émerveillé. Le bleu du ciel se reflétait dans les rectangles de lavande, et le contraste avec les maisons écrasées de soleil de Sault brûlait les yeux. Le pays tout entier était bleu, d'un bleu à peine atténué par les champs de blé et de petit épeautre.

Nevart avait posé sa main sur celle de Paul.

« Merci », avait-elle soufflé et, trop ému pour lui répondre, il s'était contenté de lui adresser un sourire.

Tous deux avaient traversé une période un peu difficile après leur première étreinte, un soir de juillet. Ou, tout au moins, c'était Paul qui s'était senti mal à l'aise. Le surlendemain, alors qu'ils s'étaient rencontrés devant l'épicerie Borel de Sainte-Apollonie, Nevart l'avait salué comme si de rien n'était. Comment, s'était-il alors demandé, les autres, tous les autres, ne se rendaient-ils pas compte des changements opérés en elle ? Elle marchait avec l'aisance et la grâce d'une ballerine, et tout son corps semblait proclamer : « Regardez comme je suis heureuse ! »

« Tout est bien », avait répondu le regard de la jeune femme à l'interrogation muette de Paul. Plus tard, dans la soirée, il avait grimpé jusqu'à la bergerie. La nuit était parfumée. La Grande Ourse guidait ses pas. Il avait soudain pensé qu'il ne pourrait plus vivre dans un autre pays, et il avait su que c'était en partie à cause de Nevart. Il ne supportait tout simplement pas l'idée de la perdre.

Elle l'attendait, assise au bord du puits, confectionnant des bouquets qu'elle irait vendre, fin août, sur les marchés. Elle le regardait s'avancer vers elle en souriant. A cet instant, il n'avait plus éprouvé la moindre hésitation. Il l'avait serrée contre lui, l'avait embrassée, avec une infinie douceur. Plus rien d'autre ne comptait que le corps de Nevart, les lèvres de Nevart, et ses yeux, qui contenaient toutes les promesses du monde.

Cette nuit-là, ils s'étaient aimés dans la chambre de Nevart, sur son matelas de feuilles sèches et, s'il avait été surpris par l'aspect dépouillé de la pièce, il n'en avait rien dit. Du badigeon blanc pour les murs et le plafond, un lit recouvert d'une vieille indienne bleu et blanc, une commode en bois blanc... Pas de miroir ni de coiffeuse. Juste une table à écrire devant la fenêtre, sur laquelle Nevart devait tenir ses comptes et rédiger son courrier. Seul ornement, un gros bouquet vrillé de lavande sur le dessus de la commode.

« Je n'ai pas de photographies, pas de bijoux, ni d'objets qui puissent me rappeler les miens », lui avait-elle dit brusquement. Son regard exprimait alors un désespoir sans nom. Un sanglot lui avait échappé.

« Je n'ai plus rien. Quand je suis partie, avec Boros, lui et moi avions nos chaînes et nos médailles de baptême autour du cou. Ils nous les ont arrachées dès le premier jour. »

Sa voix s'était brisée. Paul l'avait serrée contre lui, bercée comme il l'eût fait pour une enfant.

« Je suis là, je t'écoute », avait-il soufflé.

Mais elle avait secoué la tête. C'était trop horrible, elle ne voulait plus y penser, et surtout pas en parler. Alors, respectant son silence, il avait continué de la serrer dans ses bras, en lui chuchotant des mots sans suite. Ils avaient passé ainsi la nuit.

Au petit matin, il avait senti que la jeune femme était apaisée. Mais elle ne s'était pas confiée plus avant, et il ne lui avait pas posé d'autres questions.

Nevart refusait de songer à l'avenir. Pour la première fois depuis son enfance, elle jouissait de l'instant.

Elle sourit à Paul. Elle avait encore en mémoire la chapelle romane de la Madeleine, gardée par des cyprès, en contrebas de la route de Bédoin à Malaucène. Elle avait eu une pensée fugitive en admirant le clocher carré. « Si un jour je devais me marier, j'aimerais que ce soit dans un endroit comme celui-ci... » Elle avait eu envie de rire aussitôt après. Elle, se marier ? Elle resterait fille, comme Marceline.

Ils avaient pique-niqué à l'ombre de chênes verts, entre le Ventoux et Sault. Nevart avait sorti de son panier d'osier, recouvert d'un torchon à carreaux, de délicieux *papetons* d'aubergine, préparés suivant une recette de Marceline, du pain et du pâté de sanglier, deux picodons et des figues violettes.

— Un festin de roi ! apprécia Paul en lui servant un verre de vacqueyras.

Nevart sourit.

— Vincent et vous m'aurez appris à aimer le vin.

— Et nous en sommes fiers !

Une ombre voila son regard. Il lui semblait entendre le rire léger de Cosima.

« Paul, *caro*, tu veux me griser avec ton vin de Champagne ? Tu sais, je n'ai pas l'habitude... »

Nevart posa la main sur le bras du médecin. Son visage était grave.

— Ne redoutez pas de me faire de la peine lorsque vous pensez à *elle*. Le jour où vous le désirerez, vous pourrez me parler d'elle.

Trop ému pour pouvoir prononcer un mot, il se contenta de lui serrer la main. Très fort. Lorsqu'il l'aida à se relever, quelques minutes plus tard, il avait recouvré son calme et sa maîtrise.

— Si nous allions voir ce fameux alambic à vapeur ?

Elle secoua les miettes de pain éparpillées sur son corsage. Elle était si belle, avec sa chemisette blanche et sa jupe rouge, étrennées en son honneur, qu'il en eut le souffle coupé. Elle était merveilleusement vivante. Et il l'aimait.

Fascinée, Nevart contemplait le versant sud du mont Ventoux depuis le village de Sault. Bien qu'ils soient montés jusqu'à son sommet, il l'impressionnait toujours autant. D'ailleurs, elle l'avait fait remarquer à Paul. Cette ascension en véhicule automobile ne comptait pas. Elle voulait emprunter les sentiers des bergers, s'imprégner des parfums, sentir sous ses pieds les aspérités du terrain... En voiture, tout allait trop vite.

— Chez nous, il y avait le mont Ararat, déclara-t-elle.

Sa voix était empreinte d'une telle tristesse que Paul entoura ses épaules d'un bras protecteur.

— Ce n'est rien, le rassura-t-elle en lui dédiant un sourire d'excuse. C'est juste que parfois…

Il aurait pu terminer la phrase à sa place. Parfois, un lieu, un nom faisaient resurgir des souvenirs des temps heureux, et tout basculait.

— Je ne veux pas que tu sois triste, lui dit-il. Nous sommes au pays bleu, et le Ventoux fait partie intégrante du paysage. A propos, savais-tu que le grand naturaliste Jean-Henri Fabre effectua l'ascension plus de soixante fois ? A pied, lui, bien sûr !

Il parlait, parlait, alignant les mots, et Nevart, émue, reprenait lentement son calme. Elle était de nouveau sereine lorsqu'ils se présentèrent à la distillerie Marie, à Sault. D'après les recherches faites par Nevart, Joseph Marie, natif de Sault, avait, le premier, conçu dès 1880 une maquette d'alambic à vapeur avant de mettre au point une distillerie à vapeur en 1884. Habituée aux alambics à feu nu, que l'on déplaçait dans les collines et dans la montagne, elle se demandait si la vapeur apportait un réel progrès. Elle le comprit immédiatement en découvrant la rapidité avec laquelle s'effectuait la « passée ». Produite sous pression dans une chaudière séparée de l'alambic, la vapeur, dirigée sous la charge de fleurs, entraînait une plus grande quantité d'essence. Dans un but de rentabilité accrue, une même chaudière alimentait plusieurs vases. Ainsi, on pouvait charger un appareil pendant que l'autre fonctionnait, tout en utilisant comme combustible la paille de lavande qui venait d'être distillée.

— L'huile est de bien meilleure qualité, commenta Nevart.

Un parfum subtil imprégnait la distillerie.

Paul lut sa détermination dans son regard.

— Je peux vous aider à vous équiper d'un alambic à vapeur, proposa-t-il.

Il comprit aussitôt qu'il avait été maladroit en voyant le visage de la jeune femme s'empourprer.

— Je me débrouillerai seule, lança-t-elle, farouche.

Elle avait certainement raison, mais il ne pouvait s'empêcher d'éprouver de la peine. Comme si, en refusant son aide, elle l'avait repoussé, lui aussi. Ils regagnèrent la voiture après avoir échangé quelques mots avec les ouvriers chargés de la distillation. Les champs de lavande couraient toujours se perdre vers le ciel mais, pour Paul, une partie du charme s'était évanouie.

22

Un parfum d'épices flottait dans la rue étroite, que Nevart avait eu quelque peine à découvrir. Elle s'était rendue à Romans à l'invitation d'Alice, son ancienne collègue de l'usine Duteil. Alice était mariée à un Arménien, Agop Veronian, rescapé lui aussi, et tous deux s'étaient établis dans la ville industrieuse qui avait besoin de main-d'œuvre.

En remontant la rue Saint-Nicolas, parallèle aux quais de l'Isère, Nevart éprouva la sensation étrange de se retrouver dans son pays natal. Tout le monde s'interpellait en arménien, des effluves d'amandes et d'épices s'échappaient des fenêtres ouvertes et sur l'échoppe du cordonnier s'étalait un nom arménien : Sinoyan.

Elle crispa les mâchoires. Marceline et Vincent l'avaient mise en garde contre ce voyage. Paul, surtout, s'était inquiété pour elle. Il lui avait même proposé de l'accompagner, ce qu'elle avait refusé. Elle tenait à être seule. Peut-être parce qu'elle ne voulait pas pleurer devant lui. De toute manière, elle n'avait plus pleuré depuis 1915. Elle n'avait plus de larmes.

Elle retrouva sans effort sa langue maternelle pour demander où habitaient Alice et Agop.

Le cordonnier lui indiqua le chemin à suivre avant de s'enquérir de sa région d'origine. Un flot de chaleur envahit Nevart. Brusquement, c'était comme si tout lui revenait en mémoire. Elle s'efforça de maîtriser les battements de son cœur qui s'emballait. En choisissant ses mots avec soin, elle parla de ses parents, de son grand-père. Son nom disait quelque chose au cordonnier. Lui-même venait d'Adana, en Cilicie. Il avait connu bien des malheurs. Il n'en dit pas plus, et Nevart préférait qu'il en soit ainsi. Il conclut par un « Bonne journée ».

Elle lui sourit.

— Merci, lui répondit-elle, en français elle aussi.

Alice la guettait à la fenêtre. Elle l'interpella avec de grands signes. Nevart eut à peine le temps de pousser la porte de bois dont la peinture s'écaillait que déjà son amie, dévalant l'escalier, se jetait dans ses bras. Les deux jeunes femmes s'étreignirent.

— Tu es magnifique ! s'écria Alice en arménien.

Elle-même paraissait heureuse. Ce qu'elle confirma quelques minutes plus tard à son amie, devant une tasse de café arménien. Agop, son époux, était gentil et travailleur. Il partait chaque matin très tôt pour travailler « aux fosses », les bassins dans lesquels séjournaient les peaux pendant plusieurs mois, dans une tannerie de la ville.

Alice, de son côté, était devenue « remplieuse », grâce à son habileté manuelle. Elle expliqua à Nevart comment elle repliait le bord de la tige des chaussures, d'abord émincée, avant la couture. Elle était fière de travailler dans une usine réputée de Romans, même si le métier était difficile. En effet, on utilisait une colle à l'odeur particulièrement forte qui faisait tousser. Peu lui importait ! A la différence de nombre de leurs compatriotes, Alice travaillait à l'extérieur tout en étant mariée. C'était là un progrès phénoménal puisque, traditionnellement, la femme arménienne restait à la maison.

Elle posa la main sur son ventre dans un geste de protection. Elle attendait un petit pour le début de l'année 1929. Nevart était la première à l'apprendre, après Agop, bien sûr. Alice était décidée à lui donner deux prénoms, un arménien dont on userait en famille, et un français pour la vie sociale. Elle ne tenait pas, en effet, à ce que son fils soit gratifié de la rengaine désormais classique dans les cours de récréation de Valence ou de Romans : « Arménien, tête de chien, mange ta soupe et dis plus rien. » Elle désirait qu'il soit intégré sans problème dès sa naissance. Curieusement, elle ne doutait pas d'avoir un fils.

Nevart se demanda l'espace d'un instant si elle ne souhaitait pas, elle aussi, se marier, fonder un foyer, donner naissance à un ou plusieurs enfants.

Cela la tentait, bien sûr, mais elle savait qu'elle n'était pas prête. Elle aurait étouffé dans le minuscule deux-pièces où Agop et Alice vivaient à l'étroit avec la mère d'Agop. Le soir, ils dépliaient un lit-cage dans la pièce commune pour la vieille femme. Le mobilier de bric et de broc avait été acheté à bas prix lors de leur arrivée à Romans. Cela n'avait pas grande importance. Ils étaient heureux.

Agop revenait d'une réunion de l'association arménienne dont il faisait partie. Les réfugiés avaient développé des liens d'entraide et de solidarité exemplaires.

— De quoi parlez-vous exactement dans votre association ? s'enquit Nevart.

Son hôte se troubla. C'était un homme râblé, aux cheveux noirs, au teint mat. Il paraissait plus que ses trente-cinq ans.

— Nous ne voulons pas qu'on oublie l'Arménie, répondit-il après avoir marqué un temps de réflexion.

— Oublier ? Cela ne viendrait à l'idée de personne, voyons ! se récria Nevart.

Elle sentait bien que son intérêt agaçait Agop, et ne comprenait pas pourquoi. N'avaient-ils pas un pays, des ancêtres, une histoire en commun ?

— Un jour, nous retournerons là-bas, reprit Agop. Dans une Arménie indépendante et réunifiée. *Notre* Arménie.

Lors de leurs réunions dans des cafés du quartier, certains camarades d'Agop envisageaient d'aller en

Arménie soviétique. Lui-même était tenté, même s'il savait qu'Alice s'y opposerait. Elle avait bien trop peur.

« Et si tout recommençait, une fois que nous serons revenus là-bas ? » lui avait-elle dit un soir.

Elle avait croisé les bras devant sa poitrine d'un geste protecteur.

« Je veux que mon enfant grandisse en France, avait-elle répété. Là au moins, il ne risquera pas d'être abattu comme un chien. »

Comme Nevart, elle gardait en mémoire des scènes d'horreur qu'elle se refusait à évoquer, de crainte de sombrer dans la folie.

Un silence gêné se fit. La mère d'Agop, une petite femme toute ridée, toussota avant de rappeler à sa belle-fille que le baklava se trouvait dans le garde-manger. Elle parlait vite, avec un accent que Nevart comprenait mal.

Je suis presque devenue plus française qu'arménienne, pensa la jeune femme avec un pincement au cœur.

Elle avait apporté un peu d'huile essentielle de lavande et un bouquet séché, semblable à ceux qui se vendaient bien sur le marché de Nyons.

Elle éprouva un sentiment étrange en goûtant le baklava confectionné par Alice, comme si elle avait remonté le temps et s'était retrouvée à la ferme. Elle se rappelait encore le goût bien particulier du baklava de sa mère. Elle utilisait de la pâte d'amande, elle aussi. Nevart la revoyait mesurant deux cuillers à soupe d'eau de rose afin de les ajouter à la poudre d'amande, au sucre semoule, au beurre fondu, à l'œuf et au sirop de sucre. C'était une recette qu'on se transmettait de mère en fille chez les Tchekalian. Nevart se demandait pourquoi elle n'avait jamais songé à en préparer à la bergerie. Peut-être parce qu'elle avait trop peur, elle aussi, de certains souvenirs...

Agop fit claquer sa langue.

— Délicieux, Alice, apprécia-t-il.

Sa mère ne dit rien. Nevart s'aperçut soudain qu'elle-même ne supporterait pas de partager son foyer avec une belle-mère. Elle avait trop pris goût à sa liberté.

Alors qu'Alice servait le café à la ronde, on frappa à la porte de l'appartement. Des hommes, des femmes, une dizaine en tout, se tenaient sur le seuil. On procéda aux présentations, on se serra autour de la table ronde. Curieusement, tandis que la conversation tournait autour du travail à Romans et dans la région de Valence, personne ne fit allusion à *la vie d'avant*. Nevart préférait cela. Elle n'avait pas la moindre envie d'évoquer des souvenirs toujours aussi douloureux.

Les femmes se tenaient un peu en retrait, parlaient de leurs enfants, de leurs travaux d'aiguille, de leurs recettes de cuisine. Nevart se sentait différente. Elle n'avait pas d'époux et menait seule sa barque. A ce titre, elle suscitait une certaine défiance chez les amies et voisines d'Alice dont les mariages avaient souvent été « arrangés ».

La diaspora avait resserré les liens entre les émigrés. Cependant, si elle revendiquait toujours son identité arménienne, Nevart se sentait aussi française, profondément. Elle l'expliqua à Garabed Keloudjan, un vieil homme très maigre, au visage tanné, qui était arrivé le dernier. Un coup de sabre lui avait laissé une cicatrice violacée partant du front et allant se perdre dans le cou, sous un foulard blanc.

Il lui rappelait son grand-père.

— Suis ton chemin, petite, lui dit-il en arménien. Toi seule sais ce qui est le meilleur pour toi.

Elle acquiesça gravement. Pendant toutes ces années, elle avait tenu bon en se demandant comment ses parents ou son grand-père auraient réagi à sa place. Garabed Keloudjan l'aidait à comprendre que la donne avait changé. Elle était seule au monde.

On lui fit promettre de revenir. Elle insista pour qu'Alice vienne prendre un peu de repos à la bergerie, mais son amie secoua la tête. Elle devait travailler jusqu'à son terme, ils avaient besoin de son salaire pour régler le loyer.

— Prends bien garde à toi, lui recommanda Nevart en l'embrassant.

Agop proposa de la reconduire jusqu'à la gare. Elle le remercia d'un sourire : elle préférait marcher. Elle retrouva son chemin sans problème grâce à la tour du Jacquemart, symbole de la ville, qui faisait office de point de repère. Alice lui avait raconté que Mandrin, le célèbre bandit de grand chemin, avait beaucoup fréquenté la rue Saint-Nicolas, où sa maîtresse habitait un hôtel particulier Renaissance, au numéro soixante-dix.

Nevart avançait vite, d'un pas régulier et assuré. Elle avait hâte de rentrer chez elle et de rejoindre Paul. Sa vie était là-bas, dans ses chères collines, au pied de la montagne de la Lance.

23

1930

Marthe, emmitouflée dans son châle, jeta un coup d'œil par la fenêtre. Le mistral, qui avait soufflé toute la nuit, avait emporté les chaises de jardin en fer ainsi que les pots pourtant lestés ornant la petite terrasse. Le feuillage argenté des oliviers frissonnait comme une houle sous les assauts rageurs du vent du nord.

— C'est une année à vent, bougonna-t-elle. Il soufflait pour les Rameaux, il soufflera jusqu'à la Saint-Michel.

— J'espère bien que non ! s'écria Paul.

Il savait pourtant que Marthe était dotée d'une sorte de sixième sens météorologique. Elle se référait à toute une suite de dictons, ne sortait pas de la maison sans inspecter d'un œil inquiet le sommet de la Lance. En effet, une expression familière affirmait : *Quand lou Ventour a soun capeu, quand la Lenço a soun manteu, se plou pas aro ploura leu*[1].

Elle ne se trompait pratiquement jamais. Elle possédait mille et un repères lui permettant d'annoncer à coup sûr le temps qu'il ferait. Comme nombre de Provençaux, Marthe avait de la peine à supporter le mistral. « Le vent qui rend fou », disait-elle.

Elle se tourna vers le vestibule en entendant craquer les marches de l'escalier.

— Docteur, vous ne pensez pas sortir par ce temps ?

Paul lui sourit.

— Hé ! Que croyez-vous donc, Marthe ? J'ai double travail les jours de grand vent. Vous devriez le savoir, vous qui êtes née dans ce pays !

Ils aimaient à se taquiner à propos de leurs régions d'origine.

— On m'appelle à l'usine, expliqua-t-il. Je vais prendre la voiture, je serai un peu plus à l'abri du vent !

Il se demandait ce qui motivait cet appel urgent. André Duteil avait envoyé Pierrot, le fils du gardien, chercher le docteur Mailfait. Un accident, pensa Paul, bien que, ces derniers temps, l'usine fonctionnât au ralenti.

On n'aurait guère pris garde au krach boursier du 24 octobre 1929 si des rumeurs contradictoires

1. « Quand le Ventoux a son chapeau, quand la Lance a son manteau, s'il ne pleut pas maintenant, il pleuvra bientôt. »

n'avaient commencé à circuler. Il se chuchotait sous le manteau que Duteil, dont les parents avaient déjà perdu une fortune avec les tristement célèbres emprunts russes, avait réalisé de mauvaises affaires. Son agent de change l'avait incité à investir sur la place de New York. Rendement phénoménal garanti ! On avait vu le résultat… Depuis plusieurs jours, Angèle, cloîtrée au « château », ne mettait plus le nez dehors.

« Peuchère ! Si son homme est ruiné, l'Angèle va en faire une jaunisse ! » ironisait Vincent. Il n'était pas mauvais bougre, mais il avait trop souffert du mépris de sa sœur pour se laisser aller à la compassion. Angèle avait largement profité de l'aisance matérielle de sa belle-famille. A elle, maintenant, d'assumer les revers de fortune, estimait-il. Il avait bien essayé d'amorcer le dialogue avec Duteil, mais ce n'était pas chose aisée. Le moulinier avait toujours établi une certaine distance dans ses relations avec autrui. Vincent avait renoncé. Après tout, André risquait de mal prendre son intervention. Il était si orgueilleux, si susceptible…

Paul éprouva une impression bizarre en remarquant que la cheminée de l'usine ne fumait pas. C'est la première fois, depuis onze ans que j'habite ici, pensa-t-il.

Maurice, le vieux gardien, arborait une mine sombre.

— L'huissier est venu tantôt, confia-t-il à Paul. Quelle face de carême, ce sale type ! N'empêche, le patron s'est enfermé avec monsieur Tourret après avoir donné quartier libre aux gamines. Quartier libre ! En voilà des manières ! C'est bien la première fois que je vois ça en quarante ans de maison.

— Je n'aime pas ça, marmonna Paul.

Il parcourut les derniers mètres le séparant des bureaux au pas de gymnastique.

Face à son bureau, André Duteil avait toujours connu une eau-forte représentant un atelier de moulinage. Comme un rappel de sa faillite. Certes, la pébrine avait porté un coup presque fatal à l'industrie de la soie, mais l'entreprise Duteil avait remonté la pente, et avec les honneurs. Il y avait même eu cet âge d'or, au début des années vingt, durant lequel André avait dû embaucher à tout va. Peut-être avait-il vu trop grand, alors ? Angèle le lui avait assez reproché, de plus en plus amèrement : il avait fait entrer une brebis galeuse à l'usine, cette Arménienne rebelle qui ne baissait jamais les yeux ! André se demandait encore ce qui l'avait séduit chez Nevart. Sa fierté, certainement, et ce regard droit, franc. Il avait songé à plusieurs reprises qu'il aurait dû épouser une femme comme Nevart Tchekalian. Elle au moins lui aurait donné un fils, et ne se serait pas lancée dans des dépenses somptuaires. Angèle lui avait fait payer ses défaillances au centuple. Il la haïssait, désormais.

Il haussa les épaules. La haine lui paraissait un sentiment si vain. Un goût amer envahit sa bouche. Il savait bien au fond de lui qu'Angèle n'était pas la seule responsable de ses échecs. Sous une apparence assurée, Duteil avait toujours manqué de confiance en lui et redouté de ne pas être à la hauteur. Avant lui, six générations de Duteil avaient maintenu et fait prospérer l'entreprise. Lui seul avait failli.

Il se leva, marcha jusqu'à la fenêtre. De là, il apercevait les bâtiments en partie enterrés afin de maintenir un taux d'humidité élevé et la haute cheminée, qui ne fumait pas.

Toute sa vie avait tenu là, dans un périmètre assez restreint. Il avait travaillé sans relâche, s'était compromis, faisant jouer ses relations et arguant d'un voile au poumon pour éviter la mobilisation, tout cela pour quoi ? Le moulinage Duteil était perdu.

Sous les assauts du vent, cyprès et oliviers se tordaient, dans une sarabande infernale.

Sa mère se plaignait souvent du mistral. « Il est si excessif », disait-elle. Dans ces moments-là, en proie à de violents maux de tête, elle s'enfermait dans sa chambre, ne bougeait pas de son lit. André se rappelait fort bien que son père la surnommait alors « Marquise », en référence à la marquise de Sévigné qui ne supportait pas non plus « la bise en furie ».

Son père aurait-il réussi à sauver l'usine ? Peut-être. Augustin Duteil était plus fort qu'André et, surtout, son épouse le soutenait. Lui, André, était seul. Encore plus seul depuis la mort de Lucienne.

Il n'avait rien deviné, rien compris. Lors de sa dernière visite à la Louisiane, il l'avait trouvée changée, mais n'avait pas posé de questions. Lucienne n'était-elle pas là essentiellement pour s'occuper de lui, lui faire oublier ses soucis ? Ce jour-là, il n'avait pas voulu remarquer les cernes bistre qui soulignaient ses yeux ni sa perte de poids. D'ailleurs, elle l'avait devancé.

« Tu as vu ? J'ai fait un régime », avait-elle lancé d'un ton bravache, et il avait marmonné qu'elle n'en avait pas besoin.

Il aimait poser la tête sur sa poitrine généreuse, se rassurer en entendant les battements réguliers de son cœur. Ce jour-là, il lui avait proposé pour la première fois de l'arracher à la maison close où elle avait passé l'essentiel de sa vie et de l'installer à Sainte-Apollonie. Il se demandait encore ce qui lui avait pris, car il savait qu'Angèle ne l'aurait jamais accepté.

Il avait donc été extrêmement soulagé quand Lucienne avait secoué la tête.

« C'est trop tard », avait-elle soupiré. Et, stupidement, il ne l'avait pas interrogée plus avant, n'avait pas cherché à savoir.

Il se souvenait de leur étreinte, du parfum de Lucienne, un peu plus fort que d'habitude, d'un rai de soleil qui s'était glissé sur le parquet, entre les fentes des persiennes closes. Il avait pensé, alors, qu'il ne savait pratiquement rien d'elle. Juste l'essentiel : elle était toujours là pour lui.

Il lui avait offert du nougat, qu'elle adorait, un flacon du parfum à la mode, Habanita de Molinard, « le parfum le plus tenace du monde », prétendait-on, et il l'avait serrée contre lui en disant : « A dans un mois. »

Elle avait esquissé un petit sourire triste qui aurait dû l'alerter. Mais lui, bien sûr, n'était déjà plus là. Il songeait à l'entrevue difficile qui l'attendait avec son banquier. Lucienne n'avait toujours été qu'un intermède dans sa vie.

Le mois suivant, il n'avait pu venir à Marseille. Il y avait eu un problème avec le moulin Vaucanson qu'il avait dû régler en catastrophe. Lorsqu'il s'était enfin présenté à la Louisiane, madame l'avait accueilli avec un visage de circonstance. Lucienne était morte, lui avait-elle expliqué. Un cancer. Elle était partie en quelques semaines. Madame l'avait fait soigner. Elle lui avait gardé les factures.

Il avait eu envie de la frapper. Au lieu de quoi, il lui avait jeté l'argent dont une partie devait servir à payer ses créanciers les plus exigeants. Il avait juste demandé à revoir la chambre de Lucienne, et madame avait haussé les épaules. Elle était occupée par une nouvelle fille, une petite jeune, si monsieur Duteil voyait ce qu'elle voulait dire…

Il voyait fort bien. Il était parti en la gratifiant de quelques phrases bien senties. Dehors, un ciel gris et plombé choquait ses souvenirs. Il avait remonté à grands pas la rue de l'Amandier. Il savait que plus rien ne serait comme avant. Jamais.

Le clocher de l'église sonna à quatre reprises.

Il est temps, se dit André.

Il était calme. Détaché, même. De toute manière, pour lui, plus rien n'avait d'importance désormais. Lentement, il ouvrit le tiroir de son bureau. La détonation fit sursauter Paul alors qu'il grimpait les marches du bâtiment directorial. Par réflexe professionnel, il se rua à l'intérieur, tout en sachant que c'était inutile. André Duteil avait toujours été un excellent tireur.

24

Dehors, il faisait beau. Le mistral avait chassé les nuages, laissant place à un ciel radieux.

C'est bien ma chance, pensa Angèle. J'aurais pu étrenner mon chapeau neuf. Dommage qu'il soit bleu vif !

Avait-elle parlé à voix haute ? Il lui semblait qu'on la regardait d'une drôle de manière. Depuis que Paul était venu l'informer du drame, elle évoluait dans un état second, partagée entre la colère et la révolte. Comment Duteil avait-il pu lui infliger pareil affront ? Se suicider ! Avait-on idée ? Oh ! pour lui, c'était facile, il n'avait eu qu'à se faire sauter la cervelle ! Angèle, elle, avait dû supplier le maire et le curé. Un homme comme André ne pouvait pas avoir voulu mettre fin à ses jours. Il s'agissait d'un accident. Un malencontreux accident. Paul Mailfait avait fait peser sur elle un regard chargé de reproche.

« Parce que vous pensez vraiment que votre mari aurait pu nettoyer son arme en la plaçant contre sa tempe ? »

Comment pouvait-il la traiter aussi mal ? Avait-il oublié tout ce qui les avait unis ? Angèle s'était rapprochée du médecin.

« Je veux un enterrement à l'église, avait-elle soufflé. Racontez n'importe quoi, du moment que nous échappons au scandale. »

Le brave Tourret et le concierge étaient plus bouleversés que la veuve. Marceline avait dit un jour à Paul que l'égoïsme d'Angèle était sans limite ; il en prenait de plus en plus conscience.

On s'était entendu en haut lieu pour accepter la thèse de l'accident. La famille Duteil était trop honorablement connue depuis plus d'un siècle, on tenait à protéger sa réputation. Dès lors, Dido, la gouvernante de la Treille, organisa tout selon la tradition.

Elle avait connu André Duteil tout petit, c'était un gamin timide, passionné par les chevaux. Son père l'avait élevé à la dure, en lui répétant qu'il devrait être à la hauteur, et elle entendait encore les cris du petit garçon souffrant de cauchemars. Il était fait pour une autre vie, avait-elle souvent pensé ; bien sûr, personne ne lui avait demandé son avis. De toute manière, l'avenir du jeune André était tout tracé. Il prendrait la suite de son père à la tête de l'usine de moulinage.

Margarido, que tout le monde appelait Dido, s'avança sur la pointe des pieds dans la chambre du maître de maison. Madame courant de droite à gauche, l'air perdue, c'était à elle de s'acquitter des derniers devoirs vis-à-vis du défunt. D'abord, allumer le cierge de la Chandeleur, et le placer au pied du lit. Ensuite, l'habiller de ses plus beaux vêtements. La vieille femme avait marqué une hésitation avant de sortir les jodhpurs et les bottes cirées avec soin.

Dido avait veillé, de son propre chef, à verser dans un grand verre posé sur la table de chevet l'eau bénite qu'elle conservait précieusement tout au long de l'année. A côté, elle avait posé le traditionnel rameau d'olivier bénit. Angèle avait observé ces préparatifs sans mot dire. Elle évoluait dans un état second, passant sans transition de l'abattement à la colère.

Pourquoi ? se répétait-elle. Duteil avait fait preuve de lâcheté en l'abandonnant aux créanciers et à la curiosité du canton. Elle ne pourrait jamais le lui pardonner.

Elle se retint au bois du lit. Elle souffrait de vertiges depuis deux jours mais elle devait encore tenir cette nuit. Sainte-Apollonie tout entier avait fait le déplacement ! On lui présentait ses condoléances, on l'embrassait en lui disant : « *Lou bouan Dieu vous counserve*[1] », avant de bénir le corps de Duteil.

---

1. « Le bon Dieu vous conserve. »

Angèle chuchotait « merci » d'une voix éteinte. Elle avait perdu toute couleur dans ses vêtements de deuil et cherchait sans cesse son frère, comme pour se rassurer.

Le vent continuait de souffler avec une force inouïe. Il s'engouffrait dans la cheminée, soulevait les rideaux. Dido se signa précipitamment.

— La veillée va être longue.

Elle avait préparé du café noir en grande quantité.

Angèle se blottit dans un fauteuil paillé. Vincent se pencha vers elle.

— Tu devrais aller prendre un peu de repos. Tu sembles épuisée.

Elle secoua la tête.

— Voyons, mon cher frère ! Que diraient les bonnes gens de Sainte-Apollonie ? Encore un scandale à mon actif !

Elle émit un drôle de rire un peu cassé qui fit se retourner vers elle les visiteurs.

— Angèle, tiens-toi, murmura Vincent.

Il était au supplice. Pourquoi fallait-il que sa sœur soit toujours aussi extravagante ? Marceline demeurait un peu en retrait. Elle s'était déplacée à contrecœur, parce que son frère lui avait démontré qu'ils ne pouvaient faire autrement. L'atmosphère régnant dans la chambre mortuaire lui pesait. Elle ne pouvait s'empêcher de penser à Marcel.

Un murmure parcourut l'assistance participant à la veillée quand le docteur Mailfait vint à son tour s'incliner devant le corps sans vie du moulinier.

On avait assez jasé, à une certaine époque, sur les relations entre le médecin et la « patronne ». Angèle ignora son ancien amant. Elle ne savait plus très bien quelle attitude adopter. Elle repoussa la tasse de café que Dido lui proposait, réclama un verre d'eau-de-vie. Les visiteurs échangèrent un regard intrigué. La belle Angèle allait-elle se lancer dans quelque nouvelle excentricité ? Son comportement suscitait des questions. Les vieilles du pays chuchotaient entre elles d'un air entendu :

— Elle n'a pas eu de *petitoun*, c'est ça qui la fait *cocho-niblo*[1].

Paul, pour sa part, était plus inquiet. Il aurait bien aimé avoir l'avis d'Elie.

Le silence se fit quand Nevart se présenta à son tour dans la chambre mortuaire. D'un même mouvement, Paul et Marceline s'avancèrent à sa rencontre, comme pour la protéger. Cependant, aucun incident fâcheux ne se produisit. Angèle était occupée à deviser avec le maire et ne remarqua pas la jeune femme. Nevart s'inclina devant le corps d'André Duteil, le bénit, avant de saluer l'assemblée et de repartir. Paul l'accompagna dans le hall.

— Une sale affaire, marmonna-t-il.

Il savait par Vincent que la vente de l'usine ne suffirait pas à rembourser les créanciers. Angèle allait devoir se défaire du « château ». Cela faisait

1. « Chasse-nuages » : c'était ainsi qu'on nommait une femme hargneuse.

grand bruit dans la région. Beaucoup critiquaient André Duteil tandis que d'autres personnes soupiraient. La crise n'était pas finie, on vivait une triste période, et les métiers d'autrefois étaient de plus en plus compromis. La plupart des ouvrières du moulinage étaient parties pour Romans. Là-bas, elles trouveraient à s'embaucher dans la chaussure, qui avait encore besoin de main-d'œuvre.

C'était une page qui se tournait, Sainte-Apollonie perdait une partie de son âme.

— Cela me paraît incroyable, murmura Nevart. Quand je suis arrivée en France, en 1922, monsieur Duteil m'avait paru tout-puissant.

— Il l'était alors. Et puis, la situation économique a évolué très rapidement. Croyez-moi, nous n'avons pas fini de payer les conséquences de la guerre.

— Comment cela ?

Le médecin soupira.

— Ce qui se passe actuellement en Allemagne m'inquiète beaucoup pour l'avenir. Un certain Adolf Hitler exploite le désir de revanche et l'amertume de ses compatriotes. Il promet du pain et du travail à tous ceux qui sont à la recherche d'un emploi. Or, bien peu de personnes ont lu *Mein Kampf*, un ouvrage dans lequel il prévoit la réunification à l'Allemagne de l'Autriche et des minorités tchèques et polonaises, remet en cause le traité de Versailles et considère la France comme « inexorable et mortelle ennemie du peuple allemand », tout en énonçant des thèses inacceptables à propos des peuples qu'il appelle « inférieurs ». Il y a de quoi frémir.

— Pourrez-vous me le prêter ? demanda Nevart.

Paul hocha la tête.

— Mon ami Elie m'a procuré une traduction, même si ce livre n'a pas encore été édité en français. Je vous l'apporterai demain.

Les yeux de Nevart brillaient. Elle souffrait toujours d'avoir dû arrêter ses études avant ses onze ans. Par la suite, elle avait appris toute seule, avec l'aide de sœur Abel, mais, pour elle, cela ne comptait pas. Elle avait gardé, cependant, l'habitude de lire tous les ouvrages qui passaient entre ses mains. La bibliothèque du mas de Césarée était importante, tout comme celle de Paul. Pour sa part, Nevart fréquentait les colporteurs du marché. Elle avait découvert avec ravissement des auteurs régionalistes comme Henri Pourrat mais lisait tout aussi bien Alexandre Dumas ou Victor Hugo, que son grand-père lui avait fait aimer.

— Pensez-vous que la lavande va souffrir, elle aussi, de la crise ? reprit-elle.

Paul fit la moue.

— Je crains fort que les meilleures années ne soient derrière nous. Vous êtes assurée de vos débouchés, cependant.

Nevart avait des clients fidèles parmi les courtiers qui fréquentaient le marché de Nyons.

Elle éprouva soudain une sensation bizarre de discuter ainsi avec Paul, alors que, la nuit précédente, ils s'aimaient avec fièvre. Ils échangèrent un regard perdu. Paul avait parfois l'impression d'être dépassé par l'intensité des sentiments que Nevart lui inspirait.

— Je ne sais que penser, murmura Nevart, en regardant vers l'usine. Pour moi, le moulinage était éternel.

Une ombre voila les yeux de Paul.

— J'ai appris à me défier et à redouter le pire, souffla-t-il.

Il haussa les épaules, comme s'il voulait chasser les pensées importunes qui l'assaillaient.

— Que va-t-il se passer demain ? reprit Nevart.

Elle n'avait encore jamais assisté à un enterrement dans sa région d'adoption. Elle les évitait avec soin, refusant de raviver des souvenirs encore trop proches. Boros n'était-il pas le seul de toute leur famille disparue à avoir eu une sépulture ?

— On va venir chercher le cercueil d'André Duteil, répondit Paul d'une voix lointaine. Un cercueil en bois de noyer, réservé aux classes les plus aisées. Personnellement, je préfère le bois de cyprès, mais je ne pense pas que cela ait beaucoup d'importance. Je crois que le cercueil sera porté à bras par les amis chasseurs de Duteil, tous à peu près du même âge. C'est en effet une preuve d'amitié. Vincent m'a raconté qu'autrefois, on portait un gros cierge allumé derrière le cercueil. A la sortie du cimetière, la famille recevra une dernière fois les condoléances de l'assistance. Famille réduite à sa plus simple expression, puisque André était fils unique. Vincent soutiendra sa sœur, bien sûr, et je crois qu'il reste des cousins du côté de Montélimar.

— Et après ? questionna Nevart.

Elle regardait à cet instant vers l'usine, les bâtiments où elle avait passé plus de deux années. Elle imaginait les filles obligées de chercher du travail ailleurs, se demandant qui allait racheter le moulinage, et elle conçut une sourde colère à l'encontre de Duteil. Il ne s'était pas soucié des conséquences de son acte. Il avait quitté la scène en égoïste.

— C'est un monde qui se perd, murmura-t-elle.

Elle éprouvait de la tristesse, bien plus pour le moulinage que pour Duteil. Elle s'interrogeait sur ce que Paul pouvait ressentir, tout en n'osant pas lui poser la question. Angèle comptait-elle encore pour lui ? Cela lui faisait peur, à présent que madame Duteil se retrouvait libre.

Elle s'éclipsa en prétextant qu'elle avait beaucoup de travail, ce qui était vrai, d'ailleurs. Paul suivit sa silhouette d'un regard inquiet. Il ne voulait pas la perdre.

25

La pluie tant attendue tombait sans discontinuer. Les nuages bas s'accrochaient aux collines et à la montagne, conférant au paysage une impression d'irréalité brumeuse. Il flottait dans l'air des effluves de champignons. Les chasseurs s'étaient levés dès potron-minet, malgré le temps peu encourageant. Paul, lui, ne parvenait pas à faire quoi que ce soit. Il tournait en rond dans son bureau, sous le regard navré de Marthe qui s'évertuait à lui changer les idées en lui racontant les potins de Sainte-Apollonie.

Il donna un coup de poing sur la table.

— J'aurais dû empêcher ça ! lança-t-il à voix haute.

En tant que médecin, il s'était vite rendu compte de l'altération des facultés d'Angèle. Il n'aurait jamais imaginé, cependant, que madame Duteil basculerait aussi vite dans la folie. Il avait bien tenté d'en discuter avec Vincent mais, pour une fois, son vieil ami était resté sourd à ses arguments :

« Laisse-lui donc le temps de se remettre. Si tu penses que c'est facile de voir son mari se faire sauter le caisson... »

Paul s'était retenu pour ne pas répliquer vivement qu'Angèle se moquait de Duteil. La perspective de devoir vendre le « château » et l'usine pour désintéresser les créanciers l'avait brisée. Paul avait sous-estimé la violence dont elle pouvait faire preuve.

Tout s'était enchaîné très vite. Le feu avait pris dans les dortoirs, s'était répandu à une vitesse hallucinante. Maurice, le gardien, avait juste eu le temps d'alerter les pompiers. La moitié du pays avait couru vers l'usine. Marceline et Nevart, qui revenaient du marché de Nyons, s'étaient précipitées, elles aussi, sur les lieux du sinistre. Paul, qui auscultait le notaire pour sa tension, était arrivé un peu plus tard. Il avait vu Angèle rouge, échevelée, traînant des meubles dans la cour pour les briser à coups de hachette.

Personne ne faisait un geste. Un silence incrédule planait sur la scène. L'ambiance était irréelle. Les pompiers se pressaient dans les étages tandis qu'Angèle continuait de s'acharner sur les bureaux et les chaises avec une détermination effrayante.

La première, Nevart avait osé s'approcher de celle que beaucoup nommaient encore la « patronne ». Sans se soucier des éclats de bois qui volaient un peu partout, elle s'était avancée vers Angèle Duteil, posant la main sur son bras.

« Madame Duteil, calmez-vous », avait-elle suggéré d'une voix douce.

Paul crispa les mâchoires. Il ne parvenait pas à se pardonner la suite, cet instant où tout avait basculé. Il avait vu, depuis la place du Mail, le regard d'Angèle qui brillait de façon étrange. Il n'avait pas remarqué comme sa main serrait le manche de la hachette. Soudain, elle en avait porté un coup à Nevart.

« C'est à cause de toi, l'étrangère, que tout est arrivé ! » avait-elle hurlé.

Le sang de Nevart coulait. Tout le monde criait en même temps. Paul s'était élancé vers la jeune femme.

Il poussa un long soupir. Il avait cru mourir en tentant de juguler l'hémorragie. Il se souvenait de Marceline et de sœur Antoinette venues lui porter secours. La religieuse avait fait un pansement compressif mais Nevart, livide, s'était évanouie. A cet instant, Paul aurait voulu tuer Angèle de ses propres mains. La procédure administrative avait été rapide. Le soir même, la veuve du moulinier, entravée, partait à destination de l'hôpital de Montdevergues, au-delà d'Avignon. Sous le choc, Vincent et Marceline avaient demandé son internement. La loi de 1838 était simple : elle décrétait « l'obligation de traiter tous les malades mentaux curables quelle que soit leur situation de fortune et de secourir les incurables tout en veillant à la protection de leurs biens ». Elle prévoyait également « qu'à défaut des malades qui ne comprenaient pas la nécessité de se faire soigner, ou de familles négligentes, l'autorité administrative pourrait ordonner l'hospitalisation du citoyen aliéné [...] pour assurer la sécurité publique tout en protégeant la liberté individuelle ».

Nevart, transportée chez Paul, avait déliré pendant plusieurs jours. Sa blessure, un coup porté en pleine poitrine, avait manqué le cœur de peu. Il était resté à son chevet, changeant les pansements, lui donnant à boire, épongeant son front, tentant de la calmer lorsqu'elle luttait contre ses cauchemars. Marceline venait prendre de ses nouvelles chaque jour.

« Dire que c'est notre sœur qui a commis un tel geste ! » soupirait-elle.

Le drame avait fait grand bruit dans la région. Des journalistes s'étaient même déplacés depuis Paris – en pure perte, car le pays avait fait bloc autour de la famille Jourdans. Angèle Duteil avait eu un coup de folie, c'étaient des choses qui arrivaient, on n'avait rien à dire là-dessus. Les étrangers ne comprenaient pas qu'on n'était pas forcément expansif à partir du moment où l'on habitait au sud de la Loire. En Drôme, on avait plutôt le réflexe de rester entre soi.

Le son aigrelet de la cloche le fit sursauter. Marthe revint quelques instants plus tard en compagnie de Vincent. Le vigneron avait le visage creusé, la mine fermée.

— Je viens te demander un service, attaqua-t-il d'emblée.

Il expliqua en quelques mots ce qui l'amenait. Il avait perdu le sommeil après la crise de démence d'Angèle. Il se sentait doublement mauvaise conscience, vis-à-vis de Nevart comme de sa sœur.

— Toi, reprit-il, tu peux aller voir tes collègues à l'hospice, leur demander ce qu'il en est...

Il disait « l'hospice » avec un air gêné. Paul savait bien que son ami éprouvait comme de la honte. Les accès de folie étaient encore stigmatisés. On ne comprenait pas ce qui se passait dans la tête des « aliénés ».

— J'y avais songé, répondit Paul. Je crois qu'il vaut mieux que je rencontre d'abord mes confrères de Montdevergues. Ils pourront me renseigner sur l'état de santé d'Angèle.

Il n'avait pas envie de la voir. Il lui en voulait trop. En même temps, il comprenait le tourment de Vincent. Marceline, elle, avait tranché : « Je n'ai plus de sœur. » Elle tiendrait parole.

Le vigneron adressa un sourire mélancolique à son ami.

— Merci, Paul.

Il n'avait pas besoin d'en dire plus. Tous deux savaient que leur amitié était indéfectible et qu'ils pouvaient compter l'un sur l'autre. Paul se devait d'accomplir cette dernière démarche pour Angèle. Même s'il craignait qu'elle fût inutile.

Tout en roulant vers l'asile de Montdevergues, Paul se remémorait le souhait d'Esquirol, médecin du XIXe siècle, à l'origine de la mise en place en France des institutions psychiatriques : « Il existe dans la plupart des maisons où sont reçus les aliénés des dénominations humiliantes [...] Je voudrais qu'on donnât à ces établissements un nom spécifique qui n'offrît à l'esprit aucune idée pénible, je voudrais qu'on les nommât asiles, un mot grec signifiant refuge. »

Où Angèle trouverait-elle la paix, désormais ? se demandait Paul.

Il traversa Avignon et, tombant sous le charme des remparts, se promit d'y revenir en compagnie de Nevart. Montdevergues, bâti sur un domaine de dix-neuf hectares, était conçu autour d'une place avec une chapelle au centre.

Une haute muraille isolait l'asile du village de Montfavet, qui possédait plusieurs maisons de maître ainsi que de nombreuses entreprises comme la célèbre réglisserie Florent.

« Vous allez là-bas », lui avait dit la boulangère lorsqu'il lui avait demandé son chemin. Il avait perçu sa peur et sa réticence. Quoi de plus naturel ? avait-il pensé. Quelques décennies auparavant, on appelait encore les malades mentaux des « insensés », et ils suscitaient autant la crainte que le rejet.

Il se présenta à la conciergerie. Le médecin-chef, qui l'attendait dans la cour d'honneur, lui expliqua que l'établissement fonctionnait pratiquement en autarcie et avait sa buanderie, sa boulangerie, ainsi qu'une cordonnerie et une serrurerie.

Une rumeur bourdonnait en bruit de fond. C'était à la fois lancinant et désespérant. Paul, le cœur serré, songea à Angèle, perdue parmi tous ces malheureux.

— Madame Duteil…

Le médecin-chef soupira.

— Quand elle est arrivée chez nous, elle était encore très agressive. Nous avons dû l'isoler au cachot, puis lui mettre la camisole.

Paul frissonna. Il avait déjà vu, durant ses études puis pendant la guerre, des malades « camisolés ». Il s'agissait d'une sorte de longue robe de toile épaisse et blanche, fermée dans le dos par des lacets, avec des manches extrêmement longues destinées à être croisées devant pour être ensuite attachées derrière.

— Rassurez-vous, reprit son interlocuteur, c'est à présent terminé. Regardez… nous devons tenir un cahier spécial sur lequel sont mentionnés tous les noms des malades « camisolés ».

Le médecin-chef lui expliqua que madame Duteil avait subi un traitement à base d'hydrothérapie. Ce dernier était censé obtenir un effet sédatif. La méthode, cependant, demeurait coercitive, les patients restant toute la journée dans une baignoire condamnée par une planche à travers laquelle seule leur tête dépassait par un trou percé à cet effet.

L'eau était renouvelée régulièrement afin de rester tiède.

— Et maintenant ? s'enquit Paul.

Il se sentait dépassé. Toutes ces souffrances... L'état d'Angèle s'était-il au moins amélioré ?

— Difficile à dire, s'entendit-il répondre.

Madame Duteil s'était calmée. Elle ne sortait pas du pavillon qui lui avait été attribué, près de la chapelle. Grâce à l'argent versé par son frère, elle ne partageait pas l'immense dortoir dans lequel chaque patiente devait se dévêtir, le soir, pour récupérer le lendemain matin le paquetage de ses habits de jour.

Paul posa quelques questions d'ordre pratique. Madame Duteil se liait-elle avec les autres ? Mangeait-elle suffisamment ?

Elle ne parlait presque pas, enfermée dans son monde. Elle prenait ses repas dans sa chambre. Un bol de soupe au petit déjeuner, de la viande et des légumes au déjeuner, un peu de lait sucré et des biscuits le soir... Toute la vaisselle était en fer et il n'y avait ni couteaux ni fourchettes, ceci afin d'éviter tout risque d'automutilation.

— Seigneur ! A quoi bon rester en vie, dans ces conditions ? s'insurgea Paul.

Il avait envie de fuir. Le médecin-chef lui raconta sans s'énerver que certains traitements avaient des conséquences positives. L'isolement en lui-même servait déjà à protéger les malades. De plus, les travaux pratiqués en commun, dans les champs ou dans les étables, avaient des vertus thérapeutiques.

— Voulez-vous voir madame Duteil ? lui demanda-t-il.

Il hésita. Angèle ne risquait-elle pas d'être victime d'une nouvelle crise en le reconnaissant ?

Le médecin-chef soupira.

— C'est toujours la même chose. Certains attendent des années une visite qui n'arrive jamais. La folie fait peur. Pourtant, y avez-vous déjà réfléchi : où est la norme ?

Objectivement, Paul comprenait ce que voulait dire son confrère. Mais, en même temps, il revoyait le regard de Nevart, et se sentait incapable de pardonner.

Il transigea.

— Je veux bien l'entrevoir... sans qu'elle me remarque.

Il aurait pu expliquer ce qui s'était passé, tout en sachant qu'il n'en aurait pas le courage. Pas maintenant.

C'était facile, lui concéda le médecin-chef. Madame Duteil ne sortait de son pavillon que pour se rendre à la chapelle. Depuis sa fenêtre, le docteur Mailfait pourrait l'apercevoir d'ici quelques minutes, la cloche n'allait pas tarder à sonner.

Il ne reconnut pas la belle Angèle dans cette silhouette grise, sous ce chapeau noir profondément enfoncé. Elle paraissait calme, c'était vrai. Ailleurs. Et avançait vers la chapelle sans prêter la moindre attention aux personnes qui l'entouraient. Il se détourna de la fenêtre.

— Je reviendrai, promit-il. En compagnie de son frère, monsieur Jourdans. Il a de la peine à admettre la situation.

— Qui le pourrait ? Gardez confiance, cependant. Nous progressons. Un jour, vous verrez... Montdevergues n'aura plus besoin de cachots ni de camisoles.

Paul opina du chef, pas réellement convaincu. Il prit rapidement congé, remonta à grands pas l'allée centrale. Bien qu'il eût franchi les grilles de Montdevergues, la rumeur le poursuivait toujours.

26

1934

Les champs de lavande frissonnaient sous la brise du soir. Comme celle des oliviers, leur teinte changeait sans cesse, dans une gamme variant du bleu profond au violet, tandis que les ombres mauves descendues des collines annonçaient la nuit.

Erich aurait aimé être peintre. Il ne savait qu'écrire.

Il était arrivé par hasard dans le canton de Sainte-Apollonie. Un vieil ami de son père, professeur de grec et de latin, habitait là depuis sa retraite.

« Le pays est d'une beauté antique et le vin particulièrement bon », avait-il écrit à son ami Manfred Schwabele. Erich, lorsqu'il s'était résolu à partir, n'avait pas cherché d'autre destination.

La main en visière devant les yeux, il suivit les évolutions d'un rapace. Celui-ci, sans se lasser, effectuait des cercles au-dessus d'une anfractuosité de rocher. Erich s'intéressait aussi bien à la flore qu'à la faune de sa nouvelle patrie. Il aurait voulu tout connaître.

« Je suis d'ici, à présent », avait-il dit fièrement au notaire qui lui avait vendu une bergerie en ruine.

Maître Pinel avait souri sans vraiment comprendre ce que l'Allemand voulait dire, bien qu'il s'exprimât dans un français parfait. On l'appelait ainsi : « l'Allemand ».

Le manège du rapace l'oppressait. Il lui rappelait les violences subies au cours des dernières années. Les premiers temps, les intellectuels ne s'étaient pas vraiment défiés d'Adolf Hitler, ce petit homme qui parlait trop fort en gesticulant. Seul Manfred Schwabele, le père d'Erich, affichait ses craintes.

« On l'écoute, parce qu'il caresse les gens dans le sens du poil », estimait-il.

Il avait analysé la gravité de la situation dès que la crise économique mondiale avait stoppé le redressement économique de l'Allemagne. Quand Hitler scandait : « Liberté, travail et pain ! [...] Allemagne des travailleurs, réveille-toi ! Brise tes chaînes ! » ses phrases trouvaient fatalement un écho chez les milliers de chômeurs jetés à la rue. D'autant qu'Hitler, dans ses discours, insistait sur le fait qu'il s'était lui aussi battu durant quatre ans. Il était monté au front, avait pataugé dans le bourbier des tranchées, tout cela pour subir l'humiliation de la défaite. Il exhortait à la revanche, ralliant autour de lui aussi bien les chômeurs que les ouvriers, les patriotes, les militaristes, les bourgeois et les racistes. Car il était là, le responsable déclaré dans chacun de ses discours. Le Juif représentait le principal ennemi du peuple allemand.

« Seigneur ! nous basculons dans un régime de terreur », avait marmonné, accablé, Manfred Schwabele, le lendemain des élections de septembre 1930. Le NSDAP venait de remporter cent sept sièges et devenait le deuxième parti du Reichstag, avec plus de six millions quatre cent mille voix. Hitler avait rassemblé autour de lui nombre de mécontents. Dès lors, le mécanisme de la répression était en marche.

Erich, les poings serrés, avait assisté à la montée inexorable de l'antisémitisme.

Sa famille était installée à Berlin depuis plusieurs générations. Manfred tenait une librairie originale dans Nikolaiviertel, le quartier Saint-Nicolas, où se réunissaient souvent des intellectuels. La librairie Schwabele n'était pas un endroit comme les autres. On y venait pour acheter des livres, bien sûr, mais aussi pour échanger des idées. Une partie de la boutique était aménagée en salon de lecture, avec de confortables fauteuils club en cuir patiné et de petites lampes diffusant une lumière douce.

Croyants mais non pratiquants, les Schwabele pensaient être totalement intégrés à la société berlinoise. Margaretha, la sœur de Manfred, possédait un salon de thé dont la clientèle fidèle se pressait chaque jour pour acquérir des beignets, des cakes au miel, des gâteaux au pavot ou du biscuit savarin accompagné de crème chantilly. Sa fille Veronika étudiait l'histoire de l'art. Erich l'avait déjà accompagnée à plusieurs soirées où elle avait eu beaucoup de succès. Grande et fine, elle était belle avec ses cheveux sombres et ses yeux bleus.

Du jour au lendemain, tout avait basculé. Un matin, Margaretha avait téléphoné, affolée, à son frère. Dans la nuit, on avait barbouillé ses vitrines et inscrit *Jude* en lettres jaunes sur la devanture. Manfred et Erich s'étaient précipités à Alexanderplatz pour tout nettoyer. Ils avaient réconforté Margaretha tout en sentant bien qu'un pas décisif avait été franchi. Plus rien ne serait pareil, désormais.

Les événements s'étaient accélérés à compter de la victoire hitlérienne aux élections de 1933. Auparavant, Erich avait essayé de se persuader que l'Allemagne pouvait encore se ressaisir. Ensuite… quand il avait été confronté à l'infamante affiche interdisant aux Juifs et aux chiens l'entrée de certains restaurants, cafés et cinémas, il avait éprouvé de la colère et de la peur. Quel était donc ce pays qu'il ne reconnaissait plus pour le sien ? Lui qui aimait à fréquenter le Romanisches Café, tout près de l'église du Souvenir, où il refaisait inlassablement le monde en compagnie d'amis peintres et écrivains, avait été tenté de rester cloîtré chez lui.

Deux événements l'avaient poussé à réagir. D'abord, l'agression dont l'un de leurs voisins, tailleur, avait été victime. Il refusait de se taire et protestait dès qu'il en avait l'occasion contre les lois antijuives. Un soir, une sorte d'autobus sans toit s'était arrêté devant son échoppe. Une dizaine de SA en étaient descendus pour se précipiter à l'intérieur du magasin de Josef qui avait été roué de coups, assommé, piétiné. Erich s'était élancé dans la rue pour lui porter secours. Il avait reçu quelques horions dans la bagarre mais, comme il pratiquait la savate française, il avait réussi à leur tenir tête. Ils étaient repartis en proférant des menaces et en chantant un air qui avait fait frissonner Erich, malgré la douceur de la nuit printanière.

Wenn das Judenblut vom Messer spritzt dann geht's nochmal so gut[1]...

Cette nuit-là, il avait réellement pris conscience de la haine animant les nazis.

Ce n'était rien encore, cependant, comparé au sentiment de désespoir impuissant éprouvé le soir de l'autodafé.

Depuis plusieurs semaines circulaient des listes de livres que les nazis estimaient hostiles à leurs idées ou encore « étrangers à l'esprit allemand ». Les étudiants nazis devaient « purifier » leur propre bibliothèque avant de le faire pour leurs parents et ensuite pour les bibliothèques publiques. Le journal *Nachtausgabe* publia le 26 avril 1933 la liste des ouvrages qui méritaient d'être brûlés. Il y avait parmi

1. « Quand le sang juif giclera sous le couteau, tout ira beaucoup mieux. »

eux des livres de Bertolt Brecht, Henri Barbusse, Erich Maria Remarque, Arthur Schnitzler, Stefan Zweig, et bien d'autres encore. Une thèse circulait chez les étudiants nazis : « Le Juif peut seulement penser juif. S'il écrit allemand, il ment. L'Allemand qui écrit allemand et pense non allemand est un traître. »

Il était donc logique pour le parti au pouvoir de charger les étudiants de dénoncer les intellectuels juifs, représentatifs de l'esprit « non allemand », *undeutsch*.

Le 26 avril, les jeunes nazis, soutenus par des SA en uniforme, firent une razzia de livres *undeutsch* dans les librairies et les bibliothèques. Manfred Schwabele, qui vouait une admiration particulière à des auteurs comme Brecht ou Schnitzler, avait tenté de s'interposer, en vain. Il avait reçu un coup de gourdin qui l'avait assommé.

D'une certaine manière, Manfred Schwabele était mort le 10 mai 1933. C'était une mort insidieuse, beaucoup plus perverse que s'il avait été poignardé en plein cœur.

Tout au long de cette journée noire, on apporta dans des brouettes, des charrettes ou des camions des milliers de livres confisqués devant l'université de Berlin, Unter den Linden. Les fanfares nazies donnaient le ton de ce qui était considéré par les hauts dignitaires comme une grande fête populaire. Après de nombreux discours, on attendit la tombée de la nuit pour jeter les livres dans les flammes, afin de frapper encore plus les esprits. L'autodafé de Berlin évoquait une cérémonie barbare s'apparentant à une ordalie. L'image était forte. On purifiait par le feu les livres « antiallemands », en accompagnant cet acte de destruction d'anathèmes proférés « contre la décadence et la pourriture morale, pour la sauvegarde de la famille et de l'Etat », « contre la trahison littéraire des soldats de la guerre mondiale, pour l'éducation du peuple et l'esprit de la vérité ».

Manfred Schwabele, livide, avait vu ses livres réduits en cendres, sans pouvoir intervenir. Erich avait cru l'entendre gémir et prononcer le nom de Hannah, sa mère, morte en 1928 d'une maladie du sang. Il s'était porté aux côtés de son père, comme pour le protéger, même si tous deux savaient que c'était inutile. Le cérémonial à la fois pompeux et barbare que le nouveau pouvoir en place voulait conférer aux autodafés montrait bien sa volonté de mater les intellectuels. La liberté n'avait plus droit de cité en Allemagne.

Ce soir-là, Erich avait décidé de partir. Dans sa tête résonnait une phrase étrangement prémonitoire prononcée par le poète Heine au XIXe siècle : « Là où l'on brûle des livres, on finira par brûler des hommes. »

Malgré tous ses efforts, son père avait refusé de l'accompagner.

« On ne déracine pas les vieux arbres, lui avait-il dit en s'efforçant de sourire. Je suis beaucoup trop vieux pour changer mes habitudes, désormais. »

Margaretha avait approuvé son frère.

« Pars, toi, Erich, tu es jeune. Nous, notre vie est ici, quoi qu'il arrive. D'ailleurs, la situation va peut-être s'arranger. »

Elle tentait d'y croire. Axel, le fils d'un banquier, courtisait Veronika. Margaretha espérait qu'il saurait la protéger contre les chemises brunes, de plus en plus agressives.

Erich était parti après s'être rendu une dernière fois au vieux cimetière juif de Grosse Hamburger Strasse où reposait sa mère. Il avait déposé sur sa tombe un bouquet de lys blancs, ses fleurs préférées. Une brume légère montait de la Spree. Berlin s'offrait à lui dans la pâle lueur de l'automne. Il avait remonté Unter den Linden, s'était arrêté une dernière fois au Romanisches Café. Leur table habituelle était presque vide.

« Tu t'en vas, toi aussi ? » lui avait dit Ulrich, l'un de leurs amis.

Sa voix était pâteuse. Il avait déjà beaucoup trop bu. Erich avait songé qu'il se refusait à devenir une épave résignée. Lui voulait se battre. Pour cette raison, il s'exilait, sans états d'âme.

Il était descendu du train à Nyons, avait marqué un temps de pause face au paysage. La petite ville se nichait dans une sorte d'amphithéâtre abrité par les collines du Devès, du Pied-de-Vaux et de Garde-Grosse. Tout autour, les versants ensoleillés étaient couverts d'oliviers au feuillage argenté qui bruissait doucement.

La luminosité du ciel l'avait séduit. Sous ce ciel, on devait pouvoir oublier, s'était-il dit. Il avait retapé lui-même l'ancienne bergerie, demandant conseil à ses voisins, allant chercher des pierres à la carrière d'Aubres. Il savait ce qu'il voulait. Une demeure trapue, robuste, capable de les protéger, sa famille et lui. Car il fonderait une famille. C'était indispensable.

Il avait encaustiqué les tomettes anciennes de la chambre avec de la cire rouge, faisant pénétrer le produit à l'aide d'un chiffon doux. L'ameublement de la salle était rustique. Une table « chinée » sur la « foire à tout » de Grignan, de vieilles chaises dont il avait fait remplacer le cannage, un « potager » carrelé de terre cuite, logé dans une niche et abritant une daubière...

Dans la chambre, en revanche, le grand lit en cuivre recouvert d'un boutis rouge incarnat tenait toute la place. Le vieil ami de son père, monsieur Dumas, avait fait la grimace en le découvrant.

« Ne dirait-on pas le lit d'une courtisane ? Vous êtes beaucoup trop convenable pour vivre dans un décor de lupanar, monsieur Schwabele. »

Erich avait beaucoup ri. Un rire puissant, qui faisait sursauter les personnes présentes.

« Et s'il me plaît, précisément, d'être beaucoup moins raisonnable ? » avait-il lancé.

Il voulait mener une autre vie. Tenter d'oublier, s'il le pouvait, le visage ravagé de son père assistant, impuissant, à la destruction de ses livres. Il désirait se battre, aussi, pour que de tels actes ne se reproduisent pas.

La brise était parfumée à la lavande. Une fragrance entêtante, qui grisait Erich. Les champs s'étendaient, à perte de vue, sur les flancs de la montagne.

« C'est cette petite, réfugiée d'Arménie, qui s'est lancée dans la bleue » il y a une dizaine d'années, lui avait expliqué monsieur Dumas. Elle est brave, et elle a bien mené sa barque. A présent, il y en a quelques-uns pour se mordre les doigts de ne pas l'avoir imitée. Elle vend sa lavande à Grasse mais aussi à l'étranger. »

Erich était impatient de rencontrer cette fameuse « petite », comme on l'appelait. D'autre part, il savait qu'il avait tout son temps. Ne s'était-il pas établi de façon définitive au pied de la Lance ?

27

Sous le soleil, les champs évoquaient une mer bleue dans laquelle le ciel se serait reflété. Nevart releva les manches de sa blouse et s'épongea le front. Depuis quatre heures du matin, elle travaillait à son alambic, approvisionnant sans relâche l'appareil en bois et en lavande. C'était une tâche épuisante mais, comme elle n'avait pas les moyens d'embaucher plus de personnel, il fallait bien qu'elle se débrouille ! Chaque année, ses fidèles coupeurs italiens descendaient de leur Piémont natal, Aïda à leur tête. Si son amie avait un peu vieilli, elle restait vaillante. Son époux avait disparu en Ethiopie, happé par les rêves de grandeur de Mussolini.

« Même pas un endroit où me recueillir, je le porte dans mon cœur », disait Aïda en se signant. Elle parlait avec beaucoup de tendresse de ses quatre enfants demeurés au pays.

« Lorsqu'ils seront tous élevés, je viendrai m'installer chez toi », avait-elle suggéré un jour à Nevart.

Songeuse, la jeune femme n'avait rien répondu. Aïda en avait été blessée avant de hausser les épaules. Elle savait que Nevart, parfois, s'isolait dans ses pensées, se faisait inaccessible. Ses amis l'acceptaient.

Nevart contempla avec fierté la récolte qui s'amoncelait sous le hangar. Même si l'essence de lavande avait vu ses cours fluctuer au cours des dernières années, passant par exemple en 1929 de trois cents à soixante francs, l'an passé, en 1933, ils étaient remontés à quatre-vingts francs. Sa production demeurait rentable, à condition de ne pas transformer des terres à blé en lavanderaies. La « bleue » restait sauvage, rustique, et s'accommodait mieux des sols ingrats, pierreux.

Les compétences de la jeune femme avaient été peu à peu reconnues. Elle était devenue une spécialiste de la lavande et, pour elle, cela signifiait qu'elle s'était intégrée au pays bleu. Elle avait de moins en moins le temps de se rendre à Romans, auprès de ses frères d'exil. En revanche, l'été, elle recevait les enfants d'Alice. Chaque fois, son amie lui demandait, avec un petit sourire en coin : « Tu es sûre de ne rien regretter ? », et Nevart répondait fermement : « Sûre et certaine. »

A trente ans, elle était considérée comme une célibataire irréductible puisque, de toute évidence, le terme de « vieille fille » ne lui convenait guère.

Peu de personnes connaissaient sa liaison avec le docteur Mailfait. Marceline et Vincent, bien sûr, ainsi qu'Aïda. Pour les autres, Nevart Tchekalian vivait seule au pied de la Lance avec un chien de berger que Paul lui avait offert sur le marché de Grignan. Elle l'avait appelé Charlot : elle avait beaucoup ri, quelques jours auparavant, à la projection de *La Ruée vers l'or*.

Charlot avait le poil rêche, ébouriffé, une grosse tête ronde qu'il penchait d'une drôle de façon dès qu'il entendait la voix de Nevart, et ne supportait pas les chats. Vincent ayant décrété qu'il devait avoir des aptitudes de chien truffier, on avait vite compris qu'il excellait à la *rabasse*. Le viticulteur s'était chargé de son dressage. Il avait expliqué à Nevart que, contrairement à ce qui se passait dans le Sud-Ouest, le cavage au chien était une tradition provençale solidement ancrée. On se défiait du cochon, certes doté d'un odorat très supérieur, mais fort gourmand de truffes. On lui préférait le chien qui cavait essentiellement pour plaire à son maître.

Vincent avait donc habitué Charlot à rechercher un petit morceau de viande caché dans le jardin. Il lui avait peu à peu ajouté des fragments de truffe, afin de lui donner envie de la chercher et d'identifier son parfum très particulier. Chaque découverte entraînait bien sûr une récompense.

Charlot s'était rapidement piqué au jeu. Le jour où Vincent l'avait lâché sur une vraie truffière, sur une faible pente protégée des vents, dans un bois de chênes, Charlot ne l'avait pas déçu. Le nez au sol, il avait parcouru la truffière avant de revenir vers un *brûlé*, un rond dépourvu de végétation sous un chêne vert, et de marquer d'un coup de patte l'emplacement présumé de la *rabasse*.

Nevart se souviendrait toujours de sa première truffe.

« Prends-la dans tes mains, ferme les yeux et mets-y le nez », lui avait recommandé Vincent en lui confiant la truffe terreuse dénichée par Charlot. Elle avait éprouvé comme un vertige en découvrant un parfum unique, mêlé à l'odeur de la terre. La truffe noire avait un arôme puissant, chaud, et sentait aussi les feuilles de chêne en décomposition, le champignon, le fumet... C'était un parfum à la fois végétal et sensuel, qui tournait la tête.

« Marceline va t'apprendre », avait dit Vincent.

Nevart avait observé son amie. Celle-ci avait glissé la grosse truffe noire dans un bocal de verre avec une douzaine d'œufs. L'omelette qu'elle avait confectionnée deux jours après pour eux quatre – Paul avait été invité – avait un goût fier et musqué, inoubliable.

Depuis, Nevart parcourait la campagne dès la fin octobre, cherchant en compagnie de Charlot la précieuse *rabasse*.

Elle s'était mise à fréquenter le café de la Bourse, à Nyons, où acheteurs et vendeurs de truffes effectuaient leurs transactions avec des mines de conspirateurs.

Marceline souriait : « Te voilà devenue une vraie *rabassière*. »

— Ça va ? s'enquit Aïda en voyant Nevart porter la main à sa poitrine.

— Oui, oui, ne t'inquiète pas.

Elle avait gardé une cicatrice violacée sur le buste. Chaque fois que celle-ci la faisait souffrir, Nevart revoyait le regard fou d'Angèle, et une autre image se superposait dans ses souvenirs, celle des exécutions sommaires de 1915.

Il lui avait fallu du temps pour se remettre de l'agression subie. La souffrance n'était rien comparée aux angoisses qui avaient resurgi. Nevart avait vécu une nouvelle fois la tragédie de son enfance. Elle avait déliré durant plusieurs jours, appelant son grand-père à son secours, s'accusant de n'avoir pu sauver son petit frère. Paul, qui était resté à son chevet, avait compris que, tout comme lui, Nevart n'oublierait jamais le passé. Il faisait partie d'elle, et expliquait certainement sa recherche d'harmonie. Cependant, la tentative de meurtre d'Angèle avait eu des répercussions sur la vie de Nevart et de Paul. Le médecin s'était senti coupable. Il avait eu si peur de perdre la jeune femme qu'il était devenu très protecteur envers elle. Or, Nevart avait un caractère trop fort pour supporter aisément cette attitude.

Leur relation avait changé. Elle avait pris conscience du temps qui s'écoulait. Elle rêvait d'avoir un enfant, tout en sachant que Paul ne lui proposerait jamais de l'épouser. Pour lui, il n'y aurait qu'une madame Paul Mailfait : Cosima. Nevart le savait sans avoir eu besoin d'en parler avec son amant. Elle connaissait tout de ses failles. Il se voulait fort, mais n'avait jamais surmonté la disparition de sa femme et de sa fille. Aux premiers temps de leur liaison, il lui avait dit : « Tu partiras. C'est dans l'ordre des choses. Je suis trop âgé pour toi, ma douce. » Elle n'avait pas protesté. Peut-être pressentait-elle qu'il avait raison. Elle l'aimait, pourtant. Il était tout pour elle. Son amour, sa famille. Lui avait-elle demandé plus qu'il ne pouvait lui donner ?

Ils se voyaient toujours, mais elle sentait bien que leur relation avait changé. La tendresse avait succédé à l'amour fou. Le plus souvent, lorsqu'ils passaient la nuit ensemble, elle restait blottie contre lui, à écouter les battements réguliers de son cœur.

Elle s'éloignait tout doucement, sans vouloir lui faire de peine. Le temps passait. Elle désirait un enfant, tout en se demandant si elle serait capable de l'élever, de le protéger. Elle avait peur, force lui était de le reconnaître. Terriblement peur que les drames du passé ne se reproduisent.

Elle chargea la partie inférieure de l'alambic de fleurs et d'eau avant de le coiffer du traditionnel chapiteau « tête-de-Maure », de forme presque sphérique.

Il lui semblait être imprégnée de lavande de la tête aux pieds. Elle aimait cette fragrance entêtante, tout comme elle aimait l'arôme de la truffe. Les pieds solidement ancrés au sol, elle était désormais de ce pays.

Charlot aboya. Un promeneur longeait le champ de lavande du haut dans lequel des coupeurs s'activaient encore.

— Tu le connais ? s'enquit Aïda, toujours curieuse.

Nevart secoua la tête.

— Marceline m'a parlé d'un étranger qui retapait la vieille bergerie, du côté de la Baume. C'est peut-être lui...

Elle s'interrompit, confuse d'avoir employé le mot « étranger ». Aïda lui adressa un coup d'œil moqueur.

— Nous sommes des étrangères aussi, toi et moi. Heureusement, ici, c'est une terre d'asile.

Toutes deux l'avaient ressenti de cette manière. Nevart rappela son chien.

— Charlot ! Tais-toi ! lui ordonna-t-elle.

L'inconnu se dirigeait vers l'alambic. Il était très grand, mince, et le vent avait emmêlé ses cheveux châtains un peu trop longs. Il salua Nevart et Aïda d'un « Bonjour » accompagné d'un grand sourire.

Elle ignorait tout de lui. Elle fit un pas vers lui.

— Bonjour, déclara-t-elle en écho.

Avant de lui tendre un fagot de lavande.

— Pour vous.

Leurs regards se prirent. Aïda, confuse, se détourna. Elle se sentait de trop, tout à coup.

28

1935

Paul avait toujours ressenti une irrésistible attirance pour le mont Ventoux. Chaque fois qu'il le pouvait, il partait, bâton à la main, et, par des sentiers empruntés depuis des siècles, il entreprenait l'ascension du sommet qui avait fasciné aussi bien Pétrarque que l'entomologiste Fabre.

Aussi Nevart ne fut-elle pas vraiment surprise lorsqu'il lui proposa de l'accompagner, le lendemain, dans une excursion sur le versant nord du Géant de Provence. Elle aussi aimait le Ventoux. C'était un monde à part où, dans l'effort, on parvenait à oublier ses soucis.

Sa lavande était coupée, distillée. Une bonne année, dont elle était satisfaite. Elle allait pouvoir acheter une nouvelle jardinière pour se rendre sur les marchés et louer des champs supplémentaires, au pied du Ventoux.

Pour la première fois de sa vie, elle avait ouvert un compte en banque, à Sainte-Apollonie. Elle avait éprouvé un sentiment bizarre le jour où elle y avait déposé une liasse de billets craquants. Ceux-là mêmes que son courtier habituel lui avait donnés, sur le marché de Nyons, en paiement des flacons d'huile essentielle. Ce jour-là, elle avait eu l'impression de remonter la pente, enfin.

Paul traversa Malaucène, rangea sa Mathis à proximité de la source du Groseau, qui alimentait déjà Vaison-la-Romaine dans l'Antiquité, grâce à un aqueduc. Le site, particulièrement calme, avait toujours séduit Nevart. Les arbres se reflétaient dans les eaux claires, à l'ombre de gros rochers moussus.

Il se tourna vers Nevart.

— Prête ?

La jeune femme portait une jupe-culotte et un chemisier. Elle avait noué un chandail autour de sa taille, en prévision de la température beaucoup plus fraîche du sommet. Elle se coiffa de son vieux chapeau de paille en riant. Elle était belle, lumineuse. Paul éprouva un pincement au cœur. Le moment qu'il redoutait depuis près de dix ans était arrivé.

Ils marchèrent d'abord en silence. Nevart appréciait de progresser au même pas que son compagnon, parmi les taillis de chênes verts. Au-dessus d'eux, les cèdres de l'Atlas formaient comme une frontière. Ils marchaient, s'appuyant sur leur bâton, et Nevart songeait à tout ce que Paul lui avait apporté. Depuis leur première rencontre, en 1922, il avait toujours été là pour elle. Elle ne pouvait se résoudre à lui faire du mal, d'autant qu'elle l'avait aimé, de toute son âme.

Essoufflée, elle se laissa tomber sur une roche plate aux côtés de Paul.

— Je vieillis ! s'écria-t-elle en riant. Trente ans, déjà. Comment faites-vous pour conserver votre endurance ?

Il tourna lentement la tête vers elle. Il paraissait las, soudain, extrêmement las, et elle prit peur.

— Question de fierté, répondit-il, le souffle court. Je ne veux surtout pas abdiquer.

Il l'émouvait, et elle se sentit coupable. Elle secoua la tête. Depuis le début de leur relation, ils avaient toujours affirmé l'un et l'autre qu'ils étaient attachés à leur liberté. C'était mieux ainsi, pensait Nevart. De toute manière, elle savait que Paul n'oublierait jamais Cosima.

Ils reprirent leur ascension, s'aidant mutuellement dans les passages difficiles. Nevart songeait à Pétrarque, qui avait si bien su décrire les sentiments animant ceux qui se lançaient dans l'aventure. Elle cita, de mémoire, les phrases qui l'avaient le plus frappée lorsqu'elle avait lu *L'Ascension du mont Ventoux*.

La vie que nous appelons heureuse occupe les hauteurs et, comme dit le proverbe, étroite est la route qui y mène. Nombreux aussi sont les cols qu'il faut passer, de même nous devons avancer par degrés [...], sur la cime est la fin de toutes choses, le but vers lequel nous dirigeons nos pas.

Elle se retourna vers Paul.

— Qu'en pensez-vous ? Quel est votre but ?

Sa question le prit de court. Pendant si longtemps, il avait vécu – non, plutôt, survécu – comme en sursis, en se disant que l'existence sans Cosima et Pauline n'avait plus de sens. Et puis, lorsque enfin il avait à nouveau ressenti le goût de vivre, de se battre, il avait compris que c'était trop tard.

— Mon but ? répéta-t-il, pour gagner du temps. Oh, j'ai atteint l'âge mûr, mais je souhaite me rendre utile encore quelques années.

Nevart fronça les sourcils.

— Paul ! Ne dirait-on pas, à vous entendre, que vous êtes un vénérable vieillard ? Permettez-moi de vous dire que vous grimpez allégrement, pour un vieux monsieur !

Ils rirent tous deux, et cela leur fit du bien. Le premier, Paul redevint grave.

— Il y a encore quelques mois, je vous aurais répondu désirer avant toute chose vous voir heureuse à mes côtés, déclara-t-il lentement.

La jeune femme rougit. Le moment qu'elle redoutait tant était arrivé. Comment procéder, se demanda-t-elle avec angoisse, afin de lui faire le moins de peine possible ?

Mais, rompant les chiens, Paul ne lui laissa pas le temps de s'expliquer.

— Si nous nous installions ici pour notre pique-nique ? suggéra-t-il, désignant une plate-forme calcaire à l'ombre d'un bosquet de hêtres.

Dans un *Rucksack*, Nevart avait apporté du pain cuit dans le four du mas de Césarée, du pâté de lapin, qu'il coupa en tranches épaisses, du saucisson de l'Ardèche, des tomates juteuses, du fromage des chèvres de Marceline saupoudré de sarriette et de poivre, et des abricots juteux, fondant dans la bouche. Il s'amusa de constater que sa compagne faisait preuve d'un bel appétit. Ce repas partagé leur offrait comme un répit, qu'il avait bien l'intention de savourer. Ils burent à la même gourde du vin de Vincent, chaleureux et gai, contemplèrent le chemin déjà parcouru avant de reprendre leur ascension.

Là-haut, le Ventoux, couronné de légers nuages, les attendait. Il n'y avait plus de hêtres ni de cèdres, encore moins de pins noirs. Seulement des roches calcaires qui, sous le soleil, évoquaient des neiges éternelles, et quelques genévriers rampants.

Les poumons en feu, Nevart s'arrêta avant d'atteindre l'observatoire météorologique implanté là depuis 1882. Son regard embrassait la plaine du Comtat et, de l'autre côté, la face nord, abrupte et sombre, qui s'abîmait dans les gorges du Toulourenc.

— Ne prenez pas froid.

D'un geste empreint de tendresse, Paul l'aida à passer son chandail. Elle retint ses mains, les huma en fronçant le nez. Malgré les remontrances de Nevart, qui détestait cette odeur, Paul s'obstinait à fumer du tabac gris, une fort mauvaise habitude des tranchées.

La jeune femme frémit. Elle avait aimé que les mains du médecin, longues et douces, parcourent son corps, le caressent, lui apprennent les gestes de l'amour. Elle frotta sa joue contre les mains de Paul. La gorge serrée, elle cherchait les mots qui lui feraient le moins de mal, en sachant bien qu'il n'y en avait pas.

Le vent – venait-il de la vallée du Rhône ou de tous les côtés à la fois ? – se mit à tourbillonner autour d'eux. Paul incita Nevart à faire demi-tour.

— Venez ! Nous serons mieux abrités.

Ils descendirent d'un bon pas jusqu'au mont Serein. Là, sur le plateau en forme de balcon qui offrait une vue incomparable sur les sommets de la Drôme et les Alpes dauphinoises, ils firent halte au chalet-restaurant. Ils burent un café fort, dans lequel Nevart mit trois sucres. Cette habitude faisait toujours sourire le médecin, il prétendait que la jeune femme n'était pas raisonnable. A chaque fois, elle lui rappelait que, jusqu'à son arrivée en France, elle avait oublié le goût du sucre.

Ce jour-là, tous deux gardèrent un silence prudent. Cela leur ressemblait si peu qu'à un moment, Nevart releva la tête et scruta son compagnon. Elle avait les yeux pleins de larmes. Elle *devait* lui parler d'Erich et, en même temps, elle ne le pouvait pas, c'était au-dessus de ses forces. Comment aurait-elle pu lui dire que c'était fini, qu'elle ne l'aimait plus ? C'était d'ailleurs inexact, elle éprouverait toujours pour lui une tendresse infinie. Il avait été non seulement son amant mais aussi son meilleur ami, et elle pressentait qu'il n'en serait pas de même avec Erich. L'écrivain était exigeant, passionné, jaloux. Parfois, cela lui faisait un peu peur. Mais elle l'aimait.

Elle se mordit les lèvres, prit une longue inspiration.

— Paul, je voudrais vous dire…

— Chut.

Il se pencha, posa l'index sur la bouche de la jeune femme.

— Pas d'explications, pas d'excuses, reprit-il. Nous valons mieux, vous et moi, ne croyez-vous pas ? Sachez simplement que je vous aimerai toujours.

Incapable de prononcer un son, elle fit « oui » de la tête. Il était merveilleux et elle… elle se détestait, soudain.

— Vous méritez le meilleur de la vie, Nevart, ma chérie, lui dit-il très doucement.

Elle lui prit la main, la serra, très fort. Elle était à la fois émue et mélancolique. Peut-être parce qu'elle pressentait qu'aucun autre homme ne l'aimerait avec cette intensité, cette générosité…

Il régla les cafés, l'aida à se relever.

— Demain, je serai courbatue de partout ! s'écria-t-elle en riant.

Elle n'avait pas le courage de laisser le silence s'installer entre eux. Elle devait parler, coûte que coûte.

— Moi aussi, je vous aimerai toujours, glissa-t-elle alors qu'ils s'apprêtaient à redescendre vers Malaucène.

Ce disant, elle comprit que ce n'était pas tout à fait vrai. Il ne s'agissait pas du même amour.

29

1936

D'un geste sûr, Alice replia le bord de la tige d'un escarpin de daim grège.

Elle leva ensuite la tête vers son amie.

— Tu ne t'es toujours pas décidée ? lui demanda-t-elle.

Nevart réprima un soupir.

— Je finirai par ne plus venir si tu dois me poser la même question à chacune de mes visites !

Alice secoua doucement la tête.

— Nous avons trop besoin l'une de l'autre. Ici, nous nous sommes enracinées. C'est déjà beaucoup.

Elles parlaient le moins possible de leur enfance au pays. Evoquer les jours heureux les aurait conduites, fatalement, à revenir sur la cassure de 1915, cette année terrible durant laquelle la vie des Arméniens avait basculé. Elles préféraient garder leurs souvenirs profondément enfouis. Au risque, parfois, d'avoir l'impression d'étouffer.

Alice, soucieuse de dissiper le malaise qui menaçait, glissa :

— Notre vie va changer. C'est Sarkis, le meilleur ami d'Agop, qui l'affirme. Le nouveau gouvernement a promis des mesures sociales.

Femme de la terre, Nevart se défiait de ces changements. On évoquait la semaine de quarante heures de travail, la perspective d'avoir des congés payés... Sceptique, Marceline avait fait remarquer : « De toute manière, si je ne nourris pas mes vers à soie, je n'aurai pas de cocons à vendre ! Alors, je te le demande, où est l'intérêt pour moi ? »

— Tu ne veux pas comprendre, reprit Alice, à qui Nevart venait de faire part de ces réflexions. Tu es ton propre maître, dans tes champs, même si tu travailles dur. Nous...

Du regard, elle désigna le logement étriqué dans lequel le matériel de couture et la machine à coudre prenaient de plus en plus de place dans la pièce commune. Même si Alice et Agop se saignaient, travaillant sans répit, ils avaient le sentiment de piétiner. Ils voulaient une vie différente pour leurs enfants, souhaitant qu'Antaran et Krikor poursuivent des études.

Alice poursuivit, en baissant la voix :

— Des camarades vont retourner au pays. Il paraît que nous avons notre place, en Arménie soviétique.

Elle expliqua à Nevart la façon dont quelques groupes communistes arméniens avaient organisé les premiers « retours ». Des comités inscrivaient les volontaires sur une liste. Les frais de nourriture et d'installation sur place seraient assurés par le Comité arménien et par l'Office international Nansen.

— Tu n'as pas entendu parler du vapeur *Sinaïa* ? s'étonna Alice.

Nevart sourit.

— Tu sais, dans mes collines...

Alice se leva, chercha durant quelques minutes un album sur lequel elle collait aussi bien les photographies des siens que des coupures de journaux qu'elle souhaitait garder.

— Tiens, lis !

Un article du *Petit Provençal* relatait le départ à destination de Batoum, le 9 mai 1936 à dix-sept heures, de plus de deux mille réfugiés à bord du vapeur *Sinaïa*. Le journaliste mettait l'accent sur les banderoles placées à l'arrière du navire, rendant hommage aussi bien à la « France hospitalière » qu'à « l'Arménie soviétique ».

Nevart, soucieuse, rendit le journal à son amie.

— Tu penses vraiment qu'il s'agit d'un retour à la terre promise ? questionna-t-elle.

Alice se troubla sous le regard de Nevart.

— Agop estime que c'est une chance de retourner chez nous, répondit-elle enfin. Ils en parlent beaucoup, entre hommes...

— Mais toi, Alice, insista Nevart. Quelle est ton opinion ?

La jeune femme soupira. Elle s'était empâtée, depuis l'époque déjà lointaine où elle occupait le lit voisin de celui de Nevart dans le dortoir de l'usine Duteil.

Il y a près de quinze ans, songea Nevart, soudain prise de vertige.

— Je ne m'intéresse pas à la politique, déclara lentement Alice.

Ses joues s'empourprèrent.

— Cela me fait même un peu peur... Tu sais, depuis toutes ces années, je n'ai qu'un désir. Oublier.

Elle ne s'était jamais livrée plus avant, mais Nevart pouvait imaginer les violences que son amie avait subies. A la différence d'elle-même, en effet, Alice était déjà nubile en 1915.

Les deux jeunes femmes échangèrent un regard perdu.

— Je ne veux pas retourner où j'ai tant souffert, confia enfin Alice dans un souffle. Il me semble que je deviendrais folle... Mes enfants sont nés ici, rue Saint-Nicolas. La France est devenue ma patrie.

— Personne ne peut te contraindre à retourner là-bas, s'écria Nevart avec force.

Alice secoua la tête.

— Agop est mon époux. Il refuse de m'écouter lorsque je lui dis que nous ne savons pas ce qui nous attend en Arménie soviétique. Il veut partir.

— Eh bien, laisse-le partir ! répliqua Nevart. Qu'il aille voir par lui-même ce qu'il en est. Ensuite, tu pourras décider en toute connaissance de cause de le rejoindre ou pas.

Alice s'essuya les yeux.

— Tu ne peux pas comprendre. Tu n'es pas mariée, tu n'as pas d'enfants. J'aime Agop, même si je trouve qu'il passe plus de temps avec ses amis du Comité d'aide à l'Arménie qu'en famille. C'est comme ça...

Songeuse, Nevart ne trouva rien à lui répondre. Certes, elle raisonnait en femme libre. Il s'agissait pour elle d'une question de survie. Chaque jour, elle se répétait qu'elle ne devait pas faire de projets. Erich ne l'aurait pas supporté.

L'expression de son visage s'adoucit sans qu'elle en prenne conscience. Alice sourit.

— Quand te décideras-tu à nous le présenter ?

Nevart se troubla. Elle aurait pu mentir, feindre l'étonnement, mais elle n'en avait pas envie. Elle n'avait jamais triché.

— La prochaine fois que vous viendrez avec les enfants dans mes collines, promit-elle.

L'amour qui l'unissait à Erich lui faisait parfois peur. Elle s'était sentie irrésistiblement attirée par lui, dès le premier regard. Elle avait résisté, pourtant, à cette folle attirance. N'était-elle pas heureuse aux côtés de Paul ? Erich n'était pas de la même trempe. Tourmenté, il acceptait mal d'avoir dû quitter son Allemagne natale.

« Je me sens presque coupable alors qu'en conscience, je n'ai rien à me reprocher », lui avait-il confié un jour. Il souffrait du refus de son père de l'accompagner sur les chemins de l'exil, les échanges passionnés avec ses amis artistes lui manquaient. Il travaillait à un nouvel ouvrage et se remettait sans cesse en question malgré les encouragements de son éditeur, un Suisse nommé Walther. C'était un homme torturé ; pourtant, lorsqu'il prenait Nevart dans ses bras, son visage s'illuminait.

« Tu es mon soleil », lui chuchotait-il.

L'amour avec lui était passionné, fulgurant, irrésistible. Nevart avait attendu près d'un an avant de le rejoindre dans sa vieille ferme. Partout, des livres, grimpant à l'assaut des murs sur des étagères de guingois. Erich possédait aussi un poste de TSF qui diffusait une symphonie de Mozart. Nevart avait fermé les yeux, amorcé un mouvement de retrait. C'était trop, elle revoyait sa mère assise au piano... Les larmes avaient ruisselé sur ses joues.

« Ne pleure pas », lui avait-il dit, la tutoyant brusquement.

Il avait posé une couverture devant la grande cheminée en pierre du Gard, attiré la jeune femme contre lui.

« Je t'aime, lui avait-il déclaré gravement. C'est la première et la dernière fois que je le dirai. Je t'aime mais je ne changerai pas mon mode de vie. Pour moi, l'écriture passe avant tout. »

A cet instant, elle avait eu peur. Pourquoi avait-elle rompu avec Paul, qui ne lui aurait jamais tenu pareil discours ? Parce qu'elle continuait d'aimer Paul très tendrement mais qu'avec Erich, la passion la submergeait.

Ils s'étaient aimés avec une douce lenteur, comme s'ils avaient eu conscience l'un et l'autre de s'engager, avant de s'étreindre avec fièvre, dans un paroxysme de sensations.

« Nev… tu es mon point d'ancrage », avait soufflé Erich, pesant sur elle. Il avait ajouté : « Ne me quitte jamais. Je ne pourrais pas le supporter. »

— Prends garde à toi, recommanda Alice, qui avait respecté le silence rêveur de son amie. L'amour nous entraîne parfois beaucoup plus loin qu'on ne le désirerait.

Aussitôt, Nevart s'inquiéta. Alice n'allait tout de même pas partir juste parce qu'Agop en avait envie ?

La jeune femme secoua la tête. Que Nevart se rassure, elle ne se déciderait pas avant d'avoir obtenu toutes les garanties possibles. L'une de ses voisines, Lydie, était partie à bord du *Sinaïa*. Elle avait promis à Alice de lui écrire en lui racontant tout, sans enjoliver la réalité.

— Sois prudente, répéta Nevart.

Elle se leva. Elle devait repartir, elle avait juste le temps de rejoindre la gare. Elle embrassa Alice en éprouvant un sentiment de tristesse indéfinissable. Comme si son amie était déjà partie.

30

1938

Chaque fois qu'il prenait la route de Montdevergues, Paul, passant par le Barroux et Carpentras, contemplait le mont Ventoux le plus longtemps possible.

— Ça me vide la tête, expliqua-t-il à son ami Elie, qui l'accompagnait.

Elie Cluzel était devenu un « médecin mondain », ce qui le faisait sourire. Il enviait Paul, beaucoup plus proche, selon lui, de ses patients. N'était-ce pas paradoxal ? Elie, en sondant les âmes, s'était éloigné de la réalité corporelle. Il souffrait également de ne pouvoir communiquer avec son épouse. Excellente maîtresse de maison, Amélie ne semblait vivre que pour ses dîners et ses après-midi passés à monter, au manège qu'elle fréquentait depuis l'enfance.

— Et tu te rends souvent à Montdevergues ? s'enquit-il en remarquant le mutisme de Paul, depuis qu'ils avaient dépassé Avignon.

Son ami esquissa un geste vague de la main.

— C'est variable… je m'arrange pour venir au moins une fois par mois. Tu comprends, Angèle ne reçoit pas d'autres visites. Son frère n'a jamais pu se résoudre à franchir les grilles de l'asile. Quant à sa sœur… il existait déjà un contentieux assez sérieux entre elles avant le drame. Tu penses bien que Marceline ne va pas se manifester, à présent !

Paul se refusait à juger. Il avait pris le pli de venir à Montdevergues et respectait ce qui était pour lui un engagement personnel. De cette manière, il se tenait aussi au courant des nouvelles thérapies mises en œuvre. Il restait sceptique quant à l'efficacité des bains interminables. En revanche, il admirait la patience et le dévouement dont faisaient preuve certaines infirmières.

— Ici, ils ont toujours vécu en autarcie, expliqua-t-il à Elie, lui désignant au passage les malades qui s'activaient dans le potager.

A Montdevergues, on cultivait plusieurs terres, on s'occupait aussi d'une vacherie et d'une porcherie, ceci dans un but thérapeutique.

— Les malades qui peuvent travailler bénéficient d'une ouverture sur l'extérieur, approuva Elie.

Il demanda à Paul si l'on pratiquait l'insulinothérapie. Il s'agissait d'une cure consistant à administrer chaque jour au patient des doses croissantes d'insuline, ceci dans le but de provoquer un coma hypoglycémique. On interrompait ce coma par resucrage.

— C'est... barbare ! s'offusqua Paul.

— D'autant que le résultat n'est pas garanti. Mais on a constaté des réussites patentes sur des schizophrènes. Ce traitement entraîne cependant la nécessité d'exercer une surveillance importante. Après le réveil, le malade est épuisé et frissonne beaucoup. Il faut le frictionner, l'entourer de bouillottes... Cela te choque ?

— Je ne sais pas quoi te répondre. Je cherche une autre voie.

Ils se turent en franchissant les grilles. La rumeur montait des pavillons, toujours aussi lancinante.

— J'espère que le personnel finit par ne plus l'entendre, murmura Elie, impressionné malgré lui.

— Détrompe-toi. Certains jours, quand le vent souffle du mauvais côté, ce fameux bourdonnement provoqué par les cris des malades, la « rumeur », comme on l'appelle ici, parvient jusqu'au village. A mon avis, cela ne contribue pas à une meilleure compréhension entre les deux communautés, celle des patients et celle des bien portants.

A peine descendus de voiture, ils croisèrent le chemin d'un attelage pour le moins curieux. Une charrette à bras équipée de deux grandes roues et d'une roue pivotante à l'avant, qui servait au transport de grosses marmites.

Une jeune infirmière leur lança, rieuse :

— La prochaine fois, vous viendrez m'aider !

— Il y a de l'ambiance, on dirait, remarqua Elie, étonné.

— J'ai assisté l'an dernier à une fête. C'était à la fois bouleversant et joyeux. Les soignants et les malades avaient à cœur que tout soit réussi.

Le médecin-chef les reçut sans attendre. S'il se montra heureux de pouvoir converser avec le docteur Cluzel, il discuta aussi avec Paul des nouveaux traitements entrepris. On parlait beaucoup aux Etats-Unis de la sismothérapie, plus communément appelée « électrochoc ». Lorsqu'il apprit qu'on déclenchait, plus ou moins, une crise de grand mal épileptique, Paul éprouva un sentiment de nausée.

— Ne pourra-t-on découvrir un jour des thérapies moins brutales ? questionna-t-il, sans obtenir de réponse.

Angèle se portait assez bien. Elle était calme, excepté au moment des repas car elle réclamait toujours une ration supplémentaire.

— Elle reste très fragile, précisa le médecin-chef. Une simple contrariété suffit parfois pour qu'elle fasse preuve d'agressivité.

Pour cette raison, Angèle Duteil avait peu de chances de sortir un jour de l'asile.

Paul et Elie allèrent la saluer. Assise sur un banc devant son petit pavillon, elle offrait son visage au soleil. Elle avait maigri et beaucoup vieilli. Une autre femme, songea Paul, le cœur étreint d'une soudaine désespérance. Il aurait voulu comprendre le mécanisme qui avait fait basculer Angèle dans la folie. Quand il s'ouvrait de sa préoccupation auprès de Marceline, elle haussait les épaules.

« Ne cherchez pas trop loin, mon pauvre ami, il s'agit d'une tare, voilà tout ! »

Il n'aimait pas l'entendre parler ainsi, et le lui avait dit. Elle s'était alors détournée.

« Vous ne pouvez pas comprendre », avait-elle soufflé, d'une drôle de voix, proche de la brisure.

De son côté, Vincent ne parvenait pas à faire preuve de compassion.

« Je paie sa pension à l'hospice, ne me demande rien de plus », avait-il assené à Paul d'un ton définitif.

Dans ces conditions, le médecin ardennais se disait qu'il était de plus en plus urgent de changer les mentalités. Conviction partagée par l'équipe médicale de Montdevergues, qui se battait pour faire autre chose que « de la garderie ».

Paul avait eu l'impression qu'Angèle ne l'avait pas reconnu. Pourtant, lorsqu'il la salua pour prendre congé, elle esquissa un sourire. L'espace d'un instant, rides estompées, cheveux coiffés avec soin, elle redevint « la belle Angèle », telle qu'il l'avait connue en arrivant à Sainte-Apollonie.

— Ne m'oubliez pas, lui dit-elle et il se borna à incliner la tête, trop ému pour parvenir à prononcer un mot.

C'était comme si elle lui avait adressé un signe, du fond de sa nuit, alors qu'il se sentait incapable, malgré ses années d'études et sa longue pratique, de lui venir en aide. Il tenta d'expliquer à Elie ce qu'il éprouvait sur le chemin du retour. Son ami hocha la tête.

— Un jour viendra, j'en suis convaincu, où ce genre d'établissement n'existera plus. On n'aura plus besoin de camisoles ni d'entraves. On saura trouver les mots et les remèdes pour soigner les malades.

— D'abord... le sont-ils vraiment, malades ? risqua Paul. Ne serait-ce pas plutôt notre monde qui est devenu fou ?

Après avoir connu quatre ans de guerre, il voyait avec une sourde angoisse le processus se répéter.

Il leva son verre de châteauneuf-du-pape.

— A la paix, mon vieux. Puissions-nous la préserver...

Il avait emmené son ami dans une auberge située sur l'île de la Barthelasse. Du jardin, où ils dînaient, ils contemplaient Notre-Dame-des-Doms et le palais des Papes, nimbés de rose d'or sous les derniers rayons du soleil.

— Un pays béni des dieux, murmura Elie comme pour lui-même. J'aurais dû venir m'installer par ici, au lieu de choisir Grenoble.

Paul sourit.

— Tu ne tiendrais pas un mois à Sainte-Apollonie ! Il te faut le bruit de la ville, les réceptions, les honneurs.

— Quelle piètre opinion tu as de moi ! Figure-toi que les honneurs m'importent peu. Et puis, je ne parlais pas de Sainte-Apollonie, mais d'Avignon. C'est une ville en perpétuel mouvement. Cela me plaît.

Ils se régalèrent de « bohémienne », une sorte de ratatouille servie froide, et de lapin aux olives. Tous deux avaient éprouvé le besoin de s'accorder cette pause en sortant de Montdevergues. Il semblait à Elie que la rumeur le poursuivait encore. Sans parler de l'odeur propre à l'hospice, mélange de souillures et d'eau de Javel, qui imprégnait les murs et les sols malgré les lavages répétés.

— Tu comptes rester toute ta vie à Sainte-Apollonie ? reprit Elie.

Paul fronça les sourcils.

— Toute ma vie... j'ai déjà franchi le cap de la cinquantaine ! Nous dirons plutôt « le reste de mon âge ». Ce sera plus conforme à la réalité.

Parce qu'il avait besoin de faire preuve d'optimisme, pour ne plus être hanté par le regard perdu d'Angèle, il parla à son ami de l'école de la Baume qu'il soutenait. Yannick et Tiphaine Lamoulen, un couple de Bretons, s'étaient établis au début des années trente à quelques kilomètres de Sainte-Apollonie et y avaient créé une école pas comme les autres. Basé sur une pédagogie de type Montessori, cet établissement accueillait les enfants en situation de rupture qui ne parvenaient pas à s'adapter au système scolaire. L'air pur de la Baume avait entraîné la création d'un centre climatique bâti sur le modèle de celui de Dieulefit.

Paul s'y rendait une fois par semaine afin d'ausculter les jeunes pensionnaires. Il n'avait jamais oublié Mélanie qui travaillait là désormais. Sa protégée de l'usine Duteil – était-ce possible ? il y avait déjà près de vingt ans ! – était mariée à un scieur de bois et avait deux enfants.

« Il faut vous y faire, docteur, je ne suis plus une gamine ! » lui rappelait-elle en riant lorsqu'il s'étonnait de la voir bientôt fêter ses trente-cinq ans.

Elie le regarda.

— Et... toutes ces activités suffisent à te rendre heureux ?

A cet instant, Paul détesta celui qui était pourtant son ami.

— Il y a longtemps que je ne crois plus au bonheur, répondit-il, froidement.

En même temps, il songea à Nevart. Et elle, était-elle seulement heureuse ?

31

Le bureau d'Erich Schwabele – une pièce minuscule, seulement meublée d'une table et d'une chaise en bois brut – ouvrait sur les champs où la lavande ne formait plus que des boules d'un délicat bleu grisé. La fenêtre était placée de telle manière qu'il avait le sentiment d'écrire en pleine nature.

Erich consulta sa montre, repoussa les feuillets posés devant lui d'un air las. Il lui semblait qu'il n'avait plus de temps à consacrer à ses romans. Depuis plusieurs mois, sa correspondance avait augmenté de façon sensible. Erich répondait à tous ceux qui lui écrivaient – et ils étaient nombreux ! – pour lui demander conseil ou même l'asile pour quelques nuits.

Depuis l'unification austro-allemande, l'Anschluss, au printemps 1938, les événements s'étaient précipités. La tragique Nuit de cristal avait constitué le point d'orgue de l'escalade de la violence.

Quand il avait appris l'assassinat de von Rath, un conseiller de l'ambassade nazie à Paris, le 7 novembre, Erich avait redouté le pire.

« Ils vont nous le faire payer cher », avait-il déclaré à Nevart, en lui expliquant que l'auteur de l'attentat, un jeune Juif polonais âgé de dix-sept ans, avait voulu venger ses parents, persécutés en Allemagne.

Dans ces moments-là, Nevart s'exhortait au calme, tout en s'efforçant de dissimuler le tremblement de ses mains. Il lui semblait que l'histoire recommençait. La même haine, la même violence… La nuit, ses cauchemars revenaient la hanter jusqu'à ce qu'elle se dresse en hurlant dans son lit. Il lui fallait toujours plusieurs minutes avant de reprendre contact avec la réalité et de comprendre qu'elle se trouvait chez elle, au pied de la Lance, et non à Amassia. Le plus souvent, Charlot sautait dans son lit et venait se blottir contre elle. Elle caressait son chien et se détendait, lentement.

Malgré l'amour qu'ils éprouvaient l'un pour l'autre, Erich et elle ne parvenaient pas à se réconforter mutuellement. L'écrivain vivait en fonction des nouvelles qu'il recevait d'Allemagne et des articles lus chaque jour. Sa tante Margaretha lui avait écrit une lettre déchirante, dans laquelle elle lui racontait que son père avait eu une attaque au cours de la Nuit de cristal. Manfred Schwabele était mort deux jours plus tard.

« C'est presque un soulagement pour moi, avait confié Erich à Nevart. Je ne supportais plus l'idée de le savoir seul à Berlin, en butte aux persécutions. »

La Nuit de cristal avait même effrayé des familles aryennes. Comment, chuchotait-on, pouvait-on faire preuve d'une telle violence ?

Le Figaro du 11 novembre 1938 avait titré : « Manifestations antisémites très violentes en Allemagne ». Nevart avait observé longtemps la une avant d'oser lire la suite de l'article en page trois. Elle avait l'impression que tout recommençait. Personne, parmi les amis d'Erich, n'avait été dupe. Même si les hommes de main des nazis étaient en civil, afin de faire croire à un mouvement « spontané » de la population allemande contre les Juifs, tout le monde savait que les incendies et les destructions de biens avaient été menés par des soldats allemands.

C'était horrible, avait écrit Margaretha, *les vitraux des synagogues, les vitrines des magasins, descendus à coups de barre de fer, jonchaient le sol en des milliers de débris de verre. Les nazis n'ont rien trouvé de mieux à faire que de donner un nom très poétique – Kristallnacht, Nuit de cristal – à ce qui était des actes intolérables de violence raciste.*

Sa tante enchaînait à propos des mesures qui avaient suivi. Durant cette nuit du 9 au 10 novembre 1938, que personne n'oublierait, les chemises brunes avaient brisé toutes les vitrines des commerces juifs et, après avoir évacué les maisons et appartements juifs, elles les avaient dévastés, saccageant tout ce qu'elles pouvaient.

Comble de la perversité, nous, les Juifs, devons nous acquitter d'une amende d'un milliard de marks afin de « payer les dégâts » !

Son frère avait été enterré au Jüdischer Friedhof Weissensee, le cimetière juif de Berlin.

Tous ses vieux amis sont venus, excepté le vieil Hermann, qui s'est réfugié en Suède, comme tu le sais. C'était une cérémonie très belle, très émouvante. Même pas triste car, ainsi que l'a dit Heinrich, ton père était déjà mort une première fois, quand on lui a détruit sa librairie.

Margaretha avait refusé de partir. Pourtant, les lois raciales se succédaient, dans une escalade qui donnait le vertige.

Chaque jour, Erich récapitulait :

« Désormais, il nous est interdit d'aller en classe, de posséder un commerce de détail, une entreprise, industrielle ou artisanale, et même une maison. Dis-moi… que nous reste-t-il ?

— La vie, répondait invariablement Nevart. Il faut se battre. »

Elle aurait souhaité lui communiquer de sa combativité. Elle n'avait pas oublié le conseil reçu alors qu'elle avait à peine onze ans : « Tu dois vivre. »

Elle n'avait jamais renoncé.

« C'est parce que tu n'es pas une intellectuelle, avait suggéré Marceline. Nous, à la campagne, on n'a pas le temps de se poser trente-six questions. Tu imagines la réaction des chèvres si je ne m'en occupais plus ? Ton Erich, il rumine les regrets et les remords. A force, ça le mine. »

Marceline ne changeait guère. A quarante-trois ans, elle se tenait toujours bien droite dans son immuable blouse de satinette noire, et tordait toujours ses cheveux désormais grisonnants dans un petit chignon bien serré. Elle ne prononçait plus le prénom de Marcel, même si Nevart savait que son amie ne l'avait pas oublié.

Vincent et Marceline avaient eu un peu de peine à accepter les liens qui l'unissaient à Erich. Vincent avait même tenté de la culpabiliser : « Aucun homme ne t'aimera jamais autant que Paul. »

« Je le sais bien », avait répondu la jeune femme d'un ton navré. D'ailleurs, elle éprouvait toujours des sentiments très forts pour son premier amour. Même si Erich avait tout balayé.

Avec Erich, elle n'était sûre de rien, et cette mise en danger aiguisait ses sensations. Fidèle à sa promesse, il ne lui parlait pas d'amour. Il pouvait d'ailleurs rester plusieurs jours sans venir lui rendre visite. De son côté, elle ne se risquait pas à aller le voir dans sa bergerie, ignorant s'il ne recevait pas quelque exilé. Elle avait eu tôt fait de s'apercevoir que son combat pour la liberté constituait sa priorité.

Un jour, il était arrivé en coup de vent, alors qu'elle faisait sécher ses bouquets de fleurs sur des supports en bois, et l'avait attirée contre lui sans tenir compte des brins de lavande qui s'étaient répandus sur le sol en terre battue. Nevart l'avait repoussé.

« Qu'est-ce que je suis pour toi, Erich Schwabele ? avait-elle lancé. Une fille qu'on culbute dans une grange, sans le moindre égard ? Je vaux mieux que ça, toi aussi d'ailleurs, et tu devrais déjà l'avoir compris ! »

Elle le défiait, tête droite, visage frémissant, regard assombri, et il avait esquissé un geste vers elle. Nevart l'avait ignoré. Elle était si furieuse que Charlot avait grondé contre Erich. Ce dernier n'avait pas trouvé les mots pour lui expliquer qu'il avait eu besoin de tout oublier dans ses bras. Il était reparti et Nevart, s'essuyant les yeux d'un geste rageur, s'était écriée : « Bon vent ! »

Comme si elle avait cru à leur dispute, comme si elle n'avait pas deviné que, dès le lendemain, Erich reviendrait, un bouquet de fleurs de genêt à la main, et lui ferait comprendre que vivre sans elle lui était impossible. Leurs réconciliations étaient passionnées. Après l'amour, Nevart s'endormait toujours la dernière. Elle observait Erich, suivait du bout de l'index les contours de son visage. Il lui semblait qu'il ne lui appartenait que lorsqu'il était endormi. Le reste du temps, elle n'occupait qu'une place accessoire dans sa vie, et cette certitude lui était particulièrement douloureuse.

« Je ne crois pas que cet homme puisse te rendre heureuse », lui faisait remarquer Marceline à intervalles réguliers, et Nevart s'enflammait. Le bonheur existait-il seulement ? Elle aimait Erich. Dans ces moments-là, Marceline enfonçait le clou.

« Certes, tu l'aimes, c'est l'évidence même. Mais lui, est-il prêt à te sacrifier ses amis, son combat ? »

Nevart ne répondait pas. Et son amie, consciente de lui avoir fait de la peine, la priait de l'excuser, tout en lui proposant des oreillettes et des « brassadeaux », dont elle la savait friande. Marceline en confectionnait à longueur d'année, parce que le docteur en portait chaque mois un petit carton à Angèle. Elle-même ne pouvait se résoudre à prendre le chemin de Montdevergues.

Avant même qu'Erich n'ait pris sa décision, Nevart sut qu'il allait partir. Elle ressentit d'abord comme une brûlure dans le ventre. Les drames vécus dans son enfance avaient aiguisé sa perception. Cela faisait plusieurs jours qu'elle trouvait Erich lointain, songeur. Les nouvelles reçues d'Allemagne le minaient. Début décembre, alors que la neige, tombée en abondance durant la nuit, avait transformé le paysage de façon radicale, il reçut la visite d'amis venus de Suisse. On commençait à s'habituer, à Sainte-Apollonie comme à la Baume, à ces réfugiés qui gardaient dans le regard la nostalgie de leur pays.

« De pauvres gens », disait-on, en enchaînant sur les accords de Munich. Le spectre de la guerre, tant redoutée, s'était éloigné grâce à la conférence de la dernière chance et à la lâcheté politique des représentants de la Grande-Bretagne, de la France et de l'Italie. Seules des personnes comme Paul et Erich, ou comme les Lamoulen à la Baume, critiquaient l'attitude des démocraties européennes.

« On a donné du temps à Hitler », affirmait Paul, très remonté.

Il rappelait également la dénonciation publique de Churchill des accords de Munich : « Ils ont accepté le déshonneur pour avoir la paix. Ils auront le déshonneur et la guerre. »

Nevart ne vit pas Erich durant trois jours. Un filet de fumée au-dessus du toit attestait de sa présence à la bergerie. Le quatrième jour, alors qu'elle venait de déneiger son chemin pour descendre à Sainte-Apollonie, elle le vit se diriger vers elle en compagnie d'un couple. De nouveau, Charlot gronda.

Nevart se sentit tout de suite mal à l'aise sous le regard intrigué des inconnus. Certes, elle n'était pas des plus élégantes ce jour-là, dans le pantalon qu'Alice lui avait taillé dans une vieille couverture kaki et l'espèce de houppelande qu'elle avait passée pardessus une chemise à carreaux. Un bonnet de laine, tricoté par les soins de Marthe, et de gros godillots complétaient sa tenue. A côté d'elle, la jeune femme qui trébuchait dans la neige sur ses bottines à talons ressemblait à une gravure de mode.

Nevart repoussa une mèche de cheveux échappée de son bonnet et sourit aux visiteurs. Elle se tenait sur la défensive. Erich procéda aux présentations d'une voix ennuyée. Nevart comprit mal le nom des réfugiés. Quelque chose comme Werner.

— Je les emmène à la Baume, reprit Erich. Yannick Lamoulen accepte de les accueillir.

— Bien, répondit-elle.

Qu'aurait-elle pu ajouter ? Qu'elle n'aimait pas la façon dont il regardait la jeune femme blonde ? Elle n'avait aucun droit sur lui.

Il la fixa de nouveau comme s'il voulait dire quelque chose puis, haussant légèrement les épaules, fit demi-tour en lui adressant un signe de la main. Les Werner saluèrent Nevart. Elle resta immobile au milieu du chemin qu'elle venait de dégager. Le froid la fit réagir. Elle se sentait triste, sans pouvoir expliquer pourquoi. Abandonnée.

32

D'un coup d'œil, Marthe vérifia que les trois nappes blanches étaient bien superposées sur la table de la salle. Trois nappes symboliques, « une pour le Père, une pour le Fils, une pour le Saint-Esprit ». Elle avait placé dessus trois bougies ainsi que les coupelles de blé bien vert. Elle y tenait, à son blé, planté le jour de la Sainte-Barbe dans de petites assiettes peu profondes, les *sietoun*. Marthe avait assez entendu, dans son enfance, répéter cette phrase : « *Quand bon blad vèn bèn tout vèn bèn*[1]. » Elle avait même vu sa patronne fort contrariée l'année où son blé de la Sainte-Barbe n'avait pas bien poussé. Marthe avait donc pris grand soin de ses trois assiettes, les posant devant la cheminée le soir, puis sur le rebord de la fenêtre les jours de soleil.

Marthe se rendrait à la messe de minuit parce qu'elle aimait entendre les chants de Noël. Elle

1. « Quand le blé vient bien, tout vient bien. »

croyait en Dieu, avec la foi du charbonnier. Elle avait à ce sujet des discussions épiques avec Paul, qui ne cachait pas ses doutes et son scepticisme.

Elle se faisait du souci pour le docteur. Il ne prenait pas suffisamment soin de lui, se dévouant sans relâche pour les malades. Il allait de plus en plus souvent à la Baume, où il soignait les élèves de l'école de Yannick Lamoulen. Sans compter ses visites mensuelles à Montdevergues, d'où il revenait le visage soucieux, le regard comme absent. Marthe ne comprenait pas son obstination à se rendre « chez les fous ». Pour elle, mieux valait éviter ces gens-là le plus possible ! Elle éprouvait une sorte de crainte superstitieuse à l'égard de tout ce qui concernait la folie, comme si celle-ci avait pu être contagieuse.

Chaque fois qu'elle devait emprunter la route menant à l'usine Duteil, Marthe faisait un détour. Elle était affligée de voir les bâtiments lézardés, décrépits. Combien de gamines étaient venues travailler dans ces ateliers aux vitres désormais brisées ? Le jour de la mort d'André Duteil avait marqué la fin d'une époque. Sainte-Apollonie peinait à se relever. Heureusement, Nevart avait ouvert une distillerie à la sortie de la petite ville. Il fallait voir, à la belle saison, les charrettes chargées de *bourras* descendre vers les locaux installés le long du Jabron. Marthe avait le sentiment que le pays tout entier embaumait la lavande et qu'il revivait.

Elle retourna dans sa cuisine surveiller la cuisson de son « gros souper ». Conformément à la tradition, elle avait préparé sept plats maigres, représentant les sept sacrements. Des cardes bien blanches, traditionnelles, des panais mais aussi de la morue à l'huile d'olive garnie de câpres, des escargots poivrés, du céleri au fromage, des épinards et de la salade. On ne goûterait aux treize desserts qu'au retour de la messe.

Nevart avait annoncé qu'elle apporterait le nougat, noir et blanc, qu'elle allait chercher à Sault. Marceline tenait à partager sa pâte de coings et Marthe avait retenu dès le 1er décembre une pompe à l'huile chez son boulanger. Celui-ci, en effet, les réussissait si bien qu'il serait débordé bien avant le 15 décembre et refuserait les commandes ultérieures.

Marthe vérifia qu'une énorme bûche d'olivier avait bien été livrée dans le bûcher. Tantôt, le docteur et Vincent la porteraient en grande pompe à l'intérieur de la maison et le docteur l'allumerait dans la cheminée. Il prononcerait alors la formule traditionnelle : « Allégresse, allégresse ! Mes beaux enfants, que Dieu nous réjouisse ! Avec Noël, tout bien vient, Dieu nous fasse la grâce de voir l'an qui vient, et, si nous ne sommes pas plus, que nous ne soyons pas moins », après avoir arrosé la bûche d'un verre de vin cuit.

La coutume du *cacho-fio*, racontée par Mistral, voulait que le plus vieux et le plus jeune de la famille prennent chacun la grosse bûche à un bout et fassent trois fois le tour de la table du « gros souper », avant de la poser dans la cheminée.

Il n'y avait pas d'enfant chez les Jourdans ni chez le docteur Paul, songea Marthe, le cœur lourd. Pas de petit à cajoler. A quarante-trois ans passés, il y avait peu de chances que Marceline se marie bientôt. D'ailleurs, elle ne donnait pas l'impression d'en avoir envie. Vincent s'était installé depuis longtemps dans un célibat bourru et tout le monde savait que sa sœur ne verrait pas d'un bon œil une autre femme pénétrer au mas de Césarée. Quant au docteur... Marthe soupira. Elle le respectait trop pour oser lui prodiguer quelque conseil, et ce même si elle souffrait pour lui.

Il entra en coup de vent, secoua sa pelisse dans le vestibule. Un froid glacial envahit la maison.

— Docteur ! Fermez la porte, s'il vous plaît ! gémit Marthe.

— Excusez-moi, je ressors. Un accouchement qui se présente mal... J'ignore quand je rentrerai, commencez à souper sans moi.

Elle n'eut pas le temps de lui proposer un verre de vin chaud, il repartait déjà après s'être muni d'une trousse supplémentaire.

C'était toujours pareil, se dit Marthe en essuyant les traces de neige sur le pavé. Et où était-il encore parti ? Du côté de la Roche-Saint-Secret ? Marthe cherchait dans sa mémoire qui attendait un petiot.

Les invités arrivèrent tous les trois en même temps. Vincent avait pris Nevart au passage. Ils avaient le visage rougi par le froid, les yeux brillants. Nevart paraissait lasse. Elle embrassa Marthe.

— Je vous ai fait des douceurs à la pâte d'amande, annonça-t-elle.

Charlot, autorisé à rester dans le vestibule, humait les bonnes odeurs en provenance de la cuisine. Marceline fit la moue quand Marthe expliqua que Paul avait dû s'absenter.

— Dire que je me plains parfois de mes chèvres ! s'écria-t-elle.

Elle avait fait un effort de toilette, elle aussi, et portait la croix en or de sa mère sur un chemisier blanc orné d'un ruché de dentelle au col. Nevart, de son côté, étrennait une robe rouge qui mettait son teint en valeur.

— Erich ne t'a pas accompagnée ? s'enquit Marceline d'un air un peu trop innocent.

Son amie secoua la tête.

— Il est invité à la Baume, chez les Lamoulen. Comme ses amis Werner s'y trouvaient déjà...

Elle n'acheva pas sa phrase. Son regard dissuadait ses amis de poser d'autres questions.

— J'espère qu'il ne lui fera pas trop de mal, glissa Marceline à Vincent alors que Nevart portait ses confiseries à la cuisine.

Vincent sursauta.

— Qui donc ? Ah ! Schwabele... L'abbé Gapeau a lu un de ses livres. Il paraît que c'est fort bien écrit.

Marceline s'en moquait bien ! Elle, ce qu'elle désirait avant tout, c'était protéger Nevart. Elle était persuadée, en effet, que l'écrivain allemand ne pouvait que lui causer du chagrin.

De son côté, Nevart éprouvait une sensation étrange en revenant dans la maison de Paul. Tous deux étaient assez intelligents pour refuser de gâcher leur amitié. Ils étaient restés complices, très proches, même si leurs nouveaux liens étaient dénués d'ambiguïté. Nevart aimait Erich, sans être certaine pour autant que lui l'aimât vraiment. Elle avait compris depuis longtemps qu'elle occuperait toujours la seconde place, l'avait accepté, même. C'était avant de faire la connaissance d'Helga Werner. La jeune femme lui faisait peur. Elle avait tout pour séduire Erich. Jeune, belle, cultivée, elle appartenait à ce milieu intellectuel berlinois qui fascinait Nevart. Comment aurait-elle pu lutter à armes égales avec une rivale disposant d'autant d'atouts ? Elle s'en sentait incapable.

Une ombre voila son regard gris. Elle se détourna vers la fenêtre, soucieuse de dissimuler son trouble à ses amis.

— Il ne faut pas être triste le soir de Noël, fit gentiment remarquer Vincent dans son dos.

Il ajouta, avec son franc-parler habituel :

— C'est ton Erich qui te manque ? Profites-en, ma belle, savoure ce temps de l'attente. Il ne reviendra plus.

Elle se retourna vivement.

— Que veux-tu dire ?

Qui était-elle vraiment ? pensa-t-il alors. Il savait qu'elle avait eu des malheurs, qu'elle avait perdu toute sa famille, mais il n'en avait jamais parlé avec elle, partant du principe qu'il ne fallait pas lui faire de peine.

Vincent s'enhardit à poser la main sur l'épaule de Nevart. C'était une main de travailleur, épaisse, déformée par les cals et les coupures.

— Ne t'emballe pas, petite. C'est seulement que…

Mal à l'aise, il cherchait ses mots.

Rejetant la tête en arrière, Nevart lui décocha un regard chargé de défi.

— Tu penses que je ne suis pas assez bien pour Erich, c'est ça ?

Vincent réagit vivement.

— Ah pour ça non ! Jamais, au grand jamais ! C'est plutôt le contraire. Crois-tu qu'il t'aime vraiment ?

C'était étrange d'entendre Vincent, le taciturne, lui poser une telle question. Etrange, et dérangeant. Parce qu'il exprimait tout haut les angoisses de Nevart.

Depuis 1915, la fierté de la jeune femme l'avait aidée à tenir. Elle soutint son regard.

— Et quand bien même ? C'est mon problème, Vincent.

Il soupira.

— On n'a pas envie de te voir malheureuse, petite. Erich… il a déjà beaucoup de problèmes personnels à régler…

Et je passerai toujours au second plan, pensa Nevart. Elle le savait. Et, même si elle en souffrait, elle était bien décidée à se battre. Parce qu'il lui suffisait d'effleurer sa main pour se sentir perdue. Elle l'aimait. Eperdument.

Songeuse, elle se rapprocha de la cheminée. Elle se sentait bien dans la maison de Paul, n'était-ce pas paradoxal ? Paul, son premier amour, son ami, dont elle n'avait jamais douté. Avec Erich, c'était si différent ! Elle ne supportait pas l'idée de comparer les deux hommes.

Elle resta lointaine durant la soirée, renonça à se rendre à la messe de minuit. Elle avait froid, elle était fatiguée.

— Rentre vite chez toi, lui conseilla Marceline.

Elle remonta vers sa maison. En contrebas, les flambeaux des fidèles se dirigeant vers l'église formaient une joyeuse ribambelle. Elle secoua la tête. Cette nuit, pour la première fois depuis longtemps, elle avait l'impression d'être une étrangère.

Une douce chaleur régnait chez elle. Elle ôta sa pèlerine, frotta ses mains l'une contre l'autre devant la cheminée. Charlot s'allongea sur le *scourtin* acheté à Nyons. Tout en contemplant les flammes, Nevart se remémorait les fêtes familiales d'antan. Il lui semblait sentir sous sa langue le goût d'amandes et de miel des gâteaux confectionnés par sa mère.

Elle se blottit sur le radassier déniché à Nyons un jour de marché. Elle, toujours si vaillante d'ordinaire, était de plus en plus lasse et mélancolique.

Même si elle refusait de se l'avouer, la présence d'Erich à ses côtés lui manquait, désespérément.

Elle remit une bûche dans la cheminée. Les flammes s'élevèrent gaiement. Epuisée, Nevart ferma les yeux.

Une sensation de froid la réveilla. Des flocons de neige tourbillonnaient dans la salle. Une haute silhouette marcha vers elle.

— Oh ! Nevart, je ne peux pas vivre sans toi, souffla Erich à son oreille.

Il enfouit ses mains glacées dans le cou de la jeune femme, l'attira contre lui. Il avait de la neige dans les cheveux, sur son pardessus, dont il se débarrassa d'un coup d'épaules.

— Chérie, viens...

Elle était incapable de résister à son appel. Ils s'étendirent devant l'âtre. Les mains impatientes d'Erich parcoururent le corps de Nevart. Le souffle court, elle le caressa à son tour, faisant jouer les muscles durs sous ses doigts. Ils se redécouvraient comme après une longue absence.

Elle rejeta ses cheveux en arrière, le regarda. Elle aurait voulu lui exprimer tout ce qu'elle ressentait, son mal-être, parfois, elle qui souffrait de ne pas avoir étudié comme lui, mais elle ne trouvait pas les mots.

Il l'embrassa avec fougue.

— Tant que tu es là, dans mes bras, je sais que rien ne peut nous arriver.

Elle se cambra sous lui.

— Viens.

Les flammes dansaient sous ses paupières mi-closes. Il but sur ses lèvres le cri qui sourdait.

33

1939

Là-bas, vers la vallée du Rhône, le ciel offrait un dégradé de bleus, de rose mauve et de blanc crémeux. Chaque fois qu'elle contemplait le panorama depuis le seuil de sa maison, Nevart était envahie d'un sentiment de plénitude. Elle aimait son coin de terre, ses champs de lavande, les oliviers et les amandiers qu'elle soignait avec passion. Elle était *chez elle*, et elle pensait parfois que, plus ou moins consciemment, elle avait recréé l'atmosphère de la ferme familiale.

Son cœur se serra. Elle était seule, cependant, malgré Erich, malgré ses amis. Sans enfants.

Fin février, alors que les amandiers en fleur annonçaient le retour des beaux jours, elle avait fait une fausse couche. Elle n'avait pas encore annoncé sa grossesse à Erich. Elle redoutait sa réaction car elle l'avait entendu dire, le jour du 1er janvier, qu'il fallait être fou, ou inconscient, pour donner naissance à un enfant dans un tel contexte politique. Elle n'avait pas encore le moindre soupçon, à ce moment-là, mais, plus tard, lorsqu'elle avait réalisé qu'elle était enceinte, elle avait passé des semaines horribles, éprouvant tour à tour de la joie et de l'angoisse. Erich n'était pas seul en cause, d'ailleurs. Elle revivait chaque nuit les mêmes cauchemars où les tortionnaires de son peuple écrasaient les nouveau-nés contre les rochers, et elle se réveillait en hurlant. Quelque part au fond d'elle-même, elle qui avait perdu toute sa famille, elle s'estimait incapable de devenir mère à son tour. Etait-ce à cause de Boros, son petit frère, qu'elle n'avait pu sauver ? Elle ne parvenait pas à endiguer la panique qui la submergeait.

Elle était dans ses champs quand les douleurs l'avaient prise. Elle avait tout de suite compris ce qui se passait en sentant le sang tiède couler le long de ses jambes. La douleur était telle qu'elle s'était laissée tomber sur le sol en gémissant sourdement. Là, recroquevillée sur elle-même, elle avait griffé la terre pour ne pas hurler. Ce sang qui s'écoulait, de façon inexorable, c'était la vie de son bébé, et elle se sentait doublement coupable : pour avoir tu son état et pour avoir eu peur de devenir mère.

La prochaine fois... s'était-elle promis tandis que les larmes ruisselaient sur son visage.

Charlot était parti chercher du secours. Paul était arrivé le premier. Il n'avait pas hésité.

« Accrochez-vous à mon cou », lui avait-il ordonné en la prenant dans ses bras.

Il avait ajouté, d'une drôle de voix enrouée : « Pleurez, mon petit, pleurez tout votre saoul. » Ensuite, elle avait basculé dans une torpeur traversée d'éclairs de souffrance. Elle avait de vagues souvenirs. Paul la lavant comme il eût lavé un enfant, Paul lui faisant une piqûre calmante avant de l'emmitoufler dans plusieurs couvertures et un édredon. Elle avait cru l'entendre chuchoter, en déposant un baiser léger sur son front : « J'aurais tant aimé que tout se passe différemment », mais elle n'en était pas certaine.

Elle avait sombré dans un sommeil lourd.

Il avait envoyé Marthe s'occuper d'elle et elle avait apprécié l'aide chaleureuse et efficace de la vieille femme. A soixante ans, Marthe était toujours vaillante. Elle avait soigné Nevart, brûlante de fièvre, sans jamais lui poser de questions. Elle parlait – d'elle, de son enfance difficile, de son mari. Marthe avait perdu, elle aussi, « un espoir », comme elle disait joliment, et ce point commun les avait rapprochées. Marceline n'était pas venue tout le temps durant lequel Nevart avait dû rester allongée. Elle avait fait prendre des nouvelles par Vincent et par Paul, avait envoyé à son amie du lait de chèvre en s'excusant.

« Je ne sais pas soigner, avait-elle avancé comme explication au médecin avant d'ajouter : Ne me jugez pas mal, Paul, mais la maladie me fait peur. »

Il n'avait pas à porter de jugement, Nevart non plus.

La jeune femme, affaiblie, luttait contre la fièvre.

« Laissez-vous soigner, acceptez ce qui s'est passé, lui avait suggéré Paul. Vous n'êtes en rien responsable. »

Il avait deviné que la jeune femme irait mieux si Erich était à ses côtés. L'écrivain se trouvait alors en Suisse, où il avait accompagné ses amis Werner. Il était revenu à Sainte-Apollonie trois jours plus tard. Nevart, encore faible, prenait le soleil devant sa maison. Marthe épluchait des légumes pour sa daube. Le ciel, ce jour-là, d'un bleu intense, sans l'ombre d'un nuage, était d'une luminosité insolente. Nevart avait voulu se lever, marcher à sa rencontre. Saisie d'un vertige, elle était retombée sur le siège en rotin.

Pendant que Marthe s'éclipsait discrètement, la jeune femme avait dû raconter, expliquer... Son amant l'avait serrée contre lui. Il ne trouvait pas les mots pour la réconforter. Lui-même était trop soucieux, trop impliqué dans sa lutte politique pour partager la peine de Nevart.

A cet instant, elle avait compris qu'il risquait fort de rester en deçà de ce qu'elle attendait, de ce qu'elle espérait de lui. D'autant qu'il avait soufflé : « Je ne sais pas si j'aurais fait un bon père. »

Il n'avait pas eu besoin d'en dire plus. Elle devinait qu'il ne se sentait pas prêt. Depuis la chute de Madrid, qui avait marqué la fin de la guerre civile espagnole, et l'annexion de l'Autriche et de la Tchécoslovaquie par l'Allemagne nazie, Erich prévoyait le pire.

« C'est comme si l'exil m'avait rattrapé », avait-il confié à Nevart. Les premiers temps, en effet, il avait fourni tant d'efforts pour retaper sa maison, il portait en lui tant de colère, après les dramatiques autodafés du printemps 1933, qu'il ne voulait plus entendre parler de l'Allemagne. C'était pour lui une sorte de carapace. Peut-être aussi caressait-il le secret espoir de pouvoir retourner chez lui, de revoir son père... L'Anschluss puis la Nuit de cristal avaient sonné le glas de ses espérances. Les compatriotes qui parvenaient à fuir l'étau nazi lui décrivaient un pays qu'il ne reconnaissait plus comme le sien. Il souffrait profondément de ne pas avoir revu son père, de ne pas l'avoir accompagné jusqu'au cimetière. Il lui semblait qu'il ne parviendrait jamais à faire son deuil du Berlin de son enfance, ni de ses souvenirs.

Comment cet homme blessé au plus profond aurait-il pu trouver les mots pour aider Nevart à surmonter sa détresse ? Cela lui était impossible. Maladroitement, il avait dit : « C'est peut-être mieux ainsi. Notre monde est devenu fou », et Nevart avait eu envie de hurler, de le frapper. Ne pouvait-il comprendre ce qu'elle éprouvait ? Pourquoi se révélait-il aussi égoïste, toujours centré sur ses problèmes personnels ? Elle savait, elle aussi, ce que représentait l'exil, cette douleur fichée dans le cœur, à jamais.

Elle n'avait rien dit. Elle s'était contentée de tendre la main vers lui, de caresser ses cheveux châtains, comme si elle avait compris que, malgré tout, c'était elle la plus forte. Parce qu'elle n'avait jamais oublié la phrase : « Tu dois vivre. »

Il l'avait aidée à regagner le coin du feu dès que le soleil avait commencé à décliner. Il s'était montré attentionné, mais lointain. Elle, qui le connaissait bien, devinait qu'il était impatient de rentrer chez lui et de communiquer avec ses amis réfugiés par le biais de son poste émetteur.

Curieusement, elle s'était rétablie assez vite à partir du jour où Erich était revenu. C'était comme si elle s'était déchargée d'une partie de son fardeau. Ils étaient deux, même s'il ne s'impliquait pas comme elle dans leur histoire.

Un soupir gonfla sa poitrine. Ils n'avaient jamais plus parlé de cet enfant qui ne verrait pas le jour. Cela la peinait, mais elle s'efforçait de protéger Erich.

Paul, Dieu merci, avait compris que la jeune femme avait besoin de savoir. Il lui avait expliqué que, la nature étant bien faite, la plupart des fausses couches étaient provoquées par une malformation du fœtus. Elle avait frémi à l'idée de donner naissance à un enfant handicapé. Il y en avait un à Sainte-Apollonie. Les jours de grand mistral, il hurlait à faire trembler les vitres. Nevart avait soupiré.

« C'est vrai que je suis vieille, à présent. J'aurai trente-cinq ans cet été... »

Elle n'oublierait jamais le sursaut de Paul.

« Vieille, vous ? Jamais ! » s'était-il écrié avec fougue.

Elle avait lu dans ses yeux qui ne se dérobaient pas qu'il l'aimait toujours, et la certitude de son amour lui avait fait du bien. La fêlure entre Erich et elle était à peine perceptible, mais bien réelle.

De nouveau, Nevart contempla le paysage.

Etait-il possible que la guerre vienne les rattraper dans leur refuge ? Quand elle évoquait ce sujet avec Erich, il soupirait.

« Tu n'es pas au fait de la situation internationale. Tu vis dans ton monde, parmi ta lavande. »

Il ne pouvait mieux lui faire comprendre qu'elle n'était pas une intellectuelle. Elle en souffrait, sans parvenir à discuter avec Erich. Lui s'investissait de plus en plus dans son combat. Il menait de front des travaux manuels – vendanges, cueillette des abricots, des olives, bûcheronnage – et ses activités de traducteur et de journaliste pour des revues antinazies. Il soupirait, parfois : « Je ne réussis pas à écrire autant que je le désirerais. »

La grande majorité des exilés allemands connaissaient d'importants problèmes financiers. Les écrivains ne touchaient plus leurs droits d'auteur, confisqués par le Reich. Ceux qui s'étaient d'abord établis à Paris avaient souvent dû se réfugier en province, où le coût de la vie était moins élevé. Erich ne se plaignait pas, il était dans la force de l'âge. Nevart, cependant, souffrait pour lui lorsqu'elle le voyait triste ou mélancolique. Il n'avait plus de temps à consacrer à ses poèmes, ni à la fresque historique qu'il avait envie d'écrire.

« Plus tard, disait-il, après la guerre. »

Nevart frissonnait.

« Erich... nous ne sommes pas en guerre. »

Il partait alors d'un rire qui ressemblait à un sanglot.

« Patience, Nevie, patience. Elle est en marche. Ecoute bien, tu entendras le bruit des bottes et l'écho des chants meurtriers. »

Elle ne voulait pas le croire. La paix pouvait encore être sauvée.

La récolte, en cet été 1939, promettait d'être exceptionnelle.

34

Une lumière pâle éclairait la salle dans laquelle ils avaient passé tant de bons moments réunis autour de la table ronde, sous la suspension à pétrole. Le cœur étreint d'une sourde désespérance, Alice replaça le napperon au crochet qui avait glissé. Elle tenait à laisser leur modeste appartement dans un état impeccable. Ce n'était pas parce qu'ils rentraient au pays qu'ils ne devaient pas respecter les règles élémentaires de la courtoisie.

Au pays… Elle ne put s'empêcher de frissonner, se demandant une nouvelle fois quel avenir les attendait en Arménie soviétique. Alice n'avait pas la moindre envie d'y retourner. Par peur d'affronter des souvenirs trop douloureux, mais aussi parce qu'elle avait réussi à s'intégrer à Romans, dans la rue Saint-Nicolas.

C'était sans doute pour cette raison qu'elle n'avait pu se résoudre à prévenir Nevart de leur départ. Son amie ne comprendrait pas. Ne lui avait-elle pas répété qu'elle avait son mot à dire, qu'elle ne devait pas obéir aveuglément à son époux ? Mais Nevart raisonnait comme une femme libre, célibataire, sans enfants. Agop n'avait pas laissé le choix à Alice.

« Nous rentrons, lui avait-il annoncé au printemps (et, coupant court à ses protestations, il avait précisé :) Nous ne pouvons plus revenir en arrière, j'ai déjà promis l'appartement à Viktor. »

Viktor, le mari d'Anaït, travaillait dans une fabrique de pâtes alimentaires. Il ne voulait pas entendre parler de retour au pays, car Staline lui inspirait une grande défiance.

« Nous serons prisonniers, là-bas, sans espoir de nous libérer cette fois », affirmait-il.

De quoi nourrir les craintes d'Alice. Elle avait bien tenté de gagner sa belle-mère à sa cause, en vain. La vieille femme s'était bornée à soupirer.

« Il faut laisser Agop décider, ma fille. C'est ainsi que nous vivons depuis des siècles. »

Précisément, Alice ne supportait plus ces règles d'un autre temps. Sa vie en France, son travail, l'exemple de Nevart lui avaient fait prendre conscience d'un autre statut possible pour les femmes. Ce qui ne l'empêchait pas de devoir se résigner. Agop était le chef de famille, il menaçait de la séparer des enfants si elle refusait de l'accompagner en Arménie soviétique. Elle se sentait ligotée, et son impuissance la rendait malade. Elle avait longtemps attendu une lettre de Lydie, partie à bord du *Sinaïa* en 1936. Elle avait fini par recevoir un courrier bref, en 1938.

« Tout va bien », avait écrit Lydie.

Alice s'était empressée de lui répondre. Elle donnait des nouvelles de toute la rue, lui demandait des précisions sur sa nouvelle vie et terminait sur une question : « Penses-tu vraiment que nous pouvons venir ? »

Malheureusement, Lydie ne lui avait toujours pas répondu.

Elle se leva avec effort. Tout son corps était douloureux. Leurs valises en carton bouilli étaient prêtes. Quatre valises, plus une cantine dans laquelle elle avait rangé quelques souvenirs, entre les piles de linge. Son précieux album, un flacon d'huile essentielle de lavande, les cahiers des enfants... Dix-sept ans de leur vie en France tenaient dans ces quatre valises et cette cantine.

Alice se mordit furieusement les lèvres pour ne pas éclater en sanglots.

Je ne veux pas m'en aller d'ici, se dit-elle avec force.

En bas, Agop et les enfants s'impatientaient. Son mari avait promis à Antaran et à Krikor qu'ils allaient voir la mer à Marseille. Cette perspective les grisait. Alice, elle, avait peur de ce saut dans l'inconnu, de ce retour dans une Arménie soviétique qui, fatalement, ne ressemblerait pas à ses souvenirs.

La mère d'Agop l'attendait dans le couloir. Elle évoquait un spectre dans ses vêtements noirs, et Alice eut envie de hurler. Retourner au pays qui hantait ses cauchemars depuis si longtemps lui apparaissait soudain comme une épreuve insurmontable.

Les deux femmes se soutinrent mutuellement pour descendre l'escalier aux marches usées. Dans la rue, des voisins, devenus des amis au fil des ans, les interpellaient, tenaient à leur offrir un cadeau. Le facteur s'arrêta à leur hauteur.

— Une lettre pour vous, madame Alice, dit-il à la jeune femme. Si je comprends bien, il était temps !

— Laisse donc, fit Agop. Une nouvelle vie nous attend.

Alice, cependant, prit le temps de décacheter l'enveloppe ornée de timbres multicolores. Elle avait reconnu l'écriture ronde de Lydie, et son cœur s'emballait.

Son amie répétait que tout allait bien. « Venez dès que vous le pouvez, concluait-elle, précisant : Ce serait mieux d'attendre que ton père soit complètement guéri. »

Alice comprit tout de suite ce que Lydie voulait dire. Son père avait été tué en 1915, et son amie le savait. Entre les lignes, elle lui laissait entendre qu'il ne fallait pas venir. A aucun prix.

Elle se retourna vers son mari, croisa les bras.

— Je reste, Agop, déclara-t-elle fermement. Pars si tu veux. Les enfants et moi ne quitterons pas Romans.

Elle lui tendit la lettre de Lydie, lui expliqua, en quelques mots, sa conviction profonde. Il ne pouvait pas céder ainsi, devant leurs voisins. Il se mit en colère, pestant contre les femmes qui croyaient tout savoir. Dans la rue, on prenait parti, en rappelant que ceux qui étaient rentrés n'avaient pas donné de leurs nouvelles ou bien s'étaient contentés d'envoyer quelques phrases passe-partout. La mère d'Agop s'approcha de son fils.

— Ici, nous vivons en paix, lui déclara-t-elle en arménien.

Toute la rue sourit : le visage d'Agop reflétait sa décision. Soit, il resterait, puisque sa famille semblait s'être liguée contre lui. Mais qu'on ne vienne plus lui parler de retour au pays ou de nostalgie.

Le soir, après avoir défait les valises, rangé leurs maigres biens et acheté deux gros pains chez le boulanger, Alice colla dans son album la lettre de Lydie. Elle voulait que ses enfants, plus tard, en prennent connaissance. Après tout, à défaut de maison familiale, cet album constituait leurs racines.

L'ensemble avait belle allure, se dit Nevart en détaillant les bâtiments qu'Erich et elle avaient restaurés. C'était une ancienne ferme, laissée à l'abandon après la mort de ses derniers propriétaires. Devant le succès des pensions de famille créées à Dieulefit depuis les années vingt, Nevart avait eu l'idée de faire de même avec ce corps de ferme, fort bien exposé, entre La Roche-Saint-Secret et Le Poët-Laval. Durant un an, Erich avait débroussaillé le terrain, mis au jour des pieds de lavande, planté des abricotiers. Il avait dégagé les murs de leur gangue de crasse, tout badigeonné à la chaux avant de redistribuer les pièces. Désormais le mas des Lavandes accueillait des Parisiens aussi bien que des Lyonnais, attirés par le climat. C'était pour Nevart un nouveau défi, ainsi qu'une façon de ne pas trop songer à ses soucis. Les cours de la lavande avaient baissé. Elle savait au fond d'elle-même que l'âge d'or était terminé. Le mas des Lavandes représentait pour elle une manière agréable de préparer une autre activité. De plus, ne pouvant donner à Erich un enfant, elle avait conçu cette maison comme un endroit préservé, rien que pour eux.

Elle souffrait de ne pas être à nouveau enceinte, souffrance qu'elle gardait soigneusement enfouie, ne pouvant la confier à personne. Même pas à Erich, qui semblait ne plus se préoccuper que de la situation internationale. Heureusement, elle avait ses clients. Elle avait convaincu Aïda de venir la seconder au mas. Son amie italienne était vive et efficace. A elles deux, elles faisaient face au travail avec le sourire.

Nevart avait acheté un piano à Taulignan. C'était un vieux Erard que Paul avait essayé. Il lui avait envoyé un accordeur de pianos, un colporteur qui sillonnait la région de foire en foire. Anselme – tel était son nom – avait consacré un long moment au piano avant de lui assurer que tout était réglé. Seul problème : Nevart n'avait jamais appris le piano. Peu lui importait, au fond. Elle contemplait l'instrument et se disait qu'elle avait un nouveau défi à relever.

Ce piano, c'était pour elle comme un symbole de reconquête de la vie qu'elle aurait menée sans la tragédie de 1915. Sa mère en jouait, sa grand-mère également. Elle avait commencé à apprivoiser les notes au cours de l'hiver précédent. Elle devait continuer, rattraper vingt-quatre années de son existence. Peut-être ainsi se sentirait-elle plus à la hauteur d'Erich, l'intellectuel. Il avait besoin d'une femme forte à ses côtés et, pour ce faire, elle se devait de surmonter ses failles et ses doutes. Elle y parviendrait. N'avait-elle pas déjà accompli un long chemin, depuis les berges de l'Euphrate ?

Au long des soirées d'été, qui s'éternisaient dans une chaleur étouffante, Nevart bâtissait des projets, se donnant une raison de vivre. Lucille, une de ses pensionnaires, avait proposé de lui enseigner le piano. Agée d'une trentaine d'années, elle était grande et mince, très mince. Elle était venue aux Lavandes à cause de son asthme et n'évoquait pas son départ, malgré la fin août qui se rapprochait.

« On dirait qu'elle attend quelque chose », avait fait remarquer Aïda.

Ils attendaient tous quelque chose, pensa Nevart, soucieuse. Avec le recul, elle comprenait mieux ce qu'Erich avait voulu dire en critiquant amèrement les accords de Munich. En cédant aux prétentions du dictateur allemand, Daladier, Chamberlain et Mussolini avaient malheureusement prouvé à Hitler qu'il pouvait tout se permettre. Ce dernier ne s'était d'ailleurs pas gêné, en démantelant la Tchécoslovaquie. La sinistre croix gammée flottait sur le Hradcany, le château de Prague. Seul Winston Churchill s'était dressé pour désavouer la lâcheté politique des accords de Munich.

Erich avait fait lire à Nevart l'article qu'une revue suisse avait consacré au coup de colère de Churchill. Elle était restée longtemps silencieuse avant de murmurer, d'une voix rauque :

« L'histoire se répète. Nous aussi, en 1915, nous nous sommes retrouvés seuls, impuissants, face à nos ennemis. »

Elle avait peur. Elle se demandait combien de temps encore ils pourraient vivre en paix au pied de leur montagne.

35

1940

« Au moins, il fait beau ! » pensa Nevart en s'activant dans la buanderie, les bras chargés de linge propre. Depuis la veille, les réfugiés arrivaient à Sainte-Apollonie par vagues successives. Ils avaient tous la même lassitude, le même visage hagard, le même regard désespéré. La « drôle de guerre », du 3 septembre 1939 au 10 mai 1940, période s'étirant entre l'attente d'une catastrophe imminente et l'espoir d'une victoire improbable, avait soudain basculé dans la débâcle suite à l'attaque de la France.

D'un coup, les événements s'étaient précipités, les communiqués les plus alarmistes s'étaient succédé. Erich avait vécu ces moments rivé au poste de TSF tandis que Nevart se démenait aux champs et au mas.

Des pensionnaires avaient élu domicile aux Lavandes depuis l'automne 1939. La Drôme leur paraissait constituer un refuge sûr, même si Erich grommelait : « Personne ne sera en sécurité à compter du jour où les maudits auront envahi la France. »

Nevart, impuissante, était le témoin de ses angoisses. Pour ne pas se désespérer, elle multipliait les activités. On vivait presque en communauté au pied de la Lance, entre le mas de Césarée, les Lavandes et la bergerie de Nevart. Chacun « donnait la main » pour l'éducation des vers à soie, la récolte des amandes et des cerises, la cueillette des feuilles de mûrier, et la lavande. Une vie rythmée par les travaux en plein air, qui convenait à Nevart.

Elle s'octroyait seulement une pause après le souper, lorsqu'elle s'asseyait au piano. Elle avait découvert sans réelle surprise le bien que lui faisait la musique. Ses progrès étaient rapides, certainement parce qu'elle jouait dans sa tête depuis longtemps. Lucille l'encourageait, Paul aussi lorsqu'il venait passer la soirée aux Lavandes. Seul Erich ne disait rien. Il était si tourmenté que Nevart ne prêtait pas attention à son silence.

Chaque jour, en accueillant des réfugiés du Nord et de l'Est, elle se revoyait, avec Alice et Anaït, sur les chemins de l'exil, et elle se démenait pour les nourrir convenablement – comme si cela avait suffi. Elle savait bien qu'un sourire comptait plus que tout le reste.

Bien entendu, on manquait de place, aux Lavandes comme ailleurs. Le maire s'était débrouillé pour trouver des foyers d'accueil aux réfugiés. Les habitants de Sainte-Apollonie avaient répondu nombreux à son appel. N'avaient-ils pas déjà réservé bon accueil aux réfugiés espagnols, quelques années auparavant ? On pratiquait volontiers l'entraide dans le pays. L'histoire locale était jalonnée de persécutions contre les protestants, voire de massacres au temps des guerres de religion. C'était certainement pour cette raison que de nombreux Juifs allemands s'étaient établis dans le sud-est de la Drôme. Depuis 1933, on ne leur avait posé aucune question. La région n'avait-elle pas constitué, depuis le Moyen Age, un lieu de refuge pour ceux qui, malgré le port obligatoire d'un chapeau jaune, avaient été placés sous la protection des papes avignonnais ?

Nevart ne demandait pas à ses pensionnaires si leurs papiers étaient en règle ou s'ils avaient été baptisés. Cela lui aurait paru une curiosité malsaine, une atteinte intolérable à leur vie privée. Elle se souvenait toujours avec émotion de sœur Abel qui l'avait recueillie sans la moindre réticence.

Marceline faisait parfois la moue lorsqu'elle évoquait ce sujet avec son amie.

« Tout de même, tous ces gens, comment allons-nous pouvoir les nourrir ? protestait-elle.

— Nous verrons bien le moment venu », répondait Nevart.

Les récits des réfugiés se ressemblaient. L'exode les avait jetés sur les routes dans un invraisemblable chaos. Ordres et contrordres se succédaient tandis que les colonnes de civils étaient mitraillées par l'aviation ennemie. Partout, on entassait des matelas dans les écoles ou les gymnases. Hébétés, les femmes et les enfants avaient besoin de quelques jours pour comprendre qu'à Sainte-Apollonie ils étaient enfin en sécurité.

Dans ce contexte, le discours du maréchal Pétain du 17 juin annonçant qu'il fallait cesser le combat avait été accueilli avec un soulagement indéniable. Enfin, on allait pouvoir rentrer chez soi, les hommes reviendraient...

Erich avait entendu par hasard l'appel d'un inconnu, un certain général de Gaulle, sur les ondes de la BBC. Ses yeux brillaient lorsqu'il en avait parlé à ses amis.

« Enfin un homme qui ne plie pas l'échine, qui reste debout », avait-il commenté avec émotion.

Vincent attendait la suite des événements avant de se prononcer. Lui qui ne s'était jamais vraiment remis de la guerre de 14-18 n'avait pas supporté l'idée que tout recommence. Cette fois, cependant, l'armée allemande n'avait pu être contenue. Le jour où il avait vu dans le journal les uniformes détestés des ennemis, il était allé s'enfermer dans la magnanerie en menaçant de tout brûler.

« Ils vont nous faire payer cher notre victoire de l'autre guerre ! » répétait-il.

Erich partageait son opinion. Sans nouvelles de sa tante et de sa cousine, il imaginait le pire. Malgré ses exhortations, Margaretha et Veronika n'avaient pu se résoudre à quitter Berlin. Leurs biens ayant été confisqués, elles vivaient cachées chez une amie. Le fiancé de Veronika avait rompu juste après la Nuit de cristal, plongeant la jeune fille dans une profonde dépression.

« Elles sont prisonnières, désormais », rageait Erich.

Lui-même passait de l'euphorie à la colère, parvenant de moins en moins bien à se dominer. Nevart comprenait que nombre de soucis l'agitaient. D'abord, en tant que Juif allemand, il se trouvait dans une situation de plus en plus délicate depuis l'entrevue de Montoire qui avait officiellement scellé la collaboration entre le régime de Vichy et le Reich hitlérien. Au hasard des quelques confidences qu'Erich voulait bien lui faire, Nevart avait appris sans surprise qu'il cherchait à passer en Espagne. Elle le comprenait, même si son cœur se déchirait à cette perspective. Elle ne pouvait s'empêcher, cependant, de lui rappeler que l'entreprise était particulièrement dangereuse et que l'on n'était jamais sûr de son passeur. Ce à quoi il répondait avec un haussement d'épaules : « Je ne vais pas attendre qu'on vienne m'arrêter. Je veux me battre. »

Nevart savait qu'il détesterait l'entendre le supplier de rester. D'ailleurs, elle s'imaginait mal dans ce rôle. Erich et elle n'avaient-ils pas toujours affirmé qu'ils tenaient à sauvegarder leur liberté ?

— Madame, monsieur Lamoulen nous a envoyés chez vous. Il demande si vous ne pourriez pas nous héberger pour la nuit.

Nevart sourit à la jeune fille qui venait de s'adresser à elle. Elle était jolie avec ses cheveux fous, couleur de châtaigne, ses yeux bruns aux cils interminables et sa silhouette élancée. Elle tenait par la main un garçonnet d'une dizaine d'années. Brutalement, Nevart se revit vingt-cinq ans plus tôt. Elle éprouva comme un vertige. Elle souffrait toujours de n'avoir pu sauver Boros.

Son sourire s'accentua.

— Je vais vous trouver une chambre, promit-elle.

La jeune fille s'appelait Marinette, son petit frère, Pierrot. Tous deux venaient de Paris.

— Bienvenue aux Lavandes, poursuivit Nevart en les invitant à la suivre sous la treille.

Elle avait déjà compris que Marinette et Pierrot ne devaient pas rouler sur l'or, mais cela lui importait peu. Elle les hébergerait le temps qu'il faudrait.

C'était ce jour-là que tout avait commencé.

36

1942

L'automne seyait particulièrement à la région. Sous un ciel clair, les rangées de vignes parées de pourpre, de roux et d'or conféraient une grande douceur au paysage, en harmonie avec le feuillage mordoré des platanes bordant les chemins.

D'ordinaire, avant la guerre, Erich aurait laissé de côté son travail et serait parti chasser en compagnie de Vincent et de Carlos, un réfugié espagnol qui travaillait à la distillerie. Oui, il s'imaginait fort bien parcourant des chemins connus d'eux seuls avant de rapporter son butin à Nevart qui froncerait les sourcils, car elle avait la chasse en horreur. Désormais, il n'était plus question de pratiquer cette activité. Tous les possesseurs d'armes avaient dû les déposer à la mairie dès juin 1940. Certes, Erich avait conservé son revolver Smith & Wesson, mais il l'avait soigneusement dissimulé sous une lame de parquet dans le grenier.

Il se détourna du paysage, rentra dans la salle. Il savait qu'il allait devoir quitter sa maison, partir se réfugier en forêt, là où l'on ne pourrait l'arrêter. Depuis que les Juifs de France avaient été recensés en septembre 1940, expulsés de leur profession en octobre, obligés de porter l'étoile jaune à partir du 29 mai 1942, Erich avait compris que le régime de Vichy appliquerait à la lettre les mesures antijuives des nazis.

Pour le gouvernement, Erich était frappé de tares rédhibitoires. Il était allemand, antinazi notoire et juif.

Les rafles s'étaient intensifiées à partir de 1942. Tout naturellement, Nevart et les Lamoulen avaient recueilli un nombre croissant d'enfants au regard traqué. Ils avaient mis sur pied une organisation, d'abord au coup par coup, puis systématique, afin d'établir de faux papiers. Pour ce faire, Andrée Chabeil, qui travaillait à la mairie de Sainte-Apollonie, prenait de gros risques. Elle avait hésité avant de se lancer dans l'aventure, par respect pour son travail de secrétaire de mairie. Avait-elle le droit de falsifier des papiers officiels ? Un entretien avec Erich et Nevart l'avait décidée. Le port obligatoire de l'étoile jaune l'avait révoltée. A Sainte-Apollonie, c'était simple, personne n'avait appliqué cette mesure. On ne connaissait pas de

Juifs, d'ailleurs, on ne s'intéressait pas à la religion de ses relations.

« C'est une affaire privée », disait le vieux maire, Gustave Monin, et des siècles de guerres de religion justifiaient sa prise de position. De nombreuses personnes venaient chercher le bon air de la Drôme méridionale. Sainte-Apollonie était depuis longtemps considérée comme une terre d'asile. C'était le moment ou jamais de le prouver.

Un caillou roula sur le chemin, faisant sursauter Erich.

Sur le qui-vive, il jeta un coup d'œil par le fenestron surmontant la pile de l'évier. Il aperçut alors Nevart accompagnée de son chien, et sortit sur le seuil. Elle était plus que belle, pensa-t-il avec un pincement au cœur. Vibrante d'enthousiasme et de courage. Malgré la fatigue – il se demandait parfois comment elle parvenait à s'occuper à la fois de la distillerie, de la ferme et de la pension de famille – elle lui souriait comme pour lui communiquer de sa force. Essoufflée, elle s'appuya au muret de pierres sèches.

— Ouf ! Cette côte est de plus en plus raide ! s'écria-t-elle en riant.

— Assieds-toi. Je vais te chercher de l'eau fraîche.

Il l'avait tirée du puits quelques minutes auparavant. Il rejoignit Nevart qui venait de s'installer, jambes pendantes, sur le muret. Elle le remercia d'un sourire pour le verre d'eau qu'il lui tendait.

Elle but, lentement, sans prononcer un mot. Face à eux, le soleil illuminait les vignes.

Le grand chien allongé à ses pieds haletait doucement. Elle se pencha, le flatta de la main, avant de se redresser.

— Tu vas partir.

Ce n'était pas une question. Erich soutint le regard de son amante. A cet instant, il brûlait du désir de lui dire qu'il l'aimait.

Il inclina lentement la tête.

— Je serai plus utile dans la clandestinité. Nous devons nous organiser. Avec l'occupation de la zone sud, nous allons recueillir un nombre croissant de réfugiés.

— Je sais, dit Nevart.

Son passé d'exilée la rattrapait. Nuit après nuit, le même cauchemar revenait la hanter. Plusieurs de ses pensionnaires avaient échappé de peu à la déportation, tout simplement parce qu'ils étaient juifs. Comment Nevart l'Arménienne aurait-elle pu rester sourde à leur détresse ?

— Nous serons toujours en contact, lui promit Erich.

De nouveau, elle inclina la tête. Son cœur était lourd d'angoisses informulées.

Elle aurait voulu lui dire à quel point elle l'aimait, lui confier sa peur, son désir d'enfant. Elle approchait de la quarantaine, il était déjà presque trop tard. Elle aurait voulu lui dire tant de choses et elle ne l'osait pas, parce qu'elle refusait de lui donner l'impression de chercher à le retenir.

Il l'attira contre lui d'un geste empreint de tendresse. Elle frissonnait, malgré la douceur ambiante.

— Viens.

Il l'entraîna à l'intérieur de sa bergerie. Elle trébucha en grimpant les degrés de l'échelle de meunier. Il la rattrapa, la retint contre lui. Un parfum familier de lavande imprégnait ses cheveux sombres. Il enfouit son visage dans le cou de la jeune femme. Ils s'étreignirent avant de basculer sur le lit étroit.

« Je t'aime », disaient les yeux d'Erich, les mains d'Erich caressant le corps dévêtu de Nevart.

Ils s'aimèrent, longuement, comme s'ils scellaient un engagement. Pesant sur elle, Erich la tint sous son regard durci. Il aurait voulu lui expliquer que rien n'était changé, qu'il partait se cacher pour poursuivre la lutte mais aussi pour protéger Nevart et leurs amis. Il aurait voulu l'emmener avec lui, ne supportant pas l'idée de vivre sans elle. Les épreuves traversées ensemble les avaient soudés, même s'il se refusait toujours à bâtir des projets d'avenir. Comment l'aurait-il pu, alors qu'il était condamné à mort ?

Tous deux gardèrent le silence. Nevart se blottit plus étroitement contre lui, s'émouvant de sentir sous sa main les muscles durs de son amant.

— Promets-moi… souffla-t-elle.

Il sourit.

— Pas de promesses, rien. Sache que je mettrai tout en œuvre pour revenir auprès de toi. Je ne suis pas maître du destin.

Elle frissonna, car c'était là un thème cher à Erich. Ses écrits, tant politiques que romanesques, faisaient souvent référence à une fatalité antique. Cela l'angoissait. Elle n'eut pas besoin de le lui dire. Il la connaissait assez pour le savoir. Ils convinrent de se retrouver chaque jeudi à la chapelle-cimetière de la Roche-Saint-Secret, à la tombée de la nuit.

— Pars, maintenant, rentre chez toi.

Nevart esquissa un sourire.

— Ne compte pas te débarrasser aussi aisément de moi ! lança-t-elle.

Elle était fermement décidée à s'investir encore plus dans la lutte pour la liberté. Mais Erich n'avait pas besoin de le savoir. Il lui aurait arraché le serment d'être prudente, idée que Nevart repoussait avec force. Pouvait-on s'offrir le luxe d'être prudente lorsqu'on raflait non seulement des hommes, mais aussi des femmes, des vieillards et des petits enfants ? C'était ce qu'elle expliquait régulièrement à Marceline, sans parvenir pour autant à la convaincre. La cadette des Jourdans refusait de prendre parti. Elle avait de plus en plus tendance à se replier sur elle-même, fuyant les contacts, condamnant les activités de Nevart.

« Tu seras bien riche, le jour où tu seras arrêtée », grommelait-elle.

Dans ces moments-là, la jeune Arménienne haussait les épaules. Elle avait réussi à survivre en 1915, il lui semblait qu'elle ne redoutait plus rien.

Erich tendit la main, lui caressa la joue d'un geste furtif. Elle lui sourit et, bravement, franchit le seuil de la bergerie, s'engagea sur le chemin pierreux, son grand chien sur les talons.

Erich la suivit des yeux jusqu'à ce qu'elle ait disparu au tournant, derrière le gros rocher calcaire. Ensuite, seulement, il saisit son *Rucksack* contenant l'indispensable et tira derrière lui la porte de sa maison, sans prendre la peine de la fermer à clef. Il s'enfonça sous le couvert des chênes, sans se retourner.

37

1943

L'apparence de Sainte-Apollonie s'était subtilement modifiée au cours des années. La fermeture de l'usine Duteil avait gravement porté atteinte à l'économie de la petite ville. Si le commerce restait vivant, c'était essentiellement un commerce de proximité, quincaillerie, épicerie, cordonnerie, boucherie… Pour le reste, on se rendait au marché de Nyons ou de Dieulefit, ou bien l'on se déplaçait, une fois l'an, jusqu'à Montélimar, ce qui constituait un événement.

Désormais, la distillerie de Nevart était l'entreprise la plus dynamique de Sainte-Apollonie. Aïda l'aidait à la vente dans le magasin tandis que deux employés distillaient aussi bien de la lavande que de la sarriette ou du romarin et Albin, le coursier, faisait la navette entre la distillerie, les champs et le mas. On avait pris l'habitude de le voir se déplacer chaque jour sur sa bicyclette, ce qui était bien pratique lorsqu'il devait contacter les jeunes du maquis.

Parfois, Nevart se demandait à la suite de quelles circonstances elle s'était engagée dans la lutte contre l'occupant. Cela s'était fait de façon insidieuse, et tout à fait logique vu son passé et sa situation de réfugiée. Comment aurait-elle pu ne pas tendre la main à ceux qui étaient pourchassés par les nazis ? Elle n'avait jamais oublié la vieille femme qui lui avait insufflé le courage de continuer sur la route de l'horreur. Par la suite, sœur Abel, puis Marceline, Vincent et Paul l'avaient aidée à se reconstruire. Il était normal que Nevart agisse de même avec les Juifs qui tentaient d'échapper aux rafles. Les Lavandes étaient bondées, et la plupart des pensionnaires n'étaient pas des hôtes payants. Il s'agissait d'enfants et d'adolescents que leurs parents avaient envoyés dans la zone sud avant que celle-ci soit occupée. D'autres enfants, ayant échappé par miracle aux rafles de 1942, étaient acheminés vers la Drôme, terre d'accueil, par l'OSE, l'Œuvre de secours aux enfants, de Lyon.

Leni était de ceux-là. Le jour où Nevart l'avait vue pour la première fois, elle se tenait bien droite sur le seuil du mas mais, malgré ses efforts, ne pouvait s'empêcher de frissonner. Nevart avait aussitôt éprouvé un élan vers elle. Il émanait de l'adolescente aux cheveux fauves une impression de force et de fragilité qui l'émouvait.

Nevart devinait qu'elle était prête à s'effondrer et tenait debout par un effort suprême de volonté. Leni était venue de Lyon à pied par des sentiers connus de Gaston, un colporteur. Ce n'était pas la première fois qu'il conduisait des enfants jusqu'à Dieulefit ou Sainte-Apollonie, et il avait bien l'intention de poursuivre sa tâche tant que cette maudite guerre durerait.

Face à Leni, Nevart avait eu la sensation de se revoir au même âge. La jeune fille était un bloc de révolte et de colère. Nevart s'était bien gardée de chercher à la réconforter ; elle pressentait que Leni la repousserait, de crainte de s'effondrer. Elle s'était contentée de la conduire à une minuscule chambre sous les toits. La fenêtre mansardée ouvrait sur les champs.

« Tu es ici chez toi, en sécurité », lui avait assuré Nevart.

Leni avait hoché la tête sans mot dire. Elle avait dormi plus de vingt heures avant de descendre dans la salle, affamée, pour faire honneur à la soupe au pistou comme les autres pensionnaires du mas. Elle avait gardé un silence obstiné deux, puis trois semaines.

Nevart l'emmenait avec elle dans les champs de lavande ou lorsqu'elle allait chercher du ravitaillement dans les fermes amies. Elles pédalaient ensemble sur les chemins menant à la Lance, du côté de la Roche-Saint-Secret et du Poët-Laval. Parfois, elles faisaient une incursion jusqu'à Saint-Ferréol-Trente-Pas, en passant par le col de Valouse. Chaque fois, Nevart s'immobilisait quelques minutes pour contempler les gorges, qui lui rappelaient certains paysages de son Arménie natale.

On accédait au corps de logis de la ferme Meyrieix par un escalier extérieur à garde-corps plein, couvert d'une tonnelle. Les locaux agricoles étaient au rez-de-chaussée.

Nevart trouva à y acheter des œufs et un jambon.

— Il faut que je vous parle de la petite, dit madame Meyrieix en lui présentant une fillette d'une dizaine d'années.

Elle se taisait, se contentant d'ouvrir grands les yeux. Marianne Meyrieix, qui l'hébergeait depuis cinq jours, expliqua avec des mots pudiques que la petite était refermée sur son chagrin.

— J'ai demandé à madame Lamoulen de la prendre à son école, reprit-elle. Chez nous, elle s'ennuie. Elle a besoin de jeunesse.

Nevart ne répondit pas tout de suite. Elle regardait Leni qui, agenouillée, serrait la fillette contre elle et lui caressait les cheveux. Des larmes silencieuses roulaient sur leurs joues sans qu'elles songent à les essuyer.

— Je vais l'emmener aux Lavandes, proposa Nevart sans hésiter.

Il lui fallut un peu de temps pour apprivoiser la fillette. Elle s'appelait Irène, et avait vécu à Paris.

« Il y a longtemps », avait-elle précisé, avec un drôle de sourire qui n'en était pas un. Elle se confiait plus volontiers à Leni, qui l'avait prise sous sa protection. Un soir, alors que Nevart avait organisé une veillée pour fêter la Saint-Jean, Irène, brusquement, commença à raconter d'une voix étrangement lointaine la grande rafle, à Belleville, le 16 juillet 1942, les coups frappés contre les portes des appartements, l'émoi de ses parents, fourreur et couturière. Les yeux mi-clos, le visage blême, elle évoqua le transfert en autobus entre les agents jusqu'à la grande porte du Vél' d'Hiv, les cris des enfants... C'était encore supportable, cependant, puisque sa mère lui tenait toujours la main. Ensuite, il y avait eu Drancy, « le camp », comme disaient les gendarmes, et le jour affreux où elle avait été séparée de sa mère. Elle avait vu qu'on lui tondait les cheveux, comme à toutes les femmes en partance. Pour où ? Personne ne le savait. Elles « allaient travailler », affirmait-on, et sa mère l'appelait, Irène entendait son cri, elle l'avait toujours dans les oreilles, dans le cœur...

Irène se souvenait de l'odeur des linges souillés, de la chaleur étouffante, des pleurs. Elle se rappelait aussi la gentillesse et le dévouement de dames totalement débordées qui tentaient de lutter avec des moyens dérisoires contre la crasse, les poux, les épidémies de dysenterie. L'une d'elles avait pris Irène en affection et avait réussi à la faire sortir par une issue de secours. Depuis, la vie d'Irène avait été une longue suite de cachettes, jusqu'à ce qu'elle arrive à la ferme Meyrieix.

Comme la plupart des enfants cachés, Irène ne comprenait pas. Pourquoi ? répétait-elle en secouant ses cheveux bouclés. Pourquoi tant de haine ? A l'école, avant la rafle, elle avait déjà dû affronter les insultes racistes, les « sale Juive ! » qui la blessaient sans qu'elle comprenne pour quelle raison on s'acharnait ainsi sur elle. Elle n'osait pas en parler à la maison de crainte d'affoler ses parents, qui courbaient de plus en plus le dos. Ils étaient arrivés d'Europe centrale en 1930, persuadés qu'en France ils ne seraient pas confrontés aux pogroms, ni à la haine religieuse.

— Ils pensaient qu'ici, c'était différent, intervint Stéphane.

Lui-même était parvenu en France à la fin de 1938. Terrorisés par la Nuit de cristal, ses parents, Juifs allemands, lui avaient fait passer la frontière grâce à l'OSE. Il avait alors douze ans, ne parlait pas un mot de français. L'OSE lui avait donné une nouvelle identité, des papiers, lui avait trouvé une famille d'accueil chez un avocat de Moulins. Celui-ci, devant la montée des périls, avait envoyé Stéphane poursuivre ses études à l'école des Lamoulen, fin 1941. Agé de dix-sept ans, Stéphane se partageait entre la Baume et les Lavandes. Grand sportif, il parcourait chaque jour nombre de kilomètres, ce qui permettait d'avoir recours à lui en cas d'urgence.

Il se pencha, entoura les épaules d'Irène d'un bras protecteur.

— N'aie plus peur, petite. Ici, nous sommes en sécurité.

Nevart échangea un regard perdu avec Aïda. Par les contacts qu'elles avaient avec Erich et Paul, toutes deux avaient en effet eu connaissance de révélations terrifiantes quant au sort des Juifs déportés « vers l'est ».

Le 1er juillet 1942, Jean Marin avait parlé au micro de la BBC du massacre de sept cent mille Juifs en Pologne et de l'existence des chambres à gaz. Une telle barbarie paraissait inconcevable. Pourtant, un journal de la presse juive clandestine, *J'accuse*, avait confirmé ces révélations en titrant, dans son numéro deux du 20 octobre 1942 : « Les tortionnaires boches brûlent et asphyxient des milliers d'hommes, de femmes et d'enfants juifs déportés de France. » En janvier 1943, le même *J'accuse* annonçait qu'un million de Juifs auraient été exterminés par les nazis pendant l'année 1942.

Comment, se demandait Nevart, espérer qu'ils s'arrêteraient là ? Une logique d'extermination avait été mise en place. Personne n'était à l'abri, même au pied de la Lance.

Aïda et elle en avaient douloureusement conscience mais, pour l'instant, elles préféraient ne pas inquiéter les enfants. D'ailleurs, eux aussi le savaient, même s'ils s'efforçaient de ne pas le laisser voir.

38

Le soleil de juin chauffait les murs de pierres sèches du jas, la bergerie abandonnée où les maquisards s'étaient installés depuis plusieurs semaines. Assis sur une roche plate, face au sentier pentu qui partait se perdre sous la chênaie, Erich réfléchissait aux tracts qui devaient être distribués la semaine suivante dans toute la région. Gilbert les imprimerait sur la presse cachée au fond de son atelier, à Valréas. Les derniers mois avaient été marqués par l'apparition des maquis, rassemblant aussi bien des patriotes que des Juifs et des jeunes désireux d'échapper au Service du travail obligatoire instauré par Vichy le 2 février 1943.

Erich avait tout naturellement rejoint le maquis de la Bellane, du nom de la vieille bergerie. Rattachés à l'Armée secrète, les maquisards, pour la plupart très jeunes, recevaient une instruction militaire et se livraient à des exercices d'attaque avant d'avoir l'autorisation de descendre au « ravito » dans les fermes de la Roche-Saint-Secret, du Pègue ou du Poët-Laval.

Erich se releva. Le soleil lui faisait du bien, après quelques jours de brume.

Je vieillis, se dit-il avec une pointe d'humour. Il ne voulait surtout pas se plaindre. Lorsqu'il entendait les révélations atroces qui circulaient depuis plusieurs mois sur le sort des déportés, il pensait qu'il avait la chance, lui, de pouvoir se battre. Il avait eu quelques conversations à ce sujet avec Paul, qui montait régulièrement à la bergerie afin d'apporter des provisions et des médicaments de première urgence.

« Tant que nous pouvons rester des hommes debout... » lui avait-il confié, et Paul l'avait approuvé.

Le médecin jouait un rôle primordial puisqu'il se déplaçait assez facilement avec sa Juvaquatre équipée d'un gazogène. Il avait créé à Sainte-Apollonie une sorte de dispensaire et travaillait avec deux infirmières réfugiées venues de Touraine. Les maquisards savaient qu'ils pouvaient compter sur lui en toutes circonstances. Paul Mailfait, en effet, était l'un des piliers de la Résistance qui ne cessait de se développer dans la région.

Conscient des risques qu'il prenait, il les assumait totalement. Il s'était lui aussi engagé dans le sauvetage des enfants et, à ce titre, leur cherchait des cachettes sûres dans la montagne.

Erich, parfois, se demandait si leur action avait un sens. Ils ne parvenaient à sauver qu'une infime minorité de personnes. Il n'avait plus reçu de nouvelles de sa tante comme de sa cousine depuis 1939. Il avait appris sans réelle surprise, mais avec un profond chagrin, que Margaretha et Veronika étaient mortes au camp de Ravensbrück au printemps 40. Les Werner avaient réussi à obtenir leur visa américain. Ils se trouvaient en lieu sûr à New York. S'il les comprenait d'être partis, Erich ne s'imaginait pas les imitant. Il n'aurait jamais pu laisser Nevart. La jeune femme lui était devenue encore plus chère depuis le début de la guerre. Il mesurait mieux, à présent, ce qu'elle avait pu endurer en 1915, et son courage le stupéfiait.

Encore maintenant, à plus de trente-huit ans, elle refusait de se soumettre. Nevart accomplissait un travail formidable aux Lavandes. Au cœur d'un réseau dépendant de l'OSE, elle accueillait des enfants ayant échappé aux rafles, les aidait à se reconstruire avant de leur trouver une famille d'accueil, une autre cachette. Erich aurait aimé lui dire à quel point il l'admirait, tout en sachant à l'avance quelle serait sa réaction. Elle hausserait les épaules en répondant que c'était tout à fait naturel. Elle lui avait parlé un jour de sœur Abel, lui racontant brièvement comment celle qu'elle appelait avec beaucoup d'affection « la religieuse pétroleuse » lui avait sauvé la vie après la mort de son petit frère.

Nevart avait toujours estimé avoir une dette envers elle. Elle s'en acquittait au centuple.

Erich se retourna vers le lieutenant Martial, qui dirigeait le maquis de la Bellane. Comme tous ses camarades, il avait adopté un nom d'emprunt. Ce grand gaillard très athlétique, rompu à de nombreux sports, avait été envoyé à la Bellane par le commandant Baquet afin d'encadrer les maquisards.

Drôle de vie que nous menons là, pensa Erich. Il s'efforçait d'écrire, la nuit. C'était pour lui comme un exercice obligatoire afin de ne pas perdre la main.

Le lieutenant Martial passa les doigts dans ses cheveux coupés très court.

— Laroche, j'ai besoin de tes services. Deux nouvelles recrues doivent arriver demain au Poët-Laval. Tu iras les chercher chez le boulanger de la Roche-Saint-Secret. Procédure habituelle. Le mot de passe n'a pas changé.

— Entendu.

Il en profiterait pour passer au mas voir Nevart. Elle lui manquait. Il avait si peur pour elle qu'il en oubliait tout le reste.

— Ça va être de plus en plus dur, reprit le lieutenant.

La milice, créée en janvier 43, assistait l'occupant en faisant la chasse aux résistants. Tous les moyens étaient bons pour anéantir les maquis.

Erich soutint le regard du lieutenant.

— Nous tiendrons. De toute manière, nous n'avons pas le choix. Résister ou mourir.

Il correspondait avec des amis grâce à un réseau compliqué passant par la Suisse. Le mot d'ordre était « Tenir ». Malgré la peur, malgré la mort qui rôdait de plus en plus près.

Les deux hommes échangèrent un regard indéfinissable. L'un et l'autre avaient conscience des enjeux des prochaines semaines et de leur responsabilité vis-à-vis des jeunes qui prenaient le maquis. La moindre erreur d'appréciation risquait d'être fatale pour tout le groupe.

— Ils sont si jeunes encore… murmura le lieutenant comme pour lui-même.

Il venait d'Algérie où il avait laissé son épouse et leurs deux filles. Il avait tout de suite éprouvé un coup de cœur pour cette région du sud de la Drôme. La configuration du terrain permettait aussi bien de se cacher que de mettre sur pied des opérations de guérilla.

Il leva le nez vers le ciel.

— Il va encore faire frais, cette nuit. Nous sommes pourtant en juin…

Les deux hommes ne précisèrent pas qu'ils songeaient à ces convois de déportés, partant dans des wagons plombés vers l'est… terme aussi vague qu'angoissant.

Le premier, l'officier se ressaisit.

— Tu reprends l'entraînement, tantôt ?

Erich hocha la tête.

— Bien sûr. Les gamins sont impatients de savoir se débrouiller.

En accord avec Martial, il avait mis sur pied un système d'entretiens afin d'expliquer aux nouvelles recrues les conséquences de leur engagement. Ensuite, Erich et son ami Carlos, réfugié espagnol, entraînaient les nouveaux maquisards au maniement de la mitraillette Sten et aux techniques de combat. Il était vital d'apprendre vite. Obéir aux consignes reçues, attaquer sans états d'âme dès que l'ordre en était donné, décrocher en se repliant à couvert si la bataille était par trop inégale ou mal engagée. L'entraînement concernait aussi les fusils-mitrailleurs, en nombre insuffisant.

L'approvisionnement en armes constituait un problème récurrent. Erich savait qu'ils ne tiendraient pas longtemps avec leur stock. On évoquait la possibilité de parachutages, tout en mesurant les difficultés de l'opération.

— Je te fais confiance, dit Martial à Erich.

L'écrivain s'éloigna sur un bref salut. Il avait encore du bois à couper, il l'avait promis à Léo, qui se chargeait de l'intendance.

Le lieutenant le suivit des yeux. Il se demandait parfois si dans une autre vie, sans guerre, il aurait pu côtoyer Erich Schwabele. L'un de ses ouvrages l'avait profondément marqué, une dizaine d'années auparavant, par son humanisme.

L'officier voulait toujours croire en l'homme. Malgré tout.

Nevart, tout en surveillant la cuisson de son ragoût, recousait les boutons d'une chemise appartenant à Stéphane. Il avait encore grandi, et était de plus en plus mince. « Long comme un jour sans pain », prétendait Joseph, l'un des ouvriers, âgé d'une cinquantaine d'années.

Chaque matin, elle se demandait comment elle allait réussir à nourrir ses protégés et réalisait des prodiges en utilisant beaucoup d'herbes. Ils étaient encore privilégiés, à la campagne ! Vincent affirmait qu'on mourait de faim à Avignon. Au mas, Nevart cuisinait les légumes du jardin. Les enfants se régalaient avec ses gratins de courges ou de cardes. Marceline et elle avaient passé un dimanche après-midi à rechercher des recettes d'autrefois. Les châtaignes, par exemple, représentaient un aliment intéressant. Nevart était allée en chercher à bicyclette en Ardèche, de l'autre côté du Rhône. Le lendemain, elle avait régalé ses pensionnaires d'une bonne soupe.

Elle jeta un coup d'œil à l'horloge qui indiquait onze heures trente. Dans moins d'une demi-heure, elle devait descendre à Sainte-Apollonie attendre Aïda à l'arrêt de l'autobus. Son amie revenait de Valence où elle avait rendez-vous avec un responsable de l'OSE qui recherchait des familles d'accueil pour les enfants juifs. Nevart et Aïda se relayaient dans leur action.

« Seuls les enfants comptent », aimaient-elles à rappeler.

Parfois, Nevart se surprenait à songer que la vie était une sorte de cercle. Sœur Abel l'avait sauvée de l'enfer à son arrivée à Alep. Elle-même tentait d'arracher toujours plus d'enfants aux barbares nazis. C'était pour elle une façon d'honorer sa dette.

— Nevart, vous m'apprendrez à coudre ?

Leni était impatiente de tout faire, de tout savoir. Nevart se retrouvait un peu en elle. L'adolescente gardait ses secrets soigneusement enfouis. Si elle apportait tout son soutien aux enfants plus jeunes qu'elle, elle restait à distance des autres pensionnaires. Avait-elle peur ? C'eût été étonnant, car elle n'était guère timide. Nevart pensait plutôt que Leni préférait cadenasser sa mémoire. Elle aussi avait éprouvé ce besoin. Près de trente ans après, elle ne parvenait toujours pas à accepter certains souvenirs. A ce prix seulement, elle avait tenu bon. Et survécu.

Elle humecta le fil, se pencha sur la chemise.

— Regarde…

Leni était un peu la fille qu'elle n'avait pas eue.

Aïda, Paul et Marceline lui avaient pourtant conseillé de ne pas trop s'attacher à l'adolescente. Elle avait une famille qu'elle retrouverait certainement à la fin de la guerre. Ce jour-là, fatalement, Nevart souffrirait.

Peu lui importait. Elle avait toujours suivi son cœur et son instinct.

39

Depuis le seuil du mazet, Marthe considéra d'un air réprobateur les préparatifs de Paul qui vérifiait le gazogène de sa Juvaquatre.

— Vous pensez vraiment qu'il est prudent d'aller encore là-bas ? grommela-t-elle.

Paul se tourna vers la vieille femme.

— A Montdevergues ? Je m'y rends régulièrement depuis plus de treize ans et je ne vois aucune raison de modifier cette habitude.

Marthe haussa les épaules.

— Oh ! je sais bien que vous n'en ferez qu'à votre tête ! C'est comme tous vos déplacements, à n'importe quelle heure du jour ou de la nuit ! Heureusement que nous n'avons pas de Kommandantur à Sainte-Apollonie, sinon ils vous auraient déjà arrêté au moins dix fois ! Ça n'empêche qu'il y a de drôles de gars qui rôdent. Vous n'avez donc pas peur ?

Paul se mit à rire.

— Et quand bien même j'aurais peur ? Si l'on m'appelle, je me rends là où l'on a besoin de moi. C'est Pasteur qui a dit : « Je ne te demande pas ton pays, ta religion. Tu souffres, cela suffit. »

— Des mots, tout ça, des mots, marmonna Marthe, peu convaincue. Moi, je ne vois qu'une chose : vous êtes en danger.

Paul marqua une hésitation avant de répondre :

— Je me bats simplement, Marthe. Avec mes modestes moyens.

Il la salua d'un signe de la main avant de monter dans sa Juvaquatre et de tirer sur le démarreur. Marthe, furieuse, se signa. Elle détestait le voir partir ainsi, insoucieux du danger. Il avait beau jeu de lui recommander de ménager son cœur ! Que croyait-il donc ? Il n'était plus un jeunot !

Elle rentra dans sa cuisine et remua bien fort casseroles et marmites. Des effluves de lavande pénétraient par la fenêtre grande ouverte. D'ici quelques jours, Nevart allait cueillir sa « bleue » en compagnie d'Aïda et de plusieurs femmes de Sainte-Apollonie. Comme autrefois.

Avant la guerre.

La rumeur de Montdevergues paraissait assourdie. Ce n'était pas étonnant, vu le taux de mortalité effrayant de l'hôpital. On manquait de tout, de vivres, de chauffage, de linge, de médicaments, et l'on n'avait pas les moyens de recourir au marché noir.

Comme chaque fois qu'il se rendait à l'asile, Paul éprouva un sentiment de culpabilité. Il aurait voulu changer les mentalités, faire comprendre autour de lui que les malades de l'hôpital psychiatrique devaient être nourris convenablement. Il savait, pour l'avoir déjà constaté, que le directeur veillait à ce que les pensionnaires de Montdevergues ne soient pas lésés par rapport au personnel. Tout le monde était logé à la même enseigne. Les jours fastes, un bol de soupe – plutôt de l'eau claire dans laquelle surnageaient quelques morceaux de légumes – et une tranche de pain par repas. Devant la gêne des employés, c'étaient les infirmières elles-mêmes qui coupaient en quatre les boules de pain, avant de partager les morceaux obtenus dans le sens de la largeur.

Paul frissonna en passant devant un pavillon dont les occupantes étaient assises devant la porte. Elles étaient terriblement maigres, visiblement sous-alimentées, les os des bras saillants, les yeux immenses. Son sentiment de malaise s'accentua. Sa qualité de médecin lui faisait prendre douloureusement conscience de l'état de faiblesse extrême dans lequel se trouvaient ces femmes.

— On manque de tout, lui confirma quelques minutes plus tard mademoiselle Augustine, une infirmière d'une quarantaine d'années avec qui il avait sympathisé.

Elle aussi avait beaucoup maigri et était très lasse. Elle lui raconta qu'ils n'avaient pratiquement plus de draps. Les malades dormaient sur la paille, punaises et poux proliféraient.

— Si vous voyiez ces monstres ! précisa-t-elle en riant. Ils dépassent facilement un centimètre.

Elle donna à Paul des nouvelles d'Angèle – guère fameuses, la sœur de Marceline et de Vincent étant fort affaiblie par les privations – et proposa au médecin de la rejoindre devant la chapelle. Il frappa à la porte du pavillon occupé par Angèle depuis 1930, finit par y entrer. Il y faisait frais. Il découvrit celle qui s'était enorgueillie d'être appelée « la belle Angèle » recroquevillée dans un méchant lit de fer, grelottant sous des couvertures qui ne parvenaient pas à la réchauffer.

Elle le regarda, lui saisit la main.

— Paul... vous ne m'avez jamais abandonnée, déclara-t-elle d'une voix cassée.

Bouleversé, il lui offrit ce qu'il avait apporté. Un pot de confiture d'abricots confectionnée par Marthe avec du moût de raisin en guise de sucre, une poignée de cerises, un demi-pain... Il voulut lui recommander de manger doucement. Trop tard : elle trempait déjà son doigt dans la confiture et léchait les miettes de pain.

Profondément ému, Paul se détourna pour dissimuler ses larmes. Il avait le sentiment d'avoir failli à sa mission de soignant.

Il se demanda une nouvelle fois si tout avait réellement été tenté pour sauver Angèle de sa nuit. En accord avec Vincent, il avait refusé qu'on pratique sur elle des électrochocs, redoutant qu'elle ne survive pas à ce que lui-même qualifiait de « séance barbare ». Il avait assisté, en 1942, à une expérience de convulsivothérapie électrique effectuée sur un patient en état de dépression profonde. Le médecin avait fait passer d'une tempe à l'autre un courant alternatif sinusoïdal de cent dix volts. Le malade avait eu un grand spasme avant de sombrer dans l'inconscience. L'électrochoc provoquait une sorte de crise d'épilepsie, particulièrement forte à cause du passage du courant. L'état de santé du patient ne s'était pas amélioré pour autant et Paul s'était juré de ne jamais assister à une autre séance de ce genre.

Il ne put réprimer un frisson. Il se sentait complètement démuni face à cette femme qui, malgré tout, avait compté pour lui, et qui parvenait au terme de sa vie. Lui, le médecin qui avait prêté le serment d'Hippocrate, était tenté de mettre fin à ses souffrances.

Il lui prit la main.

— Angèle, tenez bon. La guerre sera bientôt finie.

Il lui aurait promis n'importe quoi pour ne plus lire ce désespoir insondable dans ses yeux.

Elle esquissa ce qui pouvait ressembler à un sourire. Son visage émacié se creusa un peu plus.

— J'avais un frère, souffla-t-elle d'une voix ténue. Amenez-le-moi, Paul. Il doit voir ce que je suis devenue.

Au fond de lui, il comprenait ce qu'elle voulait dire. Depuis treize ans, Angèle Duteil était internée à Montdevergues et ni Vincent ni Marceline n'avaient franchi les grilles de l'asile. Même s'il pensait que son état mental nécessitait des soins, Paul n'admettait pas que sa famille l'ait abandonnée de cette manière.

Il se pencha au-dessus du lit, retapa les oreillers avec des gestes doux. En tant que pensionnaire payante, elle avait encore du linge, mais pour combien de temps ? Montdevergues était devenu un mouroir dépourvu de moyens, situation qui révoltait Paul.

Il caressa, presque furtivement, les cheveux blancs d'Angèle avec une compassion mêlée de honte. Il aurait voulu la ramener chez lui, conscient malgré tout que c'était impossible. Fatalement, Angèle verrait Nevart, et ses pulsions violentes risquaient fort de réapparaître. A moins qu'elle ne s'attache à Paul de façon exagérée, ce qui provoquerait chez elle de nouveaux troubles.

— Je vais faire mon possible, lui dit-il, ne s'attachant qu'à ses yeux, refusant de regarder le décor sordide dans lequel elle était condamnée à vivre.

Il lui sourit, sortit du pavillon avec le sentiment de commettre une lâcheté. Il remonta à grands pas vers la chapelle devant laquelle l'infirmière l'attendait.

Mademoiselle Augustine le considéra d'un air soucieux.

— J'ai besoin de vous, docteur, attaqua-t-elle.

Elle lui raconta brièvement qu'ils étaient allés chercher près de Rodez une centaine de patients venus du nord de la France. Ç'avait été une véritable expédition, en autobus, avec toutes les autorisations nécessaires délivrées par l'occupant.

Paul l'écoutait sans mot dire. D'un signe de tête, il l'encouragea à poursuivre son récit.

— Nous sommes rentrés avec un pensionnaire supplémentaire, reprit l'infirmière. Un jeune Juif qui venait d'échapper à une rafle. Il... je l'ai caché dans la buanderie, mais je ne crois pas que ce soit très prudent. Vous savez, des Allemands viennent régulièrement ici.

Paul réfléchit très vite. Il lui fallait de faux papiers, un certificat de sortie en bonne et due forme. Mademoiselle Augustine secoua la tête.

— Nous n'avons pas le temps. Nous sommes à la merci d'une descente inopinée des Allemands. Rendez-vous compte : ils voulaient même réquisitionner des pavillons pour y loger leurs hommes ! Par un hasard curieux, expliqua-t-elle avec un sourire, on leur a attribué des pavillons qui étaient alors dans un état épouvantable car ils n'avaient pas encore été nettoyés ni désinfectés. Dégoûtés, les occupants ont renoncé à leur projet... en précisant bien qu'ils reviendraient. Vous imaginez la catastrophe pour Montdevergues s'ils y trouvaient ce jeune homme ?

Paul imaginait fort bien, en effet, les représailles qui s'abattraient sur l'asile.

— Nous n'avons pas de temps à perdre, décida-t-il. Indiquez-moi où se situe exactement la buanderie, je vais aller ranger ma voiture derrière. Nous dissimulerons votre protégé dans le coffre. Oh ! à propos, j'ai apporté quelques réserves. Des pommes de terre, du lard...

Ils agirent avec célérité. Paul n'eut même pas le temps d'apercevoir la silhouette de celui dont il ignorait jusqu'au prénom. Il déchargea les provisions que mademoiselle Augustine s'empressa d'entreposer dans un local fermé à clef.

— Les gens meurent de faim, expliqua-t-elle avec gêne. Certains feraient n'importe quoi pour une ration supplémentaire.

— Je sais, acquiesça Paul.

Son cœur était lourd.

— Merci pour tout, dit mademoiselle Augustine en prenant congé.

Paul hésita.

— Je reviendrai bientôt. Je me fais beaucoup de souci au sujet de madame Duteil. Occupez-vous bien d'elle, surtout.

L'infirmière soutint le regard du médecin.

— Nous l'avons toujours soignée du mieux possible, docteur Mailfait. Mais dans l'état où elle se trouve, je crois qu'elle aspire à passer sur l'autre rive. Elle n'a plus la force de lutter, elle qui savait se montrer rebelle.

Ses yeux étaient pleins de larmes.

— Je me suis attachée à elle, depuis toutes ces années, expliqua-t-elle. A beaucoup de mes malades, d'ailleurs. On voudrait tant les aider *vraiment*, soulager leur douleur. Vous savez, je crois sincèrement qu'il n'y a pas pire que la maladie mentale. Madame Duteil s'est battue pour sauvegarder sa dignité mais là, c'est fini. Elle n'en peut plus, elle est à bout. C'est si dur de voir nos malades mourir de privations. Saviez-vous qu'il n'y a plus de place dans le carré du cimetière de Montfavet réservé à nos pensionnaires ? Le menuisier et le voiturier ont dû bricoler un chariot afin de le transformer en corbillard à quatre places.

Sa voix se brisa.

— Ils meurent les uns après les autres, de faim essentiellement, et nous, soignants, nous nous sentons tellement impuissants... Il faut que cette maudite guerre cesse, docteur.

Qu'aurait-il pu lui dire ? Qu'il luttait dans l'ombre, avec beaucoup d'hommes et de femmes ?

Il lui serra les deux mains.

— Je reviens dès que possible, mademoiselle Augustine. En attendant, prenez soin d'elle, surtout.

Il passa sans encombre devant la conciergerie, accéléra. Les nuages s'amoncelaient au-dessus du

Ventoux, annonçant la pluie. Il frissonna. Il avait hâte de rentrer à Sainte-Apollonie, de ne plus penser, s'il le pouvait, à l'asile où des centaines de malades se mouraient.

40

Blottie tout près des bois de chênes verts, abritée par une haie de cyprès, l'ancienne ferme de la Baume, transformée en école, longue et basse, tapissée de vigne vierge et de glycine, évoquait irrésistiblement un refuge. Nombreux étaient les jeunes gens qui, depuis le début de la guerre, avaient transité par la Baume avant de partir pour l'Espagne, la Suisse ou Londres.

Il suffisait d'ailleurs de prononcer le nom des Lamoulen pour que les visages s'éclairent. De braves gens, estimait-on. Si braves qu'inconscients du danger, ils avaient réuni chez eux, quelques jours après l'attaque du maquis de la Bellane, plusieurs responsables de la lutte clandestine de la région. Erich était venu ainsi que Nevart, Aïda, Leni, le lieutenant Martial, Paul et David, le jeune homme que le médecin avait ramené de Montdevergues dans le coffre de sa Juvaquatre. Ce dernier avait pour mission de trouver des refuges sûrs afin d'y cacher les enfants juifs ayant échappé aux rafles. Agé d'environ vingt-cinq ans, il avait réussi à s'évader du camp de Gurs. Il avait en sa possession des informations horribles sur ce qui se passait réellement à l'Est, dans ce qu'on nommait « les camps de travail ». En l'écoutant, Nevart avait envie de se boucher les oreilles. Il lui semblait que tout recommençait. Les atrocités, la barbarie sans nom... les hommes ne comprendraient donc jamais qu'ils étaient les artisans de leur propre malheur ?

Le lieutenant Martial prit à son tour la parole. L'étau ennemi se resserrait. Si les garçons du maquis de la Bellane avaient réussi à décrocher sans trop de peine, grâce à leur connaissance du terrain, l'attaque surprise allemande avait révélé leurs faiblesses. Exaspéré par les actions des « terroristes », l'adversaire allait tenter d'anéantir les poches de résistance par tous les moyens.

— Nous devons nous organiser, assena l'officier, et nous montrer particulièrement prudents.

Désormais, les mots de passe seraient exigés pour toute action et tout nouveau contact. Erich préconisait même de suivre l'exemple d'autres résistants qui coupaient en deux plusieurs cartes d'un même jeu. Le lieutenant Martial évoqua l'impérieuse nécessité de s'unir avec les différents mouvements de la région. Une action en ce sens était entreprise à Avignon.

Nevart écoutait tout ce qui se disait autour de la table, sans trop oser prendre part à la conversation. Elle, l'autodidacte, se sentait impressionnée dans cette école réputée pour la qualité de son enseignement. Les professeurs venaient de Paris, on chuchotait même que quelques-uns n'étaient pas en règle, mais peu importait. La Baume était un lieu à part, préservé.

La jeune femme intervint cependant pour glisser qu'elle avait de plus en plus de pensionnaires aux Lavandes et qu'il fallait prévoir un plan de repli si jamais les Allemands s'approchaient du mas. Certains enfants, en effet, parlaient mal le français et seraient à coup sûr repérés. On convint d'un système de vigies : en cas d'alerte, Nevart emmènerait les enfants dans la montagne et ne les ramènerait que lorsqu'une grande couverture rouge serait étendue sur la terrasse par Aïda. Leni se proposa pour jouer les agents de liaison entre le maquis et la Baume.

Paul ne disait rien. Nevart le trouvait vieilli, défait. A la fin de la réunion, elle se rapprocha de lui pour lui demander comment il allait. Il lui sourit d'un air absent.

— Pas trop bien, comme vous le voyez. Je ne me suis pas remis de ma dernière visite à Montdevergues.

Il lui raconta brièvement quelle était la situation à l'asile.

— Je ne parviens pas à convaincre Vincent d'aller voir sa sœur, reprit-il. Elle en a pourtant exprimé le désir.

Nevart demeura silencieuse. Il y avait longtemps qu'elle refusait de songer au coup de hache porté par Angèle. Elle l'avait chassé de sa mémoire pour pouvoir le surmonter. Cela lui paraissait bien loin, à présent ! Elle ne savait quoi dire, pressentant que Vincent prendrait mal toute intervention de sa part. Il avait des réactions épidermiques dès qu'on prononçait devant lui le nom d'Angèle.

— Venez demain au mas, proposa-t-elle. Le soir, de préférence. La cueillette bat son plein.

Ils échangèrent un regard empreint d'émotion contenue. Tous deux se souvenaient de leur première étreinte, à la belle étoile, dans le champ de lavande. Ce souvenir était précieux à Nevart.

— Prenez garde à vous, lui recommanda-t-il.

Il les regarda s'éloigner, Aïda, Leni et elle, avec un serrement de cœur. Lui devait accompagner le lieutenant et Erich jusqu'au nouveau campement afin de changer le pansement d'un blessé. Les trois hommes s'enfoncèrent sous le couvert. La nuit se referma sur eux.

Marceline sortit sur le seuil de la laiterie et jeta un coup d'œil soucieux vers le ciel. Il était rouge, promesse de grand vent pour le lendemain.

— Mes fromages vont sécher trop vite avec ce temps, soupira-t-elle.

Faute de clients, elle avait abandonné à contrecœur l'élevage des vers à soie. Malgré les réquisitions, elle consacrait désormais beaucoup de temps à la fabrication de ses picodons. Le lait des dernières traites, après avoir été versé dans des bassines, se voyait additionné de petit-lait et de présure. La masse gélatineuse obtenue, le caillé, était ensuite moulée à la louche dans des faisselles. L'égouttage durait vingt-quatre heures, durant lesquelles Marceline retournait ses fromages une à deux fois et les salait sur leurs deux faces. Enfin, quand le caillé était assez solide pour être démoulé, on disposait les fromages sur des grilles avant de les mettre à sécher dans des garde-manger protégés par de fines moustiquaires.

C'était à cette étape que la météorologie prenait toute son importance. Ainsi, les picodons sécheraient mal par un temps lourd et humide, alors que le vent fort avait tendance à les dessécher.

Nevart, qui l'avait rejointe dans la cave du mas où Marceline mettait ses fromages à sécher, glissa une phrase au sujet d'Angèle. Son amie se retourna vivement.

— Ne te mêle pas de ça ! lui enjoignit-elle sèchement.

Saisie, Nevart la considéra d'un air étonné.

— Marceline… si tu m'expliquais ?

Butée, la maîtresse du mas de Césarée fit la sourde oreille. Elle prit le temps de s'assurer que tout était en ordre avant de refermer la porte de la cave voûtée. Quand elle s'adressa enfin à Nevart, ce fut pour lui dire :

— Tu ne peux pas comprendre.

Elle l'entraîna dans la salle du mas, où les volets clos maintenaient un semblant de fraîcheur malgré la canicule. Hormis pour faire le ménage, une fois par semaine, elle ne venait jamais dans cette pièce qu'elle avait laissée telle que sa mère l'avait aménagée. Un radassier en paille habillé de coussins d'indienne, une commode, un guéridon aux pieds galbés constituaient un cadre réservé aux grandes occasions.

Marceline s'essuya les mains à son tablier, vérifia d'un geste qu'aucun grain de poussière ne traînait sur le dessus du guéridon. Elle ouvrit le premier tiroir de la commode, en sortit un album à la couverture écornée. Elle tourna les pages, s'arrêta sur la photographie d'une jeune femme au regard empreint de mélancolie.

— Ma grand-mère, Eliette, expliqua-t-elle. Je ne l'ai pas connue. Elle a été internée à trente ans.

Elle lança un coup d'œil chargé de défi à Nevart.

— C'était un secret de famille, comme on dit. Bien gardé. Trop bien, peut-être, car il suscita ma curiosité. Pourquoi tout le monde se taisait-il lorsque je demandais où était enterrée grand-mère Eliette ? Pourquoi grand-père Marceau toussait-il très fort quand je posais cette question ? Et, surtout, pourquoi ma mère pleurait-elle, en disant que c'était trop injuste ? J'ai fini par apprendre la vérité. Cette belle jeune femme avait eu un coup de folie et s'était jetée dans la rivière en crue, un soir de fête. Tout cela parce qu'elle croyait que son mari la trompait. On a bien essayé de la soigner à l'hôpital, mais dès qu'on relâchait un peu la surveillance, elle cherchait de nouveau à se suicider. Alors, elle s'est retrouvée entravée, à l'isolement. Mon père est allé la voir une fois et il en est revenu malade. Elle est restée près de trente ans à l'hôpital. Tu te rends compte, Nevart ? Toutes ces années... Il aurait mieux valu qu'elle meure sur le moment.

Marceline referma l'album d'un coup sec.

— C'est à cause de notre grand-mère Eliette que Vincent et moi ne réussissons pas à aller voir notre sœur. Appelle cela de la lâcheté si tu veux. Nous nous sentons coupables, parce qu'Angèle a hérité d'une tare familiale. *Vé !* Au moins, nous sommes sûrs de ne pas la transmettre puisque nous sommes restés célibataires...

Elle se détourna, renifla. Nevart posa une main apaisante sur son épaule.

— Vous n'êtes pas coupables, voyons !

Tout en protestant, Nevart comprenait ce que voulait dire son amie. Elle aussi s'était longtemps reproché d'avoir survécu à l'exil. Si sœur Abel ne lui avait pas communiqué de sa force, de son enthousiasme, Nevart n'aurait pas eu le courage de recommencer une nouvelle vie en France.

— Ce n'est pas une fatalité, ni une condamnation, reprit-elle. Seulement une souffrance...

— Que tu ne peux partager, malgré l'amitié que tu nous portes, coupa Marceline. Chacun sa croix.

Pour moi, Angèle est morte le jour où on est venus la chercher.

Nevart n'insista pas. Elle pressentait que la chevrière ne changerait pas d'avis et elle ne voulait pas la buter.

Les deux femmes sortirent du mas et se rendirent tout naturellement sous la treille, où l'on se tenait volontiers en été.

— Tu te rappelles, fit Nevart d'une voix rêveuse, quand j'étais venue aider à l'encabanage, il y a plus de vingt ans ? Les années ont filé.

Marceline opina du chef.

— Tu étais toute menue, je me demandais comment tu allais résister au travail de l'usine. Et Paul qui te dévorait des yeux... A cette époque, nous n'imaginions pas connaître à nouveau la guerre.

Nevart hésita. Elle aurait voulu se confier à son amie, lui proposer de se joindre au réseau, mais elle n'osait pas le faire. Marceline était individualiste et affirmait volontiers qu'elle ne tenait pas à se mêler de politique. C'était trop risqué.

— Je ne te vois plus, déclara la sœur de Vincent d'un ton chargé de reproche. Tu travailles trop, ma belle. Et tous ces réfugiés... est-ce qu'ils te paient leur pension, au moins ?

— Ne t'inquiète pas pour ça.

Marceline avait changé. Auparavant, elle était toujours la première à ouvrir grande la porte du mas de Césarée. Nevart se souvenait de la joyeuse ambiance qui régnait chez les Jourdans à l'occasion du décoconnage. Le coup de folie d'Angèle avait fait se refermer sur leur honte et leur chagrin le frère et la sœur.

— Je me sauve, le travail n'attend pas, reprit Nevart.

Elle embrassa Marceline, trois fois, enfourcha son vélo. Elle l'avait acheté à Nyons, chez le marchand de cycles Mandin, juste avant la guerre, et s'en félicitait chaque jour car il lui permettait de se déplacer beaucoup plus vite qu'avec la jardinière traditionnelle.

En pédalant pour regagner les Lavandes, elle songeait à Leni, qui prenait de plus en plus de risques. La jeune fille conduisait les réfractaires au STO jusqu'au maquis revenu dans la vieille bergerie, passait des messages codés qu'elle apportait aux maquis du Ventoux, et allait régulièrement chercher des faux papiers à Valréas. Désormais, elle s'appelait officiellement Marie-Louise Larcher, née à Dole, dans le Jura. Cette dernière précision la faisait sourire, car elle n'avait jamais mis les pieds dans ce département.

Peu à peu, elle commençait à se livrer. Elle avait un jour évoqué ses parents, qui l'avaient envoyée dans la zone sud par l'intermédiaire de l'OSE. Son père était chirurgien. Leni ne l'imaginait pas cessant d'exercer ce métier qui était pour lui une passion. L'absence de nouvelles de sa famille la rendait folle, affirmait-elle avec un soupçon d'autodérision. Nevart s'attachait de plus en plus à elle et se demandait comment elle supporterait son absence lorsque Leni retrouverait les siens. Lors de sa dernière visite à Romans, Alice le lui avait fait remarquer : « Il est un peu tard, à présent, pour te marier et avoir des petits ! »

Agop avait pris le maquis, comme beaucoup d'Arméniens. Il avait reproché à sa femme d'avoir refusé de regagner l'Arménie soviétique alors qu'il en était encore temps, mais Alice lui avait tenu tête. La France était leur pays, elle n'avait pas l'intention de le quitter.

« J'ai peur », avait ajouté Alice à l'intention de son amie.

Son fils, Krikor, multipliait les provocations vis-à-vis de l'occupant. Antaran, elle, était encore jeune pour se mêler de politique, mais elle était beaucoup trop effrontée au goût de sa mère. Belle fille, avec ses yeux bleu foncé et ses cheveux bruns, elle avait une cour de jeunes admirateurs prêts à s'étriper pour un sourire.

A la demande d'Alice, Nevart avait ramené Antaran aux Lavandes.

« Juste pour l'été », avait-elle précisé. L'adolescente, en effet, avait des papiers en règle et ne risquait pas la déportation comme les autres protégés de Nevart.

De plus en plus souvent, Nevart s'angoissait. L'avenir lui paraissait particulièrement sombre. Une raison supplémentaire, s'il en était besoin, d'intensifier la lutte.

41

1944

Il avait gelé depuis deux jours et deux nuits. Le paysage en était bouleversé, avec un ciel d'un bleu grisé délicat, les routes de lavande saupoudrées de frimas. Emmitouflée dans un paletot et une jupe de laine, une écharpe et un béret, Leni pédalait à vive allure sur la route de Nyons afin de lutter contre le froid. La silhouette du Ventoux, si familière, barrait l'horizon.

Au cours des dernières semaines, les événements s'étaient précipités. La chasse aux résistants avait pris de l'ampleur, l'occupant ne supportant plus de se voir bafoué par des actions de guérilla. Il importait pour les Allemands de verrouiller la vallée du Rhône, d'autant plus depuis les premiers débarquements alliés en Sicile, en 1943. Tous les moyens leur étaient bons pour exterminer les résistants. Malgré les mises en garde de Nevart, Leni refusait de prendre en compte les risques encourus. Rejetant la tête en arrière avec une belle insolence, elle avait même cité Nietzsche : « Celui qui veut vivre pleinement doit vivre dangereusement. »

Or Leni voulait vivre. Elle lisait, avec une sorte de rage, tous les livres qui lui tombaient sous la main. Elle avait fort mal supporté le fait de devoir interrompre ses études, en 1942. C'était alors une brillante élève de seconde littéraire qui attendait avec impatience le moment de se frotter à la philosophie. Elle avait lutté pied à pied avec ses parents pour rester à Paris, mais ils n'avaient pas cédé. Pour eux, en effet, l'essentiel était de rester en vie. Il serait bien temps de se consacrer à la philosophie plus tard. Après la guerre... Leni se rappelait le sourire de sa mère, si proche des larmes. Elle se rappelait la gravité de son père, sa recommandation : « Bats-toi pour vivre, ma chérie. C'est la plus belle preuve d'amour que tu pourras nous donner. » Elle avait promis, après avoir refermé la porte de sa chambre, son domaine, dans lequel elle avait passé une enfance insouciante. Par la suite, elle avait appris à se débrouiller seule, à ne pas accorder spontanément sa confiance, à se fondre dans la foule pour ne pas se faire remarquer.

Pendant plusieurs mois, elle s'était sentie en sécurité auprès de Nevart. Désormais, elle savait que la guerre les avait rattrapées.

Elle appuya un peu plus fort sur les pédales. Vite, plus vite ! pensa-t-elle. Le docteur Mailfait les avait fait prévenir par Marthe. Il était retenu à Valence mais il fallait alerter de toute urgence les familles juives originaires de Sarre, installées à Nyons depuis le milieu des années trente. Une vaste opération d'arrestations était prévue pour les jours à venir. Pendant que David, sur sa moto, montait mettre en garde les réfugiés habitant Arpavon, dans la vallée de l'Ennuye, Leni fonçait avertir à Nyons. De son côté, Nevart préparait de quoi accueillir des pensionnaires supplémentaires.

Essoufflée, Leni ralentit en abordant la descente sur Nyons. Elle savait qui elle devait contacter. « Léon », un brocanteur, ferait circuler l'information.

Lorsqu'elle franchit le seuil de sa maison, rue des Bas-Bourgs, elle portait sous le bras un paquet de vieux livres, qu'elle était censée venir lui vendre. Il l'accueillit sans que son visage tanné révèle son inquiétude. Il faisait froid dans sa boutique, ce dont il s'excusa : le prix du charbon augmentait sans cesse.

— Ce n'est rien comparé à tout le reste, reprit-il en haussant les épaules.

Dès que Leni lui eut communiqué son message, il entortilla un cache-nez autour de son cou et poussa la jeune fille vers la porte de la boutique.

— Je file prévenir les familles concernées. Nevart peut cacher quelques personnes ?

— Oui, bien sûr. Il faut venir jusqu'au mas, cependant.

— Nous verrons. Rentre chez toi, petite. Il ne fait pas bon traîner dans les rues ou sur les routes par les temps qui courent.

Leni le vit remonter la rue des Bas-Bourgs à pas pressés. Malgré son âge déjà avancé, « Léon » ne ménageait pas sa peine.

La fatigue la submergea d'un coup. Elle avait froid aussi, et faim. Elle repoussa ses cheveux d'une main impatiente, les roula sous son béret et remonta en selle. Avant de regagner le mas, elle allait saluer les vergers d'oliviers situés sur les pentes de la montagne de Vaux, au-dessus de la place du Foussat. Depuis son arrivée dans la région, Leni était tombée sous le charme de ces arbres mythiques, au feuillage argenté, à l'ombre d'une curieuse couleur, mi-mauve, mi-sépia. Des retardataires cueillaient les dernières olives sur leurs échelles originales à trois pieds nommées *cavalets*. Hommes et femmes portaient des mitaines pour se protéger de l'onglée. Ils avaient un panier pendu à une courroie qui passait autour de leur cou.

Leni, s'appuyant au guidon de son vélo, se retourna pour contempler la ville. Elle apercevait entre les rameaux des oliviers les toits du vieux Nyons, l'enchevêtrement de ruelles couvertes dominé par la tour ronde du château des Dauphins et la tour Randonne, chapeautée d'un échafaudage d'arceaux.

En contrebas, l'Aygues courait vers la plaine. A cet instant, le paysage était empreint d'une beauté si sereine que Leni se demanda si elle n'avait pas imaginé les mises en garde venues de Valence. Nevart et Paul lui avaient raconté que les Juifs arrivant de Sarre suite au rattachement de leur région au IIIe Reich, le 13 janvier 1935, avaient été accueillis à Nyons et intégrés sans problème. Les réfugiés sarrois, libres de partir jusqu'au 1er mars 1936, avaient choisi la France, terre d'accueil, et plus particulièrement Nyons suite à un curieux enchaînement de circonstances. Il n'existait guère, en effet, de points communs entre la sous-préfecture de la Drôme méridionale et la région industrielle de la Sarre ! Seulement une jeune fille, Betty, placée au pair chez un sénateur des Basses-Pyrénées, monsieur Lippmann, qui possédait une demeure à Nyons : il lui avait parlé de fermes à vendre du côté d'Arpavon. C'était ainsi que plusieurs familles juives fuyant les lois antisémites de la dictature nazie étaient venues s'installer à Nyons et dans ses environs. L'ancien temple protestant, situé rue de la Fraternité, avait même été mis à leur disposition pour servir de synagogue. Elles auraient pu continuer de vivre en paix… Une rafle, en août 42, avait entraîné l'arrestation de treize personnes. Plusieurs autres avaient réussi à se cacher dans des fermes et des villages isolés.

Leni songeait à ces drames trop proches en contemplant la vieille ville. Parfois, elle se demandait à quoi bon continuer de se battre. Il lui semblait que les dés étaient pipés, le jeu faussé depuis le départ. Elle se querellait fréquemment avec David à ce sujet.

« Ils parviendront à nous détruire », affirmait-elle.

David secouait la tête avec force.

« Non. Nous ne devons pas baisser les bras. Il faut se battre, Leni. »

David avait un rêve, et un but. Aller s'établir en Palestine, participer à la création de cet Etat hébreu revendiqué depuis tant d'années. Quand elle l'écoutait, Leni se disait qu'il avait beaucoup de chance. Il croyait encore que les rêves pouvaient être réalisés.

Elle remonta en selle, redescendit à vitesse réduite vers la place du Foussat. Il faisait toujours aussi froid mais elle emportait dans son cœur l'image de ces oliviers aux troncs noueux, au feuillage agité de frissons, et elle se sentait mieux. Rassérénée. Les Sarrois seraient sauvés. Elle voulait s'en persuader.

Elle pédalait sur la route de Montélimar quand une traction avant la dépassa. L'homme qui conduisait lui jeta un coup d'œil de biais, et elle éprouva un sentiment de malaise diffus. Une cicatrice violacée lui barrait la moitié du visage sous son chapeau mou. Elle inspira une longue goulée d'air frais, se répétant que ses papiers, fort bien imités, ne devaient pas la trahir. Rien n'y faisait. Elle avait peur, sans même parvenir à mettre un mot sur sa peur.

42

23 janvier 1944

Malgré le soleil lumineux, Nyons donnait l'impression de vivre au ralenti. Devant les cafés, sur la place aux Herbes comme sur le Champ-de-Mars ou la place des Arcades, les Nyonsais, profondément choqués, évoquaient tous la terrible nuit du 21 janvier, durant laquelle la Gestapo avait arrêté quinze Juifs sarrois ainsi que plusieurs résistants.

L'alarme donnée plusieurs jours auparavant par Leni n'avait pas eu de suites. Rassurées, plusieurs familles juives avaient fini par rentrer chez elles. Il avait été d'autant plus facile pour la Gestapo de les appréhender qu'elles étaient connues et recensées depuis 1936. Bouleversée, Leni était revenue à Nyons. Elle se sentait coupable de n'être pas parvenue à les sauver. Sous les arcades, elle croisa « Léon », qui avait remonté le col de sa canadienne pour mieux se protéger contre le « pontias ». Elle amorça un sourire. Le vieil homme passa devant elle sans la saluer. Elle comprit trop tard qu'elle n'aurait jamais dû revenir à Nyons. Une main s'abattit sur son épaule. Le cœur au bord des lèvres, Leni se retourna. Elle manqua défaillir en reconnaissant la haute silhouette de David.

— Viens, lui intima-t-il.

Elle dut courir pour se maintenir à sa hauteur tandis qu'il l'entraînait par la rue des Bas-Bourgs vers le pont roman. Un bel ouvrage, ce pont du XIVe siècle tout en pierres blondes. David ne le franchit pas, cependant. Il emmena Leni en contrebas, le long de l'Aygues. Au bord de l'eau, il laissa libre cours à sa colère.

— Es-tu devenue folle ? explosa-t-il. Nevart est aux cent coups. Tu aurais au moins pu la prévenir, elle t'aurait empêchée de venir te jeter tête baissée dans la gueule du loup ! Qu'est-ce que tu cherches ? A te faire arrêter, toi aussi ?

Elle leva la main, comme pour endiguer ce flot de paroles.

— Je savais bien que Nevart m'aurait retenue au mas, mais il fallait que je revienne. Bon sang ! tu es juif, toi aussi, David, tu dois comprendre ce que j'éprouve ! Je connaissais plusieurs des personnes qui ont été arrêtées. La petite Francine Lazar, qui est née à Nyons, donc française, n'a que cinq ans. Imagines-tu ça ?

Elle éclata en sanglots. David l'attira contre lui, lui caressa les cheveux.

— Là, là, ne pleure pas. Tu ne les aideras pas si tu te fais arrêter, toi aussi.

La jeune fille ne l'écouta pas.

— Ils vont être déportés, n'est-ce pas ? reprit-elle d'une voix vibrante. Condamnés à une mort certaine, conduits à l'abattoir... Oh ! David ! dans quel monde vivons-nous ? Qu'avons-nous fait, nous, les Juifs ?

— Calme-toi, Leni, je t'en supplie.

Il se pencha, enserrant son visage entre ses mains.

— Dis-toi bien que nous n'avons rien fait, Leni, martela-t-il. Si tu commences à te poser la question, tu leur donnes raison, et il ne le faut pas, à aucun prix. Discutes-en avec Erich Schwabele. Tu sais, c'est un écrivain remarquable, qui s'est beaucoup interrogé sur les causes de la haine à l'encontre des Juifs. Il le répète dans ses livres comme dans la vie : Nous ne sommes pas coupables.

Il sentit que la jeune fille se détendait.

— Chez moi, le problème ne se posait même pas, reprit-elle d'une voix lointaine. Nous étions français, de religion juive. Ma famille avait réussi à quitter l'Alsace en 1870. Je me demande encore comment mes parents ont eu l'idée de me mettre à l'abri. En toute logique, nous ne nous sentions pas concernés.

David hocha la tête.

— C'est bien là le piège. Nous devons nous battre, Leni.

Elle pensa brusquement que David ne parlait jamais de lui. Elle ignorait d'où il venait, ce que faisaient ses parents, et n'osait pas lui poser de questions. Il en imposait avec sa haute taille. Sous ses cheveux bruns coupés très court, son visage était énergique, sa bouche volontaire. Quelle était son histoire ?

Il esquissa un sourire.

— Mieux vaut pour toi en savoir le moins possible. En revanche, n'oublie jamais que si par malheur tu étais arrêtée, tu devrais te cramponner à ta nouvelle identité. Tu es Marie-Louise Larcher.

Leni soutint le regard de David.

— Pour qu'il me reste une chance d'avoir la vie sauve, c'est ça ? Parce qu'en tant que Juive, je serais fatalement condamnée ? Et si moi, précisément, je veux assumer qui je suis vraiment ? Leni Salomon !

Les yeux verts de David s'assombrirent. Il saisit la jeune fille aux épaules.

— Tu dois vivre, Leni. Sinon, le combat perd tout son sens pour moi.

Les jeunes gens se regardèrent. Ils avaient presque peur, conscients de se trouver à un tournant décisif.

Leni rejeta la tête en arrière d'un air de défi.

— Et pourquoi donc ? lança-t-elle.

David l'attira contre lui, l'embrassa légèrement sur les lèvres.

— Tu le sais fort bien. Je n'ai pas le droit, cependant, de te dire que je t'aime. Pas maintenant.

Leni jeta un regard circulaire autour d'elle. Elle voulait tout garder en mémoire, le tablier en pierres blondes du pont roman, la lumière du soleil d'hiver dorant les toits, jouant avec le feuillage des oliviers qui argentait les collines, le ruban clair de l'Aygues... Elle voulait immobiliser cet instant, le garder précieusement dans son cœur.

Le soleil s'accrocha à ses cheveux fauves. La jeune fille dédia un sourire éblouissant à David.

— Redis-le-moi quand même, souffla-t-elle.

Ils remontèrent enlacés vers la place des Arcades où Leni avait laissé son vélo devant la vitrine de la librairie Pinet. Chaque fois qu'elle pénétrait dans ce magasin, elle avait l'impression de pousser la porte d'un univers merveilleux. Livres, cahiers, porte-plumes, bouteilles d'encre voisinaient avec des pastels et des fournitures pour les peintres qui venaient nombreux à Nyons, attirés par la lumière exceptionnelle.

David la serra une dernière fois contre lui avant de lui enjoindre de remonter en selle.

— Retourne vite au mas, lui intima-t-il. Passe par le chemin des Estangs, tu risqueras moins de faire de mauvaises rencontres. Et, surtout, dis bien à Nevart qu'elle reste sur le qui-vive.

Elle inclina la tête en guise de signe d'assentiment. Elle avait peur pour lui, tout en sachant qu'il était inutile de lui recommander la prudence. David irait jusqu'au bout de sa mission, quoi qu'il puisse lui en coûter.

Elle monta en selle. D'un geste empreint de tendresse, il lui noua son écharpe rayée bleu et noir – restrictions de laine obligeaient – sous le menton avant de se détourner. Elle le suivit d'un regard inquiet, le vit s'engager sous le passage du Tripot. Le cœur lourd, elle se mit en route. Elle avait hâte de le revoir au mas.

29 janvier 1944

Insomniaque depuis la guerre de 14, Paul avait pris l'habitude de s'occuper de son courrier en fin de soirée, au grand dam de Marthe qui lui prédisait les pires ennuis de santé. Ne pouvait-il comprendre, lui, un médecin, qu'il n'était pas invulnérable et qu'il avait besoin d'un certain nombre d'heures de sommeil ? Paul ne prêtait même plus attention à ce que racontait la vieille servante.

Lorsqu'il en avait assez, il lui disait : « Marthe, vous me fatiguez » et, vexée, elle allait s'enfermer dans la cuisine où elle faisait beaucoup de bruit en remuant ses marmites.

Ce soir-là, de guerre lasse, elle était allée se coucher en marmonnant. Un froid vif sévissait depuis plusieurs jours sur le pays. Il avait neigé sur la montagne d'Angèle, ce qui annonçait une recrudescence de rigueur. On était tout près de la Chandeleur. Marthe lui rabâchait depuis longtemps d'y prêter attention : ce jour-là, à l'ombre du loup, Paul guettait le soleil du 2 février. S'il ne se montrait pas, c'était tant mieux. En revanche, si l'ombre était importante, gare au mauvais temps qui ne tarderait pas !

Paul y songeait, histoire de se changer les idées. L'arrestation brutale des familles juives de Nyons ainsi que celle d'amis résistants l'avaient atteint. Dieu merci, les résistants avaient été libérés faute de preuves cinq jours plus tard. Il n'empêchait. L'étau se resserrait. En octobre 43, les maquisards avaient reçu des armes anglaises, principalement des mitraillettes Sten, parachutées sur un terrain relativement plat, proche de Nyons. Depuis décembre, les opérations de sabotage sur la voie ferrée s'étaient succédé, portant à son comble l'exaspération de l'occupant. Les Allemands avaient arrêté et déporté plusieurs personnes. La région était pour eux un véritable nid de terroristes, et Paul craignait des représailles. Nevart lui semblait inconsciente du danger. Sainte-Apollonie faisait corps avec elle, mais il redoutait une dénonciation venue d'on ne savait où.

Il plaça en haut de la pile de courrier une lettre émanant de Montdevergues. Mademoiselle Augustine lui demandait s'il pourrait faire un saut à l'asile début février. Il savait ce que cela voulait dire. Il aurait certainement un nouveau clandestin à convoyer dans la Juvaquatre.

Le caducée sur son pare-brise, ses papiers en règle lui avaient jusqu'à présent permis de circuler sans trop de problèmes. Pour combien de temps ? Il n'osait y songer. Il n'allait plus aussi régulièrement qu'auparavant à Montdevergues. Angèle était morte en octobre 43 et les médecins comme le personnel soignant s'étaient accordés à estimer qu'il s'agissait d'une délivrance. Se rendant aux arguments de Paul, Vincent avait fini par l'accompagner à l'asile à la fin de l'été. Sa sœur l'avait reconnu. Elle était alors si affaiblie qu'elle ne parvenait plus à sortir de son lit. Vincent avait été horrifié de découvrir les conditions de vie des patients internés. On mourait de faim à Montdevergues, malgré les efforts du personnel.

Vincent avait caressé, presque furtivement, la main amaigrie d'Angèle.

« Pardon », avait-il soufflé.

Face à cette ombre de femme au teint décoloré, l'homme robuste qui travaillait toujours aussi dur dans ses vignes avait perdu pied. Comme il l'avait expliqué un peu plus tard à Paul, il ne savait même pas pourquoi il lui avait demandé pardon. Pour toutes ces années perdues, ce silence obstiné. Pour ce sentiment aussi, honte et culpabilité mêlées, qui lui avait rongé le cœur et l'âme.

Paul, en tout cas, s'était senti soulagé. Comme s'il avait mené à bien une mission particulièrement importante.

A présent qu'Angèle reposait dans le cimetière Saint-Véran d'Avignon, puisqu'il n'y avait plus de place dans le carré de Montdevergues réservé à

Montfavet, les Jourdans semblaient apaisés. Comme s'ils avaient enfin réussi à surmonter le drame survenu en 1930, et surtout le scandale.

Paul soupira. D'autres préoccupations l'obsédaient. Il fallait harceler l'occupant afin de préparer le débarquement allié tant attendu.

Il tressaillit. On grattait à la porte avec insistance. La prudence aurait voulu qu'il fît la sourde oreille, mais il avait toujours détesté faire preuve de prudence. Il se leva, traversa son bureau et alla ouvrir la porte qui donnait directement sur le jardin. Un homme chancelant s'appuyait contre le chambranle.

— Docteur, j'ai besoin de vous, souffla-t-il.

Paul n'hésita pas.

— Venez, je vais vous soigner, offrit-il spontanément en soutenant le blessé.

43

Février 1944

La neige tombée en abondance au début du mois rendait les déplacements plus difficiles. Certains matins, Paul préférait effectuer ses visites à pied, en regrettant le temps où il possédait sa jardinière. Il se sentait las, et Marthe lui répétait qu'il aurait dû prendre un peu de repos. Plusieurs maquis avaient été attaqués au cours des jours précédents, et le docteur Paul avait été sollicité un peu partout. Il avait fallu cacher les blessés dans des granges de fermes amies, du côté de Condorcet ou de Taulignan. Paul avait extrait des balles à la lueur tremblante d'une lampe-tempête. Leni s'était proposée pour l'aider quand Stéphane, qui avait pris le maquis, était venu donner l'alarme au mas. La jeune fille avait soutenu le regard anxieux de Nevart.

« Ne vous inquiétez pas, je reviendrai », lui avait-elle promis.

Les deux femmes s'étaient étreintes. Toute recommandation était inutile. L'une et l'autre mesuraient les risques et les assumaient. Paul avait salué Nevart avec cette courtoisie un peu distante qu'il maintenait entre eux, comme pour éviter tout attendrissement. La jeune femme n'avait pas dissimulé son air soucieux en constatant à quel point le médecin était fatigué.

« Paul, vous n'êtes plus un jeune homme. Vous serez bien avancé lorsque vous vous serez tué à la tâche. »

Il avait souri, et ce sourire teinté de mélancolie avait profondément ému Nevart, lui rappelant des souvenirs qu'elle croyait enfouis.

« Chez moi, dans mes lointaines Ardennes, on avait coutume de dire : "Jamais froid, jamais malade, jamais mourir !" », lui avait-il répondu avant de faire demi-tour.

Elle avait esquissé le geste de le retenir, sachant très bien qu'elle ne le ferait pas. A quel titre, d'ailleurs ? Depuis une dizaine d'années, Paul et elle n'étaient plus que des amis.

Marthe avait alerté Nevart et Leni. Fin janvier, le docteur avait soigné un homme qu'elle aurait pour sa part, toute chrétienne qu'elle était, jeté à la rue. Il était venu frapper à sa porte en pleine nuit, et il avait fallu user une pile de charpie pour étancher le sang qui coulait de sa blessure. Marthe, appelée à la rescousse, n'avait pas aimé la façon qu'il avait de regarder un peu partout, ni ses yeux vairons, qui lui avaient procuré un sentiment de malaise. Le bonhomme disait avoir été blessé au cours d'un engagement entre maquisards et Allemands à Valréas, la veille. Il avait réussi à se cacher dans un fossé et avait gagné Sainte-Apollonie à pied dès la tombée de la nuit. Il saignait beaucoup, mais sa vie n'était pas en danger, aussi Paul l'avait-il conduit lui-même le lendemain jusqu'à Montélimar, où l'homme avait des relations.

Lorsque Marthe lui avait demandé pourquoi il ne l'avait pas caché dans une ferme amie, comme cela lui arrivait assez souvent, Paul avait eu l'air étonné.

« Je n'ai pas vraiment confiance en lui », avait-il avoué avec réticence. Il ne voulait en aucun cas le mettre en relation avec les réseaux de la région.

« Mais vous, docteur ? avait insisté Marthe. A présent, il sait que vous soignez les résistants blessés. »

Paul avait esquissé un sourire teinté de mélancolie.

« A mon avis, je suis déjà sur la liste noire ! De cette manière, je serai le seul impliqué. »

Marthe s'était signée à la hâte.

« Ne parlez pas de malheur, docteur ! »

« Ce blessé ne me dit rien qui vaille, avait-elle expliqué à Nevart. D'abord, il avait les mains un peu trop blanches pour un gars du maquis ! Nos jeunes scient du bois, s'entraînent au maniement des armes ou sont de corvée de pluches. Ils travaillent, quoi, et leurs mains le montrent bien ! »

Nevart comprenait ce que voulait dire la vieille servante, tout en se sentant impuissante. Elle-même avait fort à faire avec les enfants réfugiés au mas. Plusieurs alertes l'avaient obligée à les réveiller dans la première partie de la nuit afin de les emmener voir le soleil se lever sur la montagne. Elle n'avait pas eu besoin de réclamer le silence. Les enfants avaient tous un passé suffisamment douloureux pour comprendre la nécessité vitale de se taire. Emmitouflés, leur couverture sur le dos, des caoutchoucs aux pieds, ils partaient en file indienne vers une bergerie abandonnée où ils seraient en sécurité. Boumian, le chien qui avait succédé à Charlot mort de vieillesse au printemps 43, fermait la marche. C'était un chien de berger d'une taille imposante, qui prenait très au sérieux son rôle de gardien vis-à-vis des enfants.

Chaque fois qu'elle les emmenait ainsi dans la nuit, Nevart ne pensait qu'à une chose : mettre à l'abri ses pensionnaires. Elle tremblait d'angoisse quand Leni n'était pas rentrée au mas. Il arrivait que la jeune fille soit hébergée dans une ferme amie après avoir assisté Paul. Nevart avait l'impression qu'elle ne cesserait jamais de trembler. Pour Leni, pour Erich, pour Paul… Elle ne parvenait plus à se projeter dans l'avenir. Survivre, au jour le jour, tel était le dramatique enjeu, alors que résistants et maquisards étaient traqués sans merci.

Une semaine auparavant, un message codé de la BBC avait prévenu le chef Martial que le terrain de Raymond était accepté comme lieu de parachutage. Joseph, le « pianiste » du maquis de la Bellane, avait « passé commande » d'armes depuis plus d'un mois. David lui enviait son habileté à transmettre à Londres les renseignements rassemblés. Il travaillait à partir d'un émetteur-récepteur qui avait été parachuté plus d'un an auparavant. Pesant environ neuf kilos, l'appareil fonctionnait au moyen de batteries.

Lorsqu'il entendit à la BBC le message prévu, « Trois éléphants sont attendus ce soir », le lieutenant Martial désigna parmi les volontaires David, qui avait préparé l'opération, et Erich, devenu un vieux routier des parachutages. En compagnie de deux jeunes venus de Saint-Junien, dans la Haute-Vienne, ils enfourchèrent leurs vélos et descendirent vers la route d'Orange, empruntant les chemins de traverse où il y avait moins de risques de croiser des patrouilles allemandes. Raymond, qui devait se trouver prêt, plus particulièrement les nuits de pleine lune, les attendait à l'entrée de son terrain. Ils n'avaient pas de temps à perdre.

Ils balisèrent aussitôt la zone prévue pour le parachutage, en braquant vers le ciel leurs lampes torches. La zone ainsi délimitée, ils éteignirent leurs lampes et, cachés dans les fourrés, guettèrent dans la nuit d'hiver le ronronnement de l'avion tant espéré.

Erich ne voulait pas songer au trajet semé d'embûches de l'appareil venu d'Angleterre. A plusieurs reprises, déjà, des avions avaient été abattus par la DCA allemande. Or, ils avaient un besoin vital d'armes.

Raymond tendit l'oreille.

— On dirait bien... murmura-t-il.

Les hommes de l'équipe, aux aguets, guettèrent le ronronnement familier. L'avion suivait la vallée du Rhône.

— Il s'éloigne, soupira Jeannot, le Limousin.

Raymond secoua la tête.

— Non, le voici ! On dirait bien un Halifax.

En effet, le vrombissement s'était amplifié. Joseph, le « pianiste », ne s'était pas trompé. C'était bien pour cette nuit !

Ils allumèrent aussitôt leurs lampes torches, formant une sorte de T lumineux afin de délimiter la zone idéale pour le parachutage. L'avion décrivit un arc de cercle au-dessus d'eux avant de larguer une demidouzaine de parachutes.

A cet instant, David éprouva le désir irrépressible de crier à l'intention du pilote britannique qu'il voyait : « Emmenez-moi avec vous ! » Il ne le fit pas, bien sûr. De toute manière, il n'aurait jamais accepté de quitter le sol français sans Leni.

L'avion exécuta un second survol de la zone et lâcha six autres parachutes avant de reprendre la direction du nord.

« Vite ! » s'écria Erich.

Les cinq hommes s'affairèrent. Chacun savait ce qu'il avait à faire. Ramasser les containers, replier et camoufler les parachutes tout en surveillant qu'aucune patrouille ne s'annonçait... Raymond, vigneron, avait préparé une cuve à vin afin d'y cacher les armes larguées par les Anglais. Erich et David manifestèrent leur désappointement en constatant l'absence de fusils-mitrailleurs dans les containers. En revanche, il y avait une bonne centaine de mitraillettes Sten, des colts à barillet, des cartouches et, surtout, des pains de plastic, des crayons allumeurs et des détonateurs. Ils dissimulèrent le matériel, creusèrent le sol pour enterrer les containers et déguerpirent.

Sous le ciel clair, les cyprès encadrant la chapelle de Chausan paraissaient monter la garde. Erich se dit qu'avec un peu de chance, cette nuit encore, ils réussiraient à regagner le maquis de la Bellane.

Pour combien de temps ? Il refusait d'y songer.

Malgré le couvre-feu, Paul avait accepté l'invitation à dîner de Marceline au mas de Césarée.

« C'est juste pour l'anniversaire de mon frère, avait-elle précisé. Il va avoir cinquante-cinq ans, j'aimerais bien marquer le coup. »

Il ne fut pas vraiment surpris de se retrouver avec Nevart. Depuis vingt-deux ans qu'ils se connaissaient... Aïda et Leni montaient la garde : pour une fois, Nevart s'était accordé la permission de minuit, comme elle l'expliqua à ses amis en riant.

Tous quatre firent honneur au gratin de cardes et au gâteau de carottes concocté d'après une recette de guerre. Ils échangèrent des souvenirs. Vincent déboucha une bouteille d'eau-de-vie d'avant-guerre, distillée clandestinement dans l'alambic.

— A notre amitié, déclara-t-il gravement en levant son verre.

Nevart sentit le regard de Paul s'attarder sur elle. Elle lui sourit, s'efforçant de faire passer dans son sourire toute l'affection, toute la tendresse qu'elle lui portait. Boumian posa la tête sur ses genoux. Elle le caressa, presque distraitement, en songeant qu'elle s'était toujours sentie bien dans la cuisine du mas de Césarée.

— Je vous raccompagne, proposa Paul à Nevart.

Elle secoua la tête.

— Merci, Paul, rentrez chez vous. Je ne crains rien en compagnie de Boumian.

Elle avait besoin de marcher seule sur le chemin, en se guidant suivant la carte du ciel.

Paul la serra contre lui.

— Faites bien attention à vous.

Elle lut dans ses yeux qu'il allait ajouter « ma douce », comme il l'appelait longtemps auparavant, alors qu'ils étaient amants. Elle lui sourit. Elle aurait voulu lui dire qu'elle l'avait tant aimé. Ce n'était ni le lieu ni l'heure. De toute manière, il y avait Erich, désormais. Elle se contenta de presser son bras.

— C'était une si bonne soirée, murmura-t-elle d'un ton empreint de regret.

Elle se haussa sur la pointe des pieds, piqua un baiser sur sa joue.

— Bonne nuit ! lui lança-t-elle avant de s'engager sur le chemin menant aux Lavandes.

Boumian lui emboîta le pas. Les ombres violettes de la nuit les enveloppèrent tous les deux. Songeur, Paul alluma une cigarette. Il frissonna. Il n'avait pas envie de rentrer chez lui, d'affronter sa solitude. Pauline aurait eu trente et un ans la semaine passée. Lui qui détestait se souvenir des dates ne pouvait oublier la nuit où il avait accueilli sa fille dans ses bras.

La lune blanchissait le sommet des montagnes.

Combien de temps encore ? se demanda-t-il, le cœur étreint d'une sourde désespérance.

44

Avril 1944

Le mistral, soufflant depuis trois jours et trois nuits, avait balayé les nuages.

Le ciel, d'un bleu lumineux, annonçait une belle journée. De la fenêtre de son bureau, Paul apercevait les toits de Sainte-Apollonie dominés par le campanile ouvragé du clocher.

Cela faisait désormais vingt-cinq ans qu'il vivait en Drôme. Il s'y était enraciné, son unique regret étant de ne pas avoir fondé de famille – mais c'eût été impossible. La seule femme avec qui il aurait souhaité avoir un enfant avait repris sa liberté. Il ne voulait pas cultiver les regrets. Il se sentait vieux et las.

Il avala son bol d'ersatz de café debout et, comme chaque matin, fit la grimace car, pour un Ardennais, ce mauvais mélange d'orge grillée n'avait de café que le nom. Il alla rincer son bol dans l'évier et retourna dans le salon. Au piano de sa mère, il laissa ses doigts courir sur le clavier. Les premières notes de la symphonie n° 40 de Mozart envahirent la pièce. Il jeta un coup d'œil à la photographie de Cosima et de Pauline, posée sur le piano, et esquissa un sourire. Depuis près de trente ans, la musique restait pour lui un moyen de communier avec sa femme.

Des coups violents ébranlèrent la porte. Paul continua de jouer en respirant profondément. Depuis plusieurs semaines, il se sentait menacé, sans pour autant tenter de se mettre à l'abri. Il soignerait jusqu'au bout ceux qui avaient besoin de lui.

Il jeta un regard à sa montre, qu'il avait ôtée et posée sur le piano, comme chaque fois qu'il jouait. Elle indiquait sept heures trente.

Une quinzaine de soldats allemands accompagnés de civils firent irruption dans la maison du docteur Mailfait. Paul jouait toujours. Il ne s'interrompit qu'en voyant Marthe, enveloppée dans un châle, bousculée par les arrivants.

— Laissez cette femme ! intervint-il.

Il n'avait pas peur. Il se sentait seulement furieux.

Les hommes en vert l'entourèrent, le saisirent aux épaules, le faisant se lever de force. Il protesta, reçut un coup de crosse dans la poitrine qui lui coupa le souffle. Il aperçut Marthe qui sanglotait, voulut tendre la main vers elle. Un nouveau coup, plus violent que le précédent, l'en empêcha.

Il vit un jeune soldat s'emparer de sa montre, un autre saisir le cadre dans lequel Cosima souriait, le jeter au sol et le piétiner. Il s'élança malgré les hommes qui le tenaient. Un coup de feu claqua. Paul s'effondra.

Dans sa tête résonnaient deux phrases du poète résistant René Char, de L'Isle-sur-la-Sorgue, qu'il avait côtoyé à plusieurs reprises : « Je n'ai pas peur. J'ai seulement le vertige. »

C'était tout à fait ça, se dit-il avant de sombrer.

Le ciel était toujours très bleu, ce qui accentuait encore la tristesse et la colère des habitants de Sainte-Apollonie. Ils étaient tous venus accompagner le docteur Mailfait à sa dernière demeure, en bordure de la route menant à Grignan.

Marthe portait le deuil. Ratatinée dans ses vêtements noirs, soutenue par Marceline et Nevart qui l'encadraient, elle portait au front la marque du coup qu'elle avait reçu en s'interposant pour défendre Paul. Les Allemands avaient emmené le médecin dans une traction noire après avoir mis la maison à sac. Son corps affreusement torturé avait été retrouvé deux jours plus tard au fond d'une combe. Il avait été fusillé, alors qu'il devait à peine tenir debout.

Les maquisards de la Bellane l'avaient ramené chez lui dans la nuit ; aussitôt prévenus, Nevart, Vincent et Marceline avaient procédé à une toilette sommaire de son corps mutilé. La maison avait été saccagée, le piano défoncé. Nevart avait ramassé le cadre brisé et glissé la photographie de Cosima et de Pauline sur la poitrine de Paul. Elle avait longuement pleuré, se remémorant tout ce qu'ils avaient vécu ensemble. Elle se sentait à nouveau orpheline ; même après leur rupture, Paul avait toujours été là pour elle.

Marthe, encore sous le choc, avait bien reconnu parmi les civils accompagnant les soldats le blessé aux yeux vairons que Paul avait soigné fin janvier.

« Un traître », avait commenté Vincent, les poings serrés sur sa révolte, le visage fermé.

Marceline et Nevart n'osaient pas lui adresser la parole de crainte de le voir s'effondrer. Les deux femmes savaient en effet que le vigneron venait de perdre son meilleur ami, qu'il considérait comme son frère. Vincent avait tenu à porter le cercueil de Paul, en compagnie de trois jeunes gens de Sainte-Apollonie.

Nevart éprouva un violent sentiment de révolte lorsque le convoi pénétra dans le cimetière, entouré d'un muret de pierres sèches.

Jamais plus, se dit-elle tandis que l'abbé Bernin bénissait le cercueil de Paul.

Qui entonna le premier *La Marseillaise* ? Peut-être Vincent…

Nevart éclata en sanglots en entendant les habitants de Sainte-Apollonie reprendre l'hymne national. David, qui se tenait juste derrière elle, fredonna ensuite les premières mesures du *Chant des partisans*, « la Marseillaise de la Résistance », comme aimait à l'appeler Paul.

Un frisson parcourut l'assistance lorsque Nevart, d'une voix haute et claire, malgré les larmes qui ruisselaient sur ses joues, se mit à chanter :

Ici, nous vois-tu
Nous on marche et
Nous on tue
Nous on crève…
Ici, chacun sait
Ce qu'il veut, ce qu'il fait
Quand il passe
Ami, si tu tombes,
Un ami sort de l'ombre
A ta place…

D'un même mouvement, Erich et David firent un pas en avant. Tous deux risquaient gros en venant en plein jour assister aux obsèques de Paul mais, à cet instant, ils ne songeaient même pas qu'ils pourraient être dénoncés et arrêtés. L'un des leurs était tombé. Ils étaient venus lui rendre hommage et signifier, par leur présence, que le combat continuait.

Erich entoura d'un bras protecteur les épaules de Nevart. Elle frémit en voyant Germain, le fossoyeur, jeter la première pelletée de terre sur le cercueil de Paul. Elle s'avança, se pencha et posa trois brins de lavande séchée sur le bois de cyprès. Dans sa mémoire, résonnaient les vers d'Apollinaire, qu'elle avait lus dans la bibliothèque de Paul :

J'ai cueilli ce brin de bruyère
L'automne est morte souviens-t'en
Nous ne nous verrons plus sur terre
Odeur du temps brin de bruyère
Et souviens-toi que je t'attends.

Elle se détourna avec un sanglot étouffé.

Elle avait tant de souvenirs de Paul... jusqu'à cette dernière soirée passée avec Marceline et Vincent, quelques jours auparavant.

Leni lui prit le bras.

— Venez, rentrons à la maison.

Erich et David s'étaient éclipsés. Nevart regarda la jeune fille d'un air égaré avant de secouer la tête.

— Oui, tu as raison, il faut penser aux enfants.

L'odeur de lavande imprégnait sa main. Elle était pour elle indissociable du souvenir de Paul.

Les routes de lavande, prêtes à fleurir, promettaient une récolte exceptionnelle. Les abeilles ne s'y trompaient pas, et venaient déjà nombreuses butiner les hampes florales odorantes.

Nevart, cependant, ne semblait guère s'y intéresser. C'était bien la première fois qu'elle n'arpentait pas ses champs, attentive, afin de déterminer le moment de lancer la cueillette. Elle avait bien d'autres préoccupations ! Comme tous les résistants, elle guettait les messages de la BBC dans l'espoir d'une libération prochaine. Le débarquement des Alliés en Normandie, dix jours auparavant, avait suscité un déferlement d'enthousiasme. Les jeunes des maquis étaient descendus de leurs refuges au volant de voitures ou de camionnettes réquisitionnées, chantant et brandissant des drapeaux tricolores. Nevart avait participé à la liesse populaire, le cœur lourd pourtant. L'assassinat de Paul avait profondément marqué les esprits. Vincent, fidèle à la promesse faite sur la tombe de son ami, avait retrouvé la trace de l'homme aux yeux vairons et l'avait abattu dans une rue sombre de Montélimar. Il avait réussi à s'échapper et s'était réfugié chez des amis de Taulignan, afin de ne pas mettre sa sœur en danger. Les Allemands, cependant, disposaient toujours de forces importantes et s'étaient déjà livrés à d'atroces représailles, notamment à Valréas, qui avait eu le malheur de se trouver sur la route de la division de Waffen SS Brandebourg. Révoltées par les cinquante-trois fusillés de l'Enclave, Nevart et Leni s'étaient encore plus impliquées dans la lutte clandestine.

Grâce à son vélo, Leni jouait les agents de liaison entre Nyons, Dieulefit, Taulignan et Sainte-Apollonie. David était parti fin juin. Il devait rejoindre le siège de l'OSE à Genève afin de mettre au point de nouvelles filières pour les enfants. Leni et lui s'étaient séparés sur une brève poignée de main.

Il ne se sentait pas le droit de lui demander d'attendre son hypothétique retour. Il s'était contenté de lui recommander une nouvelle fois d'être prudente.

Impulsive et volontaire, Leni était trop souvent inconsciente des dangers encourus. Seule Nevart parvenait à la raisonner. Sans nouvelles de ses parents depuis plus de deux ans, Leni s'était rapprochée de Nevart à qui la liait une affectueuse complicité.

— Croyez-vous réellement que cette maudite guerre prendra fin un jour ? demanda la jeune fille un soir de juillet, alors que toutes deux s'affairaient à distiller la lavande.

Nevart releva la tête. Ses yeux brillaient.

— Il faut y croire ! répondit-elle d'une voix vibrante. De toutes nos forces. Sinon, les nazis auront gagné.

Leni garda le silence. La nuit les enveloppait lentement et la jeune fille se sentait oppressée. Elle songeait aux Juifs sarrois de Nyons, dont on n'avait jamais eu de nouvelles, et la révolte grondait en elle.

Elle se tourna vers Nevart.

— J'ai peur, souffla-t-elle.

Cet aveu de la part de Leni la forte tête, la rebelle, était si inattendu que Nevart ne trouva pas tout de suite les mots pour lui répondre. Elle se contenta de l'attirer contre elle et de lui caresser doucement les cheveux.

— Je sais, ma grande, je sais, lui dit-elle.

L'orage grondait dans le lointain.

— Vite ! reprit Nevart.

Les deux femmes se hâtèrent. L'instant des confidences était passé. Mais leur angoisse, palpable, ne s'était pas dissipée.

45

Juillet 1944

Le wagon à bestiaux plombé dans lequel s'entassaient des centaines de femmes roulait dans la nuit vers une destination inconnue. Tout s'était déroulé trop vite pour que Leni et Nevart aient le temps d'avoir peur. C'était d'ailleurs une idée chère à Erich.

« Le jour où nous avons dépassé la peur, on ne peut plus rien contre nous », avait-il un jour confié à Nevart.

Les deux femmes avaient été arrêtées à quelques minutes d'intervalle alors qu'elles transportaient dans leurs sacoches de vélo des tracts et des journaux clandestins. Un banal contrôle sur la route de Montélimar avait suffi à faire basculer leur destin. Lorsque Nevart, jetée sans ménagement dans une traction noire, avait découvert Leni déjà assise à l'arrière, le visage tuméfié, elle avait feint l'indifférence tout en priant pour que sa jeune amie ne révèle pas sa véritable identité.

« Vous avez de la chance, leur avait dit l'officier allemand qui les avait reçues à la Kommandantur de Montélimar. Vos amis du maquis nous causent trop de soucis pour que nous perdions notre temps avec vous. »

Il avait esquissé un sourire ironique avant d'ajouter : « Ne soyez cependant pas trop pressées d'arriver à votre lieu de destination. Vous comprendrez là-bas ce que je veux dire. »

Il bluffe, avait pensé Leni. Ses joues la brûlaient. On l'avait giflée, malmenée, plus par colère, lui semblait-il, que pour obtenir des informations. Sur ce point, l'officier allemand avait dit vrai. Partout dans le Luberon, les Basses-Alpes, le Ventoux, le Nyonsais, les maquis tentaient des coups de force visant à retarder par tous les moyens les forces ennemies.

Bousculées, Leni et Nevart s'étaient retrouvées au fort de Montluc où elles avaient passé une nuit avant d'être dirigées sur Compiègne. Là-bas, on les avait emprisonnées à Romainville – entassées, plutôt, dans une cellule déjà surpeuplée où elles avaient rejoint d'autres résistantes. Pendant la nuit passée à Montluc, Nevart avait réussi à convaincre Leni de ne pas dévoiler sa véritable identité. Elle-même avait pris le pli de l'appeler « Lou », pour Marie-Louise.

« Pense à tous les enfants que nous avons réussi à sauver. Le père Ulysse a assisté à mon arrestation, il préviendra Aïda. Mais si toi tu pars pour un camp d'extermination, j'aurai l'impression d'avoir échoué », avait murmuré Nevart.

Elle était bouleversée. Leni était comme sa fille. Il lui fallait tenir, rester Marie-Louise Larcher. C'était aussi une forme de résistance. Elle avait parlé une bonne partie de la nuit, usant de toute sa force de persuasion. Quand Leni, vaincue, s'était assoupie contre son épaule, Nevart avait pleuré de soulagement. Son seul but, désormais, était de sauver la jeune fille.

L'interminable voyage, dans des conditions épouvantables, dura quatre jours et quatre nuits. Dévorées par la soif, n'ayant aucun moyen de se soulager, les prisonnières luttaient pour sauvegarder leur dignité. Ce fut impossible, cependant, à leur arrivée au camp de Ravensbrück, entouré d'un mur et d'une enceinte électrifiée, surveillé par des miradors.

Dans le wagon, Nevart avait essayé de préparer Leni. Elle avait suffisamment discuté avec Erich et leurs amis résistants pour savoir ce qu'étaient les camps de concentration, qui existaient déjà en Allemagne avant la guerre. Nevart eut l'impression que tout recommençait en entendant les hurlements des gardiens, leurs insultes, les aboiements des chiens. Ce n'était plus Boros, son petit frère, qui courait à ses côtés, mais Leni. Elle, elle réussirait à la sauver.

Il faisait froid, bien que ce fût l'été. Une odeur insupportable imprégnait le camp. Les ordres et les coups plurent. Vite, vite, se déshabiller, donner ses bijoux, ses photos... Cela aussi, Nevart l'avait déjà connu. Cette fois, cependant, parce qu'elle était une femme et non une fillette, elle le vécut comme la négation de ce qu'elle était. Leni et elle s'efforçaient de ne pas se regarder, comme les autres femmes de tous âges. Elles étaient nues, sans défense. Une personne très digne d'une cinquantaine d'années ne parvenait pas à retirer son alliance. Un gardien la coupa brutalement à l'aide d'une pince. Un murmure de réprobation courut le long des rangs. Les coups s'abattirent, accompagnés d'insultes. Tout le monde se tut. La première leçon avait été comprise. Ne rien dire, se faire oublier, pour tenter de survivre. Sans abdiquer pour autant sa capacité de révolte.

— *Los, los !* hurla une femme en uniforme.

Les prisonnières, toujours nues, toujours serrées les unes contre les autres, se mirent à courir dans la direction indiquée. On les fit attendre devant un bâtiment avant de les envoyer aux douches. Puis attendre de nouveau dehors, nues et grelottantes, avant de recevoir leur tenue : une chemise et une culotte grises à force d'avoir été lavées sans savon, une robe rayée marquée dans le dos d'un grand K. Elles se virent attribuer un numéro et furent sommées de l'apprendre par cœur en allemand. Une déportée française vint leur expliquer qu'elles n'avaient plus de nom, seulement ce numéro qu'il faudrait broder sur la manche de la robe de bagnarde, en dessous d'un triangle rouge indiquant la catégorie des « politiques ».

Leni regarda ses mains d'un air désolé.

— Je ne sais pas broder, souffla-t-elle.

Il lui semblait avoir débarqué sur une autre planète, où plus rien n'avait de sens. Impression qui se confirma au cours des jours suivants : après la période de quarantaine – trois semaines durant lesquelles les prisonnières étaient enfermées dans un block – elles découvrirent avec stupeur et effroi les conditions de survie au camp.

Les déportées constituaient une main-d'œuvre d'autant plus appréciable qu'elle ne coûtait rien. Celles qui mouraient d'épuisement, de mauvais traitements ou de maladie – la dysenterie, par exemple, était endémique – étaient aussitôt remplacées.

Pendant les appels interminables – ceux du matin duraient trois heures, ceux du soir beaucoup plus – il fallait garder le silence, sous peine d'être rouée de coups. On ne devait à aucun prix se pencher pour relever une camarade qui tombait. Celle-ci demeurait à terre jusqu'à la fin ou bien on la forçait à se remettre debout à coups de bâton.

A la fin de la première semaine, Leni, qui se sentait horriblement sale – il existait en tout et pour tout une vingtaine de lavabos dans le *Waschraum* et seulement dix W.-C. pour mille femmes, d'une saleté repoussante –, se laissa tomber sur le sol souillé du block et gémit :

— Nevart, je n'aurai jamais la force de tenir.

Son amie s'inclina vers elle, caressa doucement son crâne rasé.

— C'est notre seul moyen de résister, lui dit-elle. Regarde le mal qu'ils se donnent pour nous exterminer !

Son ironie arracha un sourire à Leni. Michelle, une de leurs camarades du block, prisonnière depuis déjà un an, leur avait expliqué qu'il ne fallait jamais se plaindre ni même donner l'impression d'être affaiblie. En effet, comble du sadisme, les déportées âgées ou malades étaient envoyées au *Jugendlager*, le camp de jeunesse, distant du grand camp d'environ deux kilomètres. En guise de repos, on y obligeait les femmes à rester debout, immobiles, cinq à six heures par jour en plein air, le vent venu de la Baltique les glaçant jusqu'aux os. De plus, les pauvres créatures voyaient leur ration alimentaire, déjà nettement insuffisante, réduite de moitié. Dans leur état de faiblesse, elles ne survivaient pas longtemps dans ce qui était censé être un camp de repos. Celles qui ne mouraient pas assez vite étaient soit fusillées, soit gazées.

Il valait mieux, également, ne pas être obligée de se rendre à l'infirmerie, le *Revier*. Michelle, qui y avait été affectée quelques jours, y avait vu opérer « *Schwester* Vera ». Cette terrifiante infirmière administrait une piqûre de poison à des prisonnières qu'on retrouvait ensuite mortes sur le sol. Dans ces conditions, les femmes se défiaient de l'infirmerie encore plus que de l'appel biquotidien qui constituait pourtant une épreuve, même pour les plus résistantes.

— Nous avons de la chance dans notre malheur, reprit Nevart. Nous nous serrons les coudes.

La solidarité, en effet, n'était pas un vain mot à Ravensbrück. Les déportées se regroupaient par nationalité, ce qui favorisait l'entraide. Michelle, qui avait été médecin « dans une autre vie », veillait à ce que des suppléments de nourriture soient distribués en priorité aux plus affaiblies. Chaque femme qui travaillait dans l'entreprise de récupération de vêtements militaires, l'*Industrie-Hof*, s'efforçait de subtiliser de petits morceaux de tissu en prévision du terrible hiver. N'appelait-on pas cette région du nord-est de l'Allemagne « la petite Sibérie » ? Pour sa part, Leni refusait l'idée même de passer l'hiver dans cet enfer.

— Les Alliés ont débarqué en juin, ils viendront nous libérer avant Noël, répétait-elle comme une litanie.

Nevart n'avait plus de certitudes. A quarante ans, elle ne se faisait guère d'illusions quant à ses chances de survie. Elle désirait avant tout sauver Leni. Si elle avait pu émettre un autre souhait, c'eût été de voir Erich, de se serrer contre lui. Lorsqu'elle se sentait trop épuisée, elle fermait les yeux, s'imaginait dans ses champs de lavande.

L'illusion ne durait jamais longtemps. Il y avait le froid, la promiscuité, la crasse, les aboiements des chiens, les coups et les insultes des kapos, la faim qui vous tordait l'estomac, la peur. Nevart avait l'impression de revivre la marche forcée de 1915.

Josépha, une de leurs camarades, professeur d'université, avait lancé l'idée de créer une sorte de musée imaginaire de la poésie. Chacune des femmes de leur block récitait, le soir, l'un de ses poèmes préférés et, l'espace de quelques minutes, les portes d'un autre monde s'entrouvraient pour les prisonnières à qui l'on avait tenté de retirer toute dignité. C'était une autre forme de résistance, une façon de tenir debout malgré tout. Leur groupe était soudé par des liens d'indéfectible amitié. Leni et Nevart faisaient équipe pour courir aux cuisines chercher les bidons pleins d'un ersatz de café et les rapporter devant le block. Avant de se mettre en route pour subir l'appel, les femmes ne pouvaient boire qu'un quart de litre de décoction de glands grillés, particulièrement amère, et non sucrée. Tant pis pour les retardataires, elles partiraient le ventre creux, sous les coups de bâton de la surveillante, l'*Aufseherin*. Venait ensuite l'appel, un véritable supplice sous les intempéries. Le vent terrible s'engouffrait sur la place du camp, faisait vaciller les prisonnières grelottant dans leur robe beaucoup trop légère. Tout leur groupe surveillait Roselyne, âgée de cinquante ans, qui avait des œdèmes aux jambes. Combien de temps encore pourrait-elle tenir ? Les femmes avaient vite compris que les œdémateuses étaient souvent les victimes désignées pour le camp de repos. Roselyne s'accrochait. Elle avait été arrêtée à Lyon alors qu'elle transportait des pains de plastic. Elle avait dû être une belle femme mais, à présent, elle accusait beaucoup plus que son âge. Le groupe faisait corps autour d'elle, en se disant que chaque jour écoulé était un jour de gagné.

— Gagné pour quoi ? soupirait Jenny, une jeune femme épuisée par des crises de dysenterie.

Sans médicaments, Michelle était impuissante à la soigner.

De temps à autre, Leni connaissait des accès de révolte. Elle songeait à David, se demandant s'il était seulement encore en vie. La nuit elle rêvait, lorsqu'elle parvenait à s'endormir dans le block surpeuplé, qu'elle s'avançait vers les SS en criant : « Tuez-moi, qu'on en finisse ! »

Sans Nevart à ses côtés, elle l'aurait certainement déjà fait. Son amie la soutenait, l'épaulait, s'efforçant de lui insuffler jour après jour le désir de poursuivre la lutte.

— Si nous baissons les bras, ils auront gagné, répétait-elle.

Marie-Léonie, une résistante parisienne, partageait avec Nevart la volonté de tenir bon, coûte que coûte. Etant la plus ancienne « politique » française de Ravensbrück – Seigneur ! pensait Nevart, comment avait-elle réussi à survivre dans cet enfer depuis un an et demi ? – Marie-Léonie travaillait dans les bureaux de l'administration du camp, ce qui lui permettait de venir en aide à ses compagnes en les inscrivant, quand elle le pouvait, dans des kommandos de travail moins épuisants que ceux de bûcheronnage ou de terrassement. A Ravensbrück, les prisonnières étaient avant tout considérées comme de la main-d'œuvre gratuite, exploitable jusqu'à ce qu'elles soient trop épuisées pour fournir un labeur efficace. Chaque matin, la sélection s'opérait durant l'appel. Des entreprises avaient besoin d'ouvrières pour fabriquer des munitions. C'était l'une des hantises des Françaises. Surtout, ne pas donner des armes à leurs bourreaux ! D'autres entreprises passaient commande du nombre d'ouvrières dont elles avaient besoin. Elles étaient alors envoyées dans tout le pays, par convois de plusieurs centaines, accompagnées d'*Aufseherinnen* et de chiens. Epuisées, peu ou pas nourries, ces femmes travaillaient un minimum de douze heures par jour jusqu'à la mort. Elles étaient alors le plus simplement du monde remplacées par de nouvelles équipes. Le système était tragiquement simple dans sa barbarie. Ce qui faisait le plus peur à Nevart, c'était ce que les prisonnières appelaient entre elles le « rouleau compresseur », un énorme rouleau de ciment d'un mètre cinquante de diamètre et de trois mètres de long, pesant entre huit et neuf cents kilos, qui servait à tasser le mâchefer pour les fondations des routes du camp. Chaque fois que Nevart apercevait sa silhouette massive, elle frissonnait. Cette machine monstrueuse évoquait pour elle l'esclavage de l'Antiquité.

Le mois de décembre, de plus en plus glacial, accentua encore les souffrances des prisonnières. Chaque appel devenait une torture, malgré les pulls que Nevart avait réussi à soustraire dans le cadre de son nouveau travail. Marie-Léonie, en effet, était parvenue à la faire inscrire dans l'équipe chargée de trier les vêtements des arrivantes. Cela lui avait permis de dissimuler quelques chandails que les prisonnières glissaient sous leur robe trop mince. Elles n'étaient pas suffisamment protégées, cependant, contre les assauts du vent et la température qui chutait. La nuit, elles se serraient les unes contre les autres sur leurs paillasses dans lesquelles poux et puces proliféraient. Les fenêtres des blocks, dépourvues de carreaux, laissaient entrer le froid mortel. Malgré leurs efforts, Roselyne, qui déclinait de jour en jour, fut désignée au cours de la sélection matinale pour la chambre à gaz. Sous les regards horrifiés de ses amies, elle monta dans le camion arrêté devant leur block, se retourna pour saluer d'un signe de la main les Françaises. Son attitude était empreinte de tant de dignité et de courage que Nevart s'essuya les yeux d'une main rageuse. Le sinistre camion dans lequel les gardiennes avaient embarqué quarante femmes trop malades ou affaiblies pour fournir un travail productif démarra, s'engageant sur la petite route qui longeait le lac.

Un silence pesant régnait sur tout le camp, chacune des femmes priant pour les victimes désignées. Le bruit du moteur s'arrêta près des deux cheminées du crématoire. On ne se donnait même plus la peine de raconter que les condamnées allaient aux douches. Il n'y eut pas de cris, pas de supplications, rien que ce silence impressionnant qui faisait frissonner les prisonnières impuissantes.

Pendant l'appel du soir, elles ne pouvaient s'empêcher de voir les feux du crématoire éclairer la nuit, au-dessus du camp. Ce soir-là, Leni serra les poings.

— Nous devons rester en vie. Ne serait-ce que pour témoigner de leurs crimes, souffla-t-elle avec force.

Nevart hocha la tête. Dans cet enfer qu'était Ravensbrück, elle comprenait brusquement que la mort ô combien injuste de Roselyne avait un sens. Elle redonnait le goût de vivre, le désir de se battre à la plupart de ses amies.

46

Avril 1945

Parfois, Marceline se disait que ses chèvres les avaient sauvés, les enfants et elle. Dès que Gabriel, le fils du boulanger de Sainte-Apollonie, était venu donner l'alerte aux Lavandes, expliquant à bout de souffle que Nevart et Leni avaient été appréhendées sur la route, Aïda avait compris qu'il fallait faire vite pour sauver les enfants.

Ils étaient douze, alors, au mas. Douze qui seraient arrêtés, envoyés à une mort certaine. Aïda en avait dépêché cinq au mas de Césarée, sous la conduite d'Irène. Elle avait emmené avec elle les plus petits, âgés de six à dix ans, jusqu'à la Baume ; les deux aînés, des jumeaux de quinze ans, avaient rejoint le maquis de la Bellane.

Marthe, qui, depuis l'assassinat de Paul, venait aider aux Lavandes, avait gardé la maison de Nevart. Elle ne savait rien, et était fort capable de jouer les vieilles séniles. En d'autres circonstances, elle se serait beaucoup amusée à berner les Allemands qui se présentèrent aux Lavandes à la tombée de la nuit. Ce soir-là, elle avait bien trop peur. Non pas pour elle, car elle estimait avoir fait son temps sur terre, mais pour les enfants.

Effrayée, elle se mit à trembler si fort qu'elle laissa tomber sur le sol de tomettes la casserole qu'elle était en train d'essuyer. Les hommes sombres la bousculèrent, la menacèrent, en vain. Elle répéta en pleurnichant que madame Tchekalian n'était pas rentrée, et ils finirent par repartir, en proférant de nouvelles menaces. Heureusement qu'Aïda avait emmené Boumian ! se dit Marthe en se laissant tomber sur une chaise de cuisine. Le chien de Nevart aurait sauté à la gorge des Allemands et se serait fait tuer.

Erich passa aux Lavandes deux nuits plus tard. Les traits tirés, le visage blême, il était méconnaissable. Il recommanda à Marthe, qui somnolait dans la cuisine, de ne pas quitter le mas. Aïda la rejoindrait dès que les enfants seraient hors de danger.

Il resta un long moment dans la chambre de Nevart, éprouvant un horrible sentiment d'angoisse face au décor familier. Fidèle aux consignes de la Résistance, Nevart n'avait gardé aucune pièce compromettante dans sa maison. De toute manière, elle lui avait confié un jour se défier des souvenirs. N'ayant rien pu emporter de la ferme familiale, elle ne s'entourait pas de photographies ni d'objets précieux. Pour elle, seuls comptaient les êtres humains. Elle avait des livres sur sa table de chevet, des recueils de poèmes, Hugo, bien sûr, et Baudelaire, dont elle connaissait les œuvres par cœur.

Erich se pencha, passa le plat de la main sur la couverture des *Fleurs du mal.* Il était mortellement inquiet depuis l'arrestation de Nevart et de Leni et l'impuissance à laquelle il était réduit le révoltait. Grâce à leur réseau, il avait su que les deux femmes avaient transité par Montluc avant d'être envoyées au fort de Romainville. Ensuite elles avaient disparu dans la nuit des camps. Lui qui connaissait l'horrible réalité en avait perdu le sommeil. Il imaginait Nevart rasée, rouée de coups, morte peut-être, et l'angoisse le disputait en lui à la colère. Il était reparti rejoindre ses compagnons du maquis. On se battait encore, au pied du Ventoux mais aussi autour de Nyons.

Désormais, Erich n'avait plus qu'un but. Retrouver Nevart, la sauver.

Avril était exceptionnellement froid.

Marceline ajouta une grosse bûche dans la cheminée avant de se tourner vers son visiteur. Depuis plusieurs mois, David effectuait un véritable travail de détective, mettant tout en œuvre pour retrouver les parents des enfants cachés. Pour ce faire, il disposait des informations du système de fichiers codés de l'OSE dont une partie avait été dissimulée dans le jardin de l'évêché de Nice. La plupart des familles avaient été déportées. Il fallait préparer les enfants à cette réalité, eux qui avaient souvent choisi d'occulter tout un pan de leur vie pour réussir à survivre.

David était sans cesse sur les chemins, à Paris, à Marseille, à Lyon. Il ne prononçait pas le nom de Leni mais il n'en avait pas besoin. Marceline pensait sans répit à la jeune fille, indissociable dans son esprit de Nevart.

— Vous allez souper avec nous, dit-elle sans lui laisser le loisir de décliner son invitation.

La porte s'ouvrit, laissant passer un courant d'air glacial. Irène s'empressa de refermer le battant.

— Je me suis occupée des chèvres, annonça-t-elle.

Marceline lui sourit.

— Merci, ma grande.

Les premiers temps, la bergère ne savait pas quelle attitude adopter avec les enfants. Elle n'avait pas l'habitude, elle se sentait maladroite… Alors, plutôt qu'à elle-même, elle avait fait confiance à ses chèvres. Ses bêtes étaient douces et il faisait bon dans la chèvrerie. C'était un endroit réconfortant, qui avait mis les enfants à l'aise. Marceline leur avait avoué sans fard qu'elle ignorait si Nevart et Leni étaient encore en vie mais qu'elle le souhaitait de tout son cœur. Elle leur avait ouvert toutes les portes du mas de Césarée, jusqu'au petit salon de sa mère, et elle avait eu l'impression que la vieille maison revivait, enfin.

Elle n'avait pas demandé l'accord de son frère, le plaçant pour une fois devant le fait accompli, mais Vincent n'avait pas émis d'objection. Depuis la mort de Paul, il avait profondément changé. Lui qui s'était placé en observateur durant les années d'occupation, refusant de s'impliquer dans la Résistance comme son ami – non par peur, mais parce qu'un ressort en lui était brisé –, avait rejoint les rangs des combattants de l'ombre et ne passait plus au mas de Césarée que de loin en loin.

Marceline aurait désiré parler avec lui, réussir à rompre ces années de silence. La guerre de 1914, la mort de son fiancé, la maladie d'Angèle… Le frère et la sœur n'avaient jamais vraiment pu évoquer ces sujets tabous.

— Votre frère va bien ? s'enquit David, comme s'il avait suivi le cours de ses pensées.

Marceline haussa les épaules.

— Bien… c'est vite dit ! Toujours par monts et par vaux, comme s'il avait du temps à rattraper. A son âge, ce n'est guère raisonnable.

Elle n'en dit pas plus, et David respecta son silence. Ils connaissaient tous deux la raison de sa visite. Sur les cinq enfants que Marceline avait gardés au mas de Césarée, quatre étaient repartis au fil des mois retrouver un membre de leur famille ayant échappé aux persécutions nazies. Seule Irène était restée.

Les mains de Marceline tremblèrent tandis qu'elle servait la soupe. Elle n'osait pas poser la question qui lui brûlait les lèvres. De son côté, David prenait son temps. Il imaginait que Leni allait pousser à son tour la porte et lui sourire. Il avait mal à en crier.

— Que vas-tu faire ? lui demanda Marceline, le tutoyant pour la première fois, en tendant vers lui l'assiette de picodons tout frais et le pain.

A cet instant, il prit conscience du regard qu'Irène faisait peser sur lui. C'était un regard d'adulte.

— Ils sont morts, n'est-ce pas ? questionna-t-elle d'une voix assourdie.

Chaque nuit, elle revivait le cauchemar de la rafle du Vél' d'Hiv, elle entendait le cri de sa mère : « Irène ! », elle tentait de la rejoindre, sachant au fond d'elle-même qu'elle n'y parviendrait pas.

David secoua la tête.

— Nous ne les avons pas retrouvés, mais cela ne veut rien dire. Tous les camps ne sont pas libérés. Ce qui se passe là-bas, à l'est de l'Allemagne et en Pologne, dépasse l'entendement.

Il serra les poings, se refusant à imaginer le calvaire de Leni et de tous les autres déportés, qu'ils soient Juifs ou résistants.

Irène soutint son regard.

— Je sais que maman est morte, reprit-elle, sa voix se faisant lointaine. Je le sais, répéta-t-elle, sans pour autant m'empêcher d'espérer.

Marceline, la pudique, osa alors un geste incroyable pour qui la connaissait. Elle se pencha et serra la main d'Irène, très fort.

— Tu as sans doute raison d'espérer, lui dit-elle. Je tiens seulement à te dire que tu es ici chez toi. Tu peux rester au mas de Césarée le temps qu'il te plaira.

Elle se tourna vers David.

— La petite ira toujours à l'école de Sainte-Apollonie ?

— Cela ne pose pas de problème à partir du moment où vous êtes considérée comme sa famille d'accueil, Marceline.

David fit peser sur la chevrière un regard empreint de mélancolie.

— J'assiste depuis quelques semaines à des scènes déchirantes. Certains enfants cachés ne reconnaissent pas leurs parents, ou bien refusent de quitter leur famille d'adoption. Un jour ou l'autre, Irène risque de partir, parce que nous aurons retrouvé l'un de ses parents. Vous devez en être consciente, Marceline.

La sœur de Vincent hocha gravement la tête.

— J'accepte ce risque qui, d'ailleurs, constituerait un grand bonheur pour Irène. A condition que la petite veuille bien rester chez moi.

L'adolescente se leva de table et alla se blottir contre Marceline.

— Nous attendrons ensemble le retour de Leni, dit-elle.

David blêmit. Il pouvait, à présent, répondre à la question que Marceline lui avait posée quelques minutes auparavant.

— Je vais partir, annonça-t-il aux deux femmes. Là-bas, en Allemagne, c'est le chaos. Si Leni est encore en vie, je la retrouverai.

C'était atroce, se dit-il, de prononcer ces mots terribles : « Si Leni est encore en vie. » Il voulait y croire, de toute son âme.

Marceline lui sourit.

— Dis-toi bien que Nevart fera tout pour la sauver. Elle n'abdiquera jamais.

David ne répondit pas. Il avait eu accès à des documents, à des photographies qui témoignaient avec une cruelle impudeur de la barbarie nazie. Certes, il ne doutait pas du courage et de la vaillance de Nevart, mais il se demandait si elle avait survécu. Cela faisait désormais plus de huit mois qu'elles avaient été arrêtées. Il n'osait penser à ce qui avait pu leur arriver.

Marceline soutint son regard.

— Ramène-les au pays, pria-t-elle.

47

Le vent, le vent terrible venu de la Baltique, soufflait en rafales rageuses qui transperçaient les robes usées des prisonnières. Leni serra les dents, faisant appel à toute sa volonté pour ne pas tituber. Il régnait une telle pagaille dans les camps que les appels duraient moins longtemps. La fin était proche, répétait Marie-Léonie à ses camarades, afin de soutenir le moral des Françaises. Les prisonnières qui travaillaient dans les bureaux du camp communiquaient aux autres les traductions des communiqués officiels du *Völkischer Beobachter*. Sous les phrases de propagande, on comprenait que le Reich vivait ses derniers jours. D'ailleurs, la confusion, les ordres contradictoires de leurs bourreaux prouvaient combien ils avaient peur. Cependant, le nombre des exécutions ne diminuait pas, bien au contraire. Marie-Léonie, Nevart et Michelle, les « doyennes » de leur block, redoutaient une extermination massive.

« Nous sommes devenues des témoins gênants », estimait Michelle. Elle avait réussi à travailler à l'infirmerie du camp et en profitait pour tenter de protéger ses amies. La solidarité n'avait jamais été aussi forte. Il fallait tenir, malgré le froid, malgré l'épuisement, malgré la faim.

Je ne dois pas avoir peur, se répétait Nevart. Si je me laisse gagner par la peur, nous sommes perdues.

Elle avait cru mourir lorsqu'elle s'était retrouvée désignée pour faire partie du kommando poussant le monstrueux rouleau compresseur. C'était un travail horrible, qui donnait encore plus aux femmes le sentiment d'être devenues des esclaves. Marie-Léonie, qui connaissait tant de poésies, avait d'ailleurs cité de mémoire à Nevart, le soir venu, un extrait de « Cri perdu », de Sully Prudhomme :

Quelqu'un m'est apparu très loin dans le passé :
C'était un ouvrier des hautes pyramides
Adolescent perdu dans ces foules timides,
Qu'écrasait le granit pour Chéops entassé.

Or ses genoux tremblaient ; il pliait, harassé
Sous la pierre, surcroît au poids des cieux torrides ;
L'effort gonflait son front et le creusait de rides ;
Il cria tout à coup comme un arbre cassé.

Ce cri fit frémir l'air, ébranla l'éther sombre,
Monta, puis atteignit les étoiles sans nombre
Où l'astrologue lit les jeux tristes du sort ;

Il monte, il va, cherchant les dieux et la justice…

L'espace de quelques minutes, le silence s'était fait dans le block glacial et surpeuplé. Toutes les femmes avaient les larmes aux yeux. Pourtant, pas question de pleurer, affirmait Leni. Elle avait l'impression d'être devenue dure, pour mieux se protéger. Chaque jour, il fallait se battre pour obtenir son bol de soupe, vital, afin de ne pas s'effondrer. Leni avait paniqué le matin où elle avait remarqué les premiers fils blancs dans les cheveux de Nevart. Ils avaient commencé à repousser mais une mèche blanche tranchait sur la chevelure sombre. Nevart avait esquissé un sourire indéfinissable quand Leni lui en avait parlé.

« Peut-être que ma mère aurait eu la même mèche blanche, si elle avait survécu aux massacres de 1915 », avait-elle déclaré d'une drôle de voix, lointaine, comme détachée. Ce jour-là, Leni avait pris peur. Elle avait secoué Nevart sans ménagement, s'effrayant de sentir les os poindre sous la robe trop mince.

« Tu dois te battre ! s'était-elle écriée. Si tu lâches prise, nous mourrons toutes. »

Elle avait ajouté, presque méchamment : « Nous sommes en 1945, Nevart. Le passé est le passé, il faut le laisser de côté. »

Cependant, Nevart était trop épuisée pour réagir. Le rouleau compresseur avait eu raison de ses forces, de sa combativité. Si les SS la voyaient dans cet état, ils l'enverraient aussitôt à la chambre à gaz.

Quelques jours auparavant, le 2 mars, le SS Pflaum n'avait-il pas raflé toutes les femmes aux cheveux gris qu'il avait aperçues dans le camp ? Leur colonne avait été gazée le jour même.

Paniquée, Leni avait couru prévenir Michelle, en trébuchant dans ses sabots. Le médecin avait volé pour Nevart l'autorisation de rester au block sans travailler. Grelottante de fièvre, elle s'était recroquevillée sur sa paillasse infestée de poux, sans même réussir à se lever à l'heure de la soupe. Ses amies s'étaient relayées le matin pour lui apporter un bol de café.

Tout le corps de Nevart lui faisait mal. Elle n'avait plus la force de se battre. Les yeux fermés, elle s'évadait par la pensée vers ses champs de lavande, imaginant le parfum si familier de la « bleue ». Durant plusieurs jours, Leni, paniquée, avait eu l'impression de ne plus pouvoir communiquer avec son amie. Nevart s'était enfermée dans une sorte de monde intérieur pour oublier l'enfer de Ravensbrück.

Pendant ce temps, les Françaises du block tenaient conseil. Elles avaient assisté à l'arrivée au camp d'épaves humaines venues d'Auschwitz, rescapées des sinistres « marches de la mort », et ces survivantes, presque exclusivement des jeunes femmes, leur avaient raconté qu'on les avait jetées sur les routes par un froid de moins vingt degrés, à pied, sous les coups et les insultes des SS qui redoutaient d'être rattrapés par les Russes. Celles qui tombaient ou qui étaient trop épuisées pour suivre le rythme infernal étaient exécutées.

« Ici, au moins, même s'ils nous ont retiré les couvertures, nous avons un toit », avait fait remarquer Michelle.

Les Françaises avaient donc décidé de tout mettre en œuvre pour rester au camp. Les Russes ne devraient plus tarder. La canonnade se rapprochait. Chaque jour, des forteresses volantes passaient dans le ciel.

— Si seulement... murmurait Leni.

Elle ne parvenait plus à mettre des mots sur ses souhaits. Sortir vivante de cet enfer, avec Nevart et leurs autres camarades, revoir David... Elle n'osait même plus espérer retrouver ses parents. Elle avait peur, comme toutes les prisonnières, que le commandant du camp ne fasse tuer tout le monde afin d'éliminer des témoins plus que gênants. Cependant, il ne pouvait détruire les chambres à gaz ni les crématoires. A moins de tout faire sauter ?

Les Françaises échafaudaient les hypothèses les plus folles. L'approche inexorable des Russes imposait un plan de survie des prisonnières. Toutes nationalités confondues, elles s'entendirent pour assurer l'ordre dans le camp si par chance les SS l'abandonnaient. C'était comme un rêve, à peine ébauché. Pourtant, malgré les bombardements des voies ferrées, malgré le bruit du canon, des femmes étaient toujours assassinées à Ravensbrück.

Leni, que Michelle avait réussi à inscrire comme assistante à l'infirmerie, était confrontée à l'innommable, l'inconcevable. Des femmes enceintes, des nouveau-nés étaient envoyés à la chambre à gaz, alors même que les Russes devaient se rapprocher de Berlin. Leni avait le sentiment de vivre un cauchemar, de ne plus avoir de points de repère, hormis Nevart, qu'elle suppliait de tenir.

A l'épaisse fumée noire montant des crématoires venait s'ajouter une horrible odeur, celle des cadavres entassés dans le camp parce que les fours ne suffisaient plus à leur sinistre tâche.

Leni s'isola derrière un block et vomit. Affectée à l'infirmerie, elle venait d'empiler avec d'autres camarades plusieurs dizaines de cadavres sur une charrette avant de les déverser pêle-mêle sur un tas.

— Dis-toi qu'elles ne souffrent plus, lui conseilla Michelle, la voyant revenir horriblement pâle.

Leni secoua la tête. Ses cheveux fauves, longs de quelques centimètres, formaient un contraste saisissant avec son teint blême et ses yeux verts. La faim, les souffrances endurées, l'épuisement n'étaient pas parvenus à l'enlaidir.

— Je n'en peux plus ! s'écria-t-elle avec force. Je vais leur dire, moi, que je suis juive. Qu'ils me tuent, qu'on en finisse…

Michelle se rapprocha d'elle et, à deux reprises, elle la gifla. Ensuite, elle l'attira dans ses bras.

— Pleure, Leni, pleure, souffla-t-elle. Pleure sur nos amies assassinées mais n'oublie pas ce que nous a crié Colette, le jour où ils l'ont emmenée : « Dites-le au monde entier ! » Si nous nous faisons tuer pour en finir plus vite, ils auront gagné. Sur tous les plans.

Leni, en larmes, regarda ses mains, couvertes de cals et d'écorchures.

— Je sens la mort, murmura-t-elle. C'est insupportable.

Tout, ici, est insupportable, eut envie de lui répondre Michelle. Chaque jour, elle se demandait comment tenir, face aux crimes et à la barbarie de leurs bourreaux. Jusqu'au moment où elle décidait de ne plus se torturer. Il fallait tenir, tout simplement. Etre plus fortes qu'eux.

Marie-Léonie les rejoignit en coup de vent. Son visage émacié portait la marque d'un coup de crosse reçu plusieurs mois auparavant.

— Le kommando qui revient du bûcheronnage a aperçu des camions de la Croix-Rouge ! cria-t-elle.

Les trois femmes se regardèrent. Michelle, qui était croyante, se signa.

— Ce n'est plus qu'une question de jours, estima-t-elle. Leni, va vite le dire à Nevart.

Elle ne savait pas si elles pourraient toutes être sauvées, mais il existait un espoir. Un espoir fou, qui la soulevait.

— Nevart, je t'en prie, ne t'effondre pas, murmura Leni à son amie.

Les Russes bombardaient la Prusse et, d'après les échos de la canonnade, se rapprochaient de plus en plus mais, à Ravensbrück, on continuait à faire l'appel.

— Ils essaieront de nous exterminer jusqu'au bout, souffla Marie-Léonie.

La rage l'aidait à tenir.

Une nouvelle sélection allait être effectuée. Nevart eut un vertige. Revoir Erich une dernière fois, s'installer devant sa maison pour contempler ses champs de lavande, retrouver ses amis... Elle se raidit.

L'un des SS les plus redoutables, capable de tuer une femme à coups de botte, les fit défiler une par une. Au loin, le canon tonnait. Le vent rabattait sur le visage des prisonnières la poussière noire, collante, provenant des fours.

Leur bourreau divisa leur groupe en deux. Leni et Nevart se trouvèrent séparées. Elles échangèrent un regard éperdu. Nevart sourit à la jeune fille.

— C'est bien ainsi, murmurèrent ses lèvres desséchées.

L'attente se prolongea, interminable, sous les assauts du vent.

Avant d'être renvoyée dans son block avec Michelle et d'autres camarades, Nevart aperçut Leni et les membres de son groupe qui franchissaient la porte du camp. Elles portaient de nouvelles robes sans numéro ni triangle rouge, et leurs visages exprimaient l'incrédulité.

— Elles partent dans des camions de la Croix-Rouge, annonça Marie-Léonie.

Nevart ferma les yeux. Leni était sauvée.

Lorsqu'elle les rouvrit, elle passait devant le tas de cadavres plus haut chaque jour. Elle frissonna dans la robe usée qui ne la protégeait pas du froid glacial. Malgré la présence de ses amies, elle se sentait seule, désespérément seule.

La Jeep, conduite d'une main sûre par Samuel, se faufila sur la route boueuse entre les trous d'obus. Le ciel, couleur d'étain, pleurait. Le pays, dévasté, offrait le spectacle d'un champ de ruines, mais ce n'était rien comparé aux visions d'horreur que Samuel et son compagnon avaient découvertes à Dachau. Journaliste américain d'origine juive, Samuel Lewiston avait couvert la plupart des combats depuis l'entrée en guerre des Etats-Unis. C'était un petit homme râblé âgé d'une quarantaine d'années. Il croyait assez bien connaître la nature humaine mais, lorsqu'il s'était retrouvé face aux squelettes vivants en tenue rayée de bagnards et aux monceaux de cadavres, il avait eu l'impression de basculer dans l'horreur.

Les camps d'extermination étaient différents des champs de bataille en ce sens que les règles étaient faussées dès le départ. Il n'existait aucune possibilité de salut pour les déportés.

Samuel jeta un coup d'œil à l'homme avec qui il faisait équipe depuis plusieurs semaines. Pas très causant, Schwabele. Il était juif, lui aussi, mais avait une pointe d'accent allemand. Il avait dû subir une batterie de tests, un nombre invraisemblable d'entretiens, avant d'être enfin accrédité comme correspondant de guerre. Une lettre de son éditeur avait témoigné en sa faveur. Même s'il était né allemand, Erich avait quitté son pays depuis 1933 et mené une résistance active en France.

Samuel et Erich avaient reçu pour mission de retrouver les vestiges des communautés juives en Europe. Ils n'étaient pas sortis indemnes de leur visite à Buchenwald et à Dachau. Pendant que Samuel s'indignait tout en prenant photo sur photo, Erich gardait le silence.

— Tu cherches quelqu'un ? en vint à lui demander Samuel, intrigué par la façon qu'il avait de scruter les visages creusés des déportés.

— Oui, ma femme, répondit Erich.

Il avait fini par savoir que Nevart et Leni avaient été emmenées vers l'est, à destination de la Pologne ou de l'Allemagne orientale. Nevart n'était pas juive et Leni avait de faux papiers fort bien faits. En toute logique, les deux femmes ne devaient pas se trouver à Auschwitz, à l'origine camp d'extermination réservé aux Juifs.

Il essayait de se raccrocher à ce genre de détails afin de ne pas sombrer. Samuel ne pouvait pas comprendre. Il n'avait plus de famille proche en Europe. Le soir, Erich tapait le compte rendu de la journée sur l'Underwood qu'on lui avait fournie à l'AFP. Il ne reconnaissait plus rien de l'Allemagne dans ce pays dévasté, sillonné par les troupes russes, américaines et britanniques. Des milliers de personnes erraient sur les routes, chassées par les bombardements de Dresde et par l'avance de l'Armée rouge qui terrorisait les Allemands.

Lorsqu'ils pénétrèrent dans Berlin, la conquête de la ville par les Soviétiques était réalisée depuis plusieurs jours. Le drapeau de l'URSS flottait au-dessus du Reichstag. La Potsdamer Platz, entièrement détruite par les bombardements, n'offrait plus aucune ressemblance avec l'endroit extrêmement animé qu'elle était avant la guerre. Erich griffonna de nombreuses notes sur son carnet tandis que Samuel prenait des photographies de ce qui restait de la capitale du Reich.

Erich était si angoissé au sujet de Nevart qu'il parvint à traverser Berlin sans trop d'états d'âme. De toute manière, pour lui, ce n'était plus sa ville. S'il fermait les yeux, il revoyait l'autodafé de 1933, l'atmosphère de fête barbare et le visage blême de son père. Ce jour-là, il avait décidé de partir. Les phrases écrites par Brecht dans « A ceux qui naîtront après nous » lui revinrent en mémoire :

Vous qui émergez du flot
Dans lequel nous aurons sombré,
Pensez
Quand vous parlerez de nos faiblesses
Aux sombres temps
Dont nous sommes sortis.

Samuel se racla la gorge.

— Vous étiez berlinois, n'est-ce pas ? Quand êtes-vous parti ?

— Il y a très longtemps. En 1933.

Brusquement, Erich se souvenait de tout. Pas seulement des autodafés mais aussi de la profession de foi en faveur du nouveau régime exigée en octobre 1933 de chaque écrivain et de l'obligation, pour pouvoir publier librement, d'être *deutschblutig*, de sang allemand.

— Je ne suis plus d'ici, déclara-t-il d'une voix lointaine. Ma maison se trouve dans le sud de la Drôme.

Il n'avait qu'un but, qu'un désir. Y retourner très vite en compagnie de Nevart.

Ils prirent la direction de Ravensbrück, au nord de Berlin.

Michelle passa la main sur le front de Nevart en se demandant combien de temps encore son amie résisterait à la fièvre qui la rongeait.

Le camp avait été libéré par les Soviétiques quelques jours auparavant, mais le cauchemar n'était pas terminé pour autant. Les forces alliées de l'Est et de l'Ouest n'étaient pas préparées à ce qu'elles découvraient. On manquait de tout et, surtout, d'infrastructures pour acheminer les survivants et les malades vers un lieu d'hébergement. Les derniers jours d'avril avaient été marqués par une confusion invraisemblable au sein du camp. Pourtant, la chambre à gaz avait encore fonctionné, éliminant les plus malades, notamment les tuberculeuses. Michelle avait soutenu Nevart durant les derniers appels. Plus de mille prisonnières avaient réussi à partir dans les camions de la Croix-Rouge suédoise. On chuchotait qu'Himmler avait mené des négociations individuelles afin de tenter de sauver sa peau. Parmi le groupe des Françaises, Leni et Virginie étaient hors de danger. Michelle, en tant que médecin, avait choisi de rester au camp afin de soigner les plus affaiblies, qui étaient les plus âgées, Marie-Léonie et Nevart.

Juliette passa la tête dans l'entrebâillement de la porte du block.

— Les Américains arrivent ! annonça-t-elle à Michelle.

Les déportées attendaient des autobus qui les ramèneraient en France. Les médecins demeurés au camp s'efforçaient de soigner les survivantes parmi l'amoncellement de cadavres. La situation était dantesque, inconcevable pour qui n'avait pas vécu l'horrible logique d'extermination du régime nazi.

— Je viens, dit Michelle.

Nevart devait voir les Américains, elle aussi. Michelle l'aida à se soulever de son châlit, l'entraîna dehors. Nevart tituba sous les assauts du vent venu de la mer, qui tourbillonnait autour d'elles. Elle fit plusieurs pas, malgré tout, soutenue par Michelle.

Elle aperçut une Jeep qui s'arrêtait sur la place centrale du camp. Deux hommes en descendirent. Nevart, incrédule, contempla le plus grand.

— Erich ! souffla-t-elle avant de s'évanouir.

La transparence de l'air, la qualité exceptionnelle de la lumière annonçaient une belle journée d'août. La lavande avait été coupée sous la responsabilité d'Aïda. Le parfum pénétrant de la « bleue » flottait encore au-dessus des champs.

Pieds nus, encore menue dans sa longue chemise de nuit, Nevart s'avança sur le seuil de sa maison. Boumian, attentif au moindre de ses gestes, l'accompagnait. Elle prit une longue goulée d'air, consciente d'être en vie. Les rescapées de leur block qui avaient été soignées en Suisse après une période de quarantaine s'étaient promis de savourer le temps qui leur restait à vivre. Certaines s'étaient repliées sur leurs souvenirs. Nevart, elle, avait parlé, parlé, avec Leni qui était venue la retrouver. Jusqu'au jour où toutes deux s'étaient écriées : « Ça suffit ! »

Leni et David s'étaient mariés une semaine auparavant à la mairie de Sainte-Apollonie. Ayant tous deux perdu leur famille, ils avaient décidé d'aller vivre en Palestine dès qu'ils le pourraient. Pour le moment, ils se consacraient au retour à une vie normale des enfants cachés.

Chaque fois qu'elle contemplait son pays qu'elle aimait tant, Nevart se disait qu'elle avait bien gagné sa nationalité française. Elle n'oubliait pas pour autant son Arménie natale, mais celle-ci faisait figure, désormais, d'une sorte de paradis perdu. Le paradis de l'enfance, de l'innocence... Si elle voulait se reconstruire, elle devait avancer.

Lorsqu'ils s'étaient retrouvés à Ravensbrück, Erich et elle, elle l'avait vu pleurer pour la première fois. Il l'avait enveloppée dans sa veste et l'avait emmenée dans la Jeep, sans tenir compte des conseils de Michelle, qui criait que Nevart était malade. Elle avait la gorge et les poumons en feu mais elle s'en moquait bien. Ils étaient ensemble, enfin !

Elle ignorait encore comment il s'était débrouillé pour dénicher cette chambre dans une coquette maison épargnée par les bombardements. La fenêtre ouvrait sur la mer, et c'était ce dont Nevart avait besoin pour mieux respirer. Avec des gestes très doux, il l'avait déshabillée, lui ôtant son horrible robe élimée marquée d'un triangle rouge, et lui avait donné un bain. Elle avait pleuré en découvrant son corps squelettique, sa poitrine creuse, les rides de son visage mais, tout en la lavant, il l'embrassait et lui répétait qu'il l'aimait. Ce bain, c'était pour Nevart comme une renaissance. L'impression que la vie, hors du camp, reprenait ses droits. Ce jour-là, Erich l'avait sauvée une deuxième fois en lui laissant entrevoir qu'il existait un avenir, que tout n'était pas perdu. Après seulement, un médecin américain était venu. Il parlait d'infection pulmonaire, d'anémie, de dénutrition, mais Nevart ne l'écoutait pas vraiment. Elle regardait Erich, et tous deux savaient qu'elle vivrait. Parce qu'elle voulait retourner au pays.

Elle fit quelques pas sur le seuil, heureuse de sentir la chaleur du soleil sur son corps. Un caillou roula sur le sentier. Boumian dressa les oreilles.

Nevart sourit. Comme chaque matin, Erich lui apportait du lait de chèvre tout frais. Marceline affirmait qu'il n'existait pas de meilleur fortifiant.

— Habille-toi, je t'emmène faire le tour de tes champs, lui dit-il.

Elle le regarda. La maturité lui allait bien. Depuis la chute du régime nazi, il semblait avoir surmonté ses vieux démons. Le livre qu'il achevait racontait son parcours. Elle avait été bouleversée en lisant certains extraits, car il ne faisait pas mystère de l'amour qu'il éprouvait pour elle.

Il la serra contre lui, s'émouvant de la sentir encore si fragile.

— Je suis plus robuste que tu ne le crois, lui lança-t-elle en riant.

Elle désirait avoir un enfant. Très vite, avant d'être trop vieille.

La veille, elle s'était rendue en fin d'après-midi au cimetière. Marceline et Vincent l'avaient accompagnée. Elle avait prié sur la tombe de Paul avant d'y déposer un bouquet de lavande. De nouveau, elle avait pensé qu'aucun homme, pas même Erich, ne l'aimerait comme Paul l'avait aimée. Elle le gardait dans son cœur, avec sa famille.

La vie l'appelait, elle pouvait s'accorder le droit d'être heureuse, à présent. Tous les enfants recueillis aux Lavandes avaient été sauvés, de même que Leni et Irène. Cette fois, elle n'avait pas failli.

Ils auraient leur enfant, Erich et elle. Parce que, malgré tout, la vie continuait.

Les racines du cœur

1960

Parfois, les souvenirs étaient si prégnants qu'elle devait se lancer dans une multitude d'activités pour ne pas se laisser abattre. Ce que David ne manquait pas de lui reprocher !

Il ne pouvait pas comprendre, se disait-elle. Seule Nevart partageait avec elle la tragique expérience vécue au camp de Ravensbrück. Quinze années s'étaient écoulées depuis la libération du camp mais la blessure était toujours là, jamais refermée. Malgré son empathie, David, son mari, n'avait pas connu les appels interminables dans le froid glacial, les coups, la faim lancinante, la promiscuité, l'épuisement, et la peur, permanente. Malgré son amour, il ne pouvait pas se mettre à sa place.

Leni esquissa une moue. David l'aimait-il toujours autant ? A la fin de la guerre, tout paraissait aller de soi. Ils s'étaient mariés très vite à Sainte-Apollonie, en présence de leurs amis. David et elle n'avaient plus de famille.

Elle avait longtemps caressé l'espoir de retrouver ses parents, avant de se rendre à l'évidence. Ils avaient disparu dans la nuit des camps d'extermination. Elle ne discuterait plus de ses livres préférés avec sa mère, n'écouterait plus son père évoquer avec passion sa dernière intervention chirurgicale. Helena et Aaron Salomon étaient morts, emportés par la folie des hommes.

Certaines nuits, Leni les appelait, et l'écho du silence la désespérait. Elle retenait alors ses larmes. Elle n'avait pas le droit de se plaindre. Elle avait survécu.

Si seulement David et elle avaient pu avoir un enfant ! Son ventre demeurait obstinément plat, et elle le vivait de plus en plus mal. Tous deux avaient fini par ne plus en parler, et ce sujet devenu tabou empoisonnait leur couple à petit feu.

Ils avaient eu tant de projets... Partir pour Israël, avoir deux, trois enfants...

Finalement, ils avaient trop attendu, occupés à rechercher les familles des enfants juifs sauvés par l'OSE[1].

1. Œuvre de secours aux enfants. Association juive créée en 1912 qui a sauvé plus de cinq mille enfants durant la Seconde Guerre mondiale.

Conformément au désir exprimé par Leni, ils avaient fait l'acquisition de champs d'oliviers. La jeune femme s'était passionnée pour l'oléiculture, elle qui était tombée sous le charme des oliviers en arrivant à Nyons.

Le terrible gel de 1956 avait brisé net leurs rêves d'expansion. Ils avaient perdu plus des deux tiers de leurs arbres. Leni entendait encore le bruit sinistre des troncs qui éclataient, après que le thermomètre avait chuté, elle revoyait les squelettes noircis des oliviers qui lui serraient atrocement le cœur.

Elle avait couru chez Nevart chercher un peu de réconfort. David, le visage fermé, les mâchoires serrées, contemplait le désastre sans mot dire.

Nevart et Erich avaient tenté de les encourager, en vain. Nevart se consacrait toujours à la culture de la lavande et Erich écrivait. Leur fils, Walther, allait sur ses quatorze ans. A quarante ans passés, Nevart avait réalisé son rêve le plus fou, donner naissance à un enfant. La femme blessée avait gagné en sérénité mais c'était toujours la même Nevart, prompte à lutter contre les injustices. Elle restait un modèle pour Leni.

La jeune femme détourna la tête des vignes.

David n'avait rien voulu entendre et acheté des vignes après la catastrophe du grand gel. Vignes qui n'intéressaient pas vraiment sa femme.

« Je n'y connais rien ! » lui répétait-elle avec obstination.

Elle avait repris ses études littéraires et, depuis la dernière rentrée, enseignait à l'école de Vaison-la-Romaine. Ils habitaient Vinsobres, un village cerné de vignes, dans un mas retapé par leurs soins. Des scourtins jetaient des taches de couleur sur les tomettes d'origine. Leni avait blanchi les murs tandis que David aménageait une salle de bains moderne. Leur chambre, sous les toits, ouvrait sur le mont Ventoux.

Ils auraient pu y être heureux.

Tu ne vas tout de même pas gémir sur ton sort ! s'exhorta Leni.

L'été, déjà bien entamé, tournait à la canicule. Elle arrosait chaque soir leur potager tandis que David surveillait avec inquiétude la maturation de ses vignes. Ses vignes ! se dit-elle avec humeur, lui qui ne s'y connaissait guère en matière de vin. Pourquoi avait-il refusé de replanter des oliviers ? De toute manière, ils tiraient toujours le diable par la queue, et les prochaines vendanges ne feraient pas d'eux des millionnaires !

Elle réprima un soupir.

Elle aurait aimé posséder la force de caractère de Nevart, sans mesurer que celle-ci avait été acquise au fil des épreuves.

Que leur arrivait-il ? se demanda David, en suivant du regard la silhouette élancée de sa femme.

Auparavant, ils se disaient tout, il était son meilleur ami tout autant que son amant. Orphelins l'un et l'autre, ils étaient devenus fusionnels.

Seulement... le temps avait passé, et leurs chemins avaient divergé. Leni consacrait beaucoup de temps à la préparation de sa classe, s'occupait d'une association féminine d'entraide, était bénévole à la bibliothèque de Vaison...

« Ma femme est un vrai courant d'air », aimait-il à dire.

Il croyait savoir pourquoi elle s'étourdissait ainsi, sans partager son besoin de se disperser. Lui était différent, les pieds solidement enracinés dans la terre, et ne déviait pas du but qu'il s'était fixé.

Avec un peu de chance, il finirait bien par redresser leur situation financière. Des voisins lui avaient conseillé de se rapprocher de la coopérative, ce qui ne cadrait guère avec son caractère indépendant. Pourtant, il savait qu'il devrait s'y résoudre tôt ou tard.

Il haussa les épaules. Si seulement ils avaient eu un enfant...

Il aurait trouvé en lui la force de se battre.

— La vie, ma Leni...

Nevart s'interrompit quelques instants, comme pour donner plus de poids à ce qu'elle allait ajouter.

Elle considéra avec affection celle qu'elle aimait comme sa fille. Leni, avec ses cheveux auburn et ses yeux bleus, ressemblait encore à l'adolescente rebelle qu'elle avait sauvée durant la guerre. Mais son regard avait perdu de son intensité, comme si elle-même s'était perdue en chemin.

Elle posa la main sur la sienne.

— Ta vie sera ce que tu en feras, lui dit-elle avec force. Bats-toi, pour toi, pour vous, pour tes rêves.

Leni esquissa un sourire empreint de mélancolie.

— Mes rêves... je ne sais même plus si j'en ai !

Nevart fronça les sourcils.

— Pas de ça avec moi, ma belle ! Toi et moi savons d'où nous revenons. Nous n'avons pas le droit de lâcher prise.

Le silence tomba. Brusquement, le décor – la place Montfort, à Vaison, la terrasse où elles s'étaient installées pour boire un Perrier, les bavardages des touristes – se dilua dans le passé, et Leni songea à leurs compagnes disparues, pour lesquelles elles avaient juré de poursuivre le combat.

Gênée, elle rougit.

— Oui, je sais, murmura-t-elle.

Elle redressa la tête. Nevart sourit, franchement.

— Je comprends ce que tu ressens, crois-moi. Parfois, je me dis que la charge est trop lourde, que je n'y parviendrai pas... Et puis, je repars, en bon petit soldat.

Elles rirent toutes les deux. Un rire un peu cassé, qui révélait leurs fêlures.

— Demande-toi ce qui te comblerait, reprit Nevart. Et mets tout en œuvre pour l'obtenir.

Un enfant. Leur enfant. Ses oliviers.

Leni soutint le regard de son amie.

— Merci, souffla-t-elle.

La véraison, moment où les grains de raisin ramollissaient et où ils passaient du vert au rouge vif, enthousiasmait David. Il avait l'impression de toucher bientôt au but. Encore quelques semaines de patience et il pourrait commencer à vendanger. Le meilleur moment de l'année !

Dommage que Leni ne le soutienne pas plus, se dit-il. C'étaient les vacances scolaires et, pourtant, elle disparaissait de plus en plus souvent, à bicyclette ou bien au volant de leur 2 CV. Elle revenait de ses sorties en arborant un air mystérieux qui agaçait prodigieusement David.

Parfois, il éprouvait une sorte d'angoisse en imaginant qu'elle avait rencontré un autre homme. Il se reprenait aussitôt après. Non, Leni était trop droite pour le trahir. De plus, ils s'aimaient.

David avait toujours eu de la peine à s'exprimer. Il s'inquiétait... sans parvenir à avoir un véritable échange avec sa femme. Il y avait tant à faire... Il s'était lourdement endetté et, la nuit, se réveillait souvent, angoissé à l'idée de ne pouvoir honorer ses échéances. Il sentait Leni lointaine, indifférente presque, comme si cet enjeu des premières vendanges ne la concernait pas. Et, de nouveau, l'inquiétude le tenaillait.

Bien sûr, il y avait le problème de l'enfant. Pragmatique, David en avait fait son deuil. Peut-être que cela ne devait pas être, s'était-il répété des centaines de fois. Leur passé, leur situation d'orphelins n'arrangeaient rien. C'était exactement comme s'ils avaient été coupés de leurs racines et n'avaient pas eu de bourgeons.

Deux arbres stériles... voilà ce que nous sommes, pensa-t-il. Il ne le dirait jamais à Leni, bien entendu, ce serait cruel. D'ailleurs... peut-être pensait-elle la même chose.

La main en visière, il scruta le chemin menant à leur maison. Leni n'était toujours pas en vue.

Il se sentit abandonné.

Il avait fallu mettre Nevart dans le secret, ne serait-ce que pour ne pas se trahir. Son amie avait d'abord tiqué. « Tu es sûre ? » Avant d'ajouter : « Je n'aime guère les cachotteries. » Pour, finalement, décider : « Allez, je te couvre. C'est bien parce que c'est toi ! »

De son côté, Leni n'éprouvait plus de scrupules. Après tout... David aurait dû l'écouter un peu plus, prendre son avis. Au lieu de quoi, il s'était lancé dans la viticulture alors qu'il n'y connaissait rien.

Elle avait donc tout réglé en cachette de son mari. Son travail à Vaison justifiait ses déplacements. Elle s'arrêtait sur le chemin du retour pour voir Timothée. Ces rencontres prenaient de plus en plus de place dans sa vie.

Avec lui, elle pouvait donner libre cours à ses rêves. Il l'écoutait, et elle se sentait de nouveau importante pour quelqu'un.

A partir de septembre, David et Leni vécurent pratiquement séparés. Lui passait tout son temps dans les vignes tandis qu'elle prenait la route chaque matin pour se rendre à Vaison où elle retrouvait ses élèves de CP. Au retour, elle s'arrêtait à Villedieu, et devisait avec Timothée.

Aussi passionné qu'elle, il lui apprenait une foule de choses.

Auprès de lui, elle avait l'impression de revivre au terme d'un long hiver.

De son côté, David s'estimait satisfait de ses premières vendanges. Il avait fini par se rapprocher de la coopérative viticole, ce qui lui avait apporté un soutien logistique bienvenu. Il se sentait un peu rassuré. Si seulement Leni ne s'était pas éloignée !

Il se demandait de plus en plus si elle n'avait pas rencontré un autre homme. N'était-ce pas la seule explication à son changement d'attitude ? Elle rentrait de plus en plus tard, disparaissait le jeudi après-midi sans lui donner d'explication et, surtout, était beaucoup plus gaie.

Il aurait bien demandé conseil à Nevart, sans pour autant oser franchir le pas. Nevart l'avait toujours impressionné. A cinquante-cinq ans, elle était devenue une figure marquante dans la région. On citait en exemple aussi bien son activité de résistante que sa réussite dans la filière de la lavande.

Il redoutait, aussi, son jugement. Ne risquait-elle pas, en effet, de lui demander s'il rendait Leni heureuse ? Or, il ne possédait pas la réponse à cette question. Il y avait encore cinq ans, c'était différent. Mais il y avait eu la perte de leur espoir d'enfant, le grand gel… Leur vie avait basculé.

Il soupira. Il devait passer à la coopérative pour un stage d'initiation à l'œnologie. Il n'avait pas le temps de s'appesantir sur ses états d'âme. Il lui fallait avancer.

— Tu repars encore ? lança David à sa femme.

Leni rayonnait. Elle portait un pantalon noir, un chandail rouge, et un caban rouge et noir. Il la trouva lumineuse, radieuse, et éprouva un pincement au cœur. Ce n'était certes pas grâce à lui ou à cause de ce qu'ils auraient pu partager, puisqu'ils vivaient quasiment comme deux étrangers.

Elle lui sourit.

— J'ai à faire. Je rentrerai à la tombée de la nuit, promis.

Il laissa échapper un rire teinté d'amertume.

— Encore heureux ! Moi, j'irai peut-être chez Sophie et Gilles. Depuis le temps qu'ils m'invitent…

Leni s'abstint de tout commentaire. Elle n'appréciait guère ces amis de David, qu'elle trouvait superficiels et peu intéressants. David partageait son avis… avant.

Face au silence de sa femme, il insista, maladroitement :

— Tu es sûre de ne pas vouloir m'y rejoindre ?

— Totalement ! De plus, je te rappelle que Sophie et moi sommes en froid.

Cela remontait à la dernière fausse couche de Leni, celle qui avait marqué la fin de leurs espérances. Sophie, un brin gaffeuse, avait lancé étourdiment : « Au moins, tu échapperas aux vergetures et à tous les autres désagréments d'une grossesse ! »

Remarque que Leni n'avait pas supportée. Blessée, elle tourna le dos à son mari et quitta le mas. Décidément, se dit-elle, il ne comprendrait jamais rien à rien !

De son côté, accablé par son impair, David songeait qu'il manquait pour le moins de délicatesse. Comment se rattraper ?

Toujours tenaillé par la jalousie, il entreprit de suivre la 2 CV de Leni en Solex. Il suffisait de la laisser prendre de l'avance. De toute manière, peinte en jaune vif, elle était aisément reconnaissable. Il la vit se diriger vers Mirabel, bifurquer pour emprunter le chemin du gué et se retrouver sur la route de Villedieu. La 2 CV disparut brutalement et il esquissa un geste de dépit. Il l'aperçut tout de suite après, cahotant sur un chemin de terre. La main en visière devant les yeux, David prêta à peine attention au ciel d'un bleu incroyable, presque trop pur. Il vit Leni rejoindre un homme dans un champ d'oliviers. Un homme à l'allure plutôt jeune, grand, costaud… David crispa les mâchoires. S'agissait-il de son rival ?

Sans plus prendre de précautions, il s'engagea à son tour sur le chemin de terre.

Surpris par le bruit du moteur, Leni et l'inconnu tournèrent la tête vers lui. S'il pensait surprendre sa femme en fâcheuse posture, David en fut pour ses frais. Elle lui adressa un grand signe de la main et le rejoignit alors qu'il mettait pied à terre.

— Tu as vu ? lança-t-elle avec entrain. Timothée et moi allons attaquer les olivades.

Elle désigna d'un geste ample le champ d'oliviers dont le feuillage argenté ondulait sous le vent, les deux échelles triangulaires, les cavalets, les paniers.

David s'étonna.

— Les olivades… mais à qui appartient ce champ ?

— A nous deux, voyons ! Je l'ai acheté à Timothée parce que… – elle chercha ses mots – j'ai l'impression que je ne peux pas vivre sans oliviers. Ce sont les racines que je me suis créées en arrivant ici.

David l'attira à lui, l'étreignit avec force.

— Oh ! Leni, ma chérie… je ne pensais pas que c'était aussi important pour toi.

Il revoyait, quatre ans auparavant, son visage marqué par le chagrin, alors qu'il attaquait à grands coups de bulldozer leurs oliviers détruits par le gel.

Il n'avait pas imaginé, alors, que Leni avait eu l'impression de voir ses racines piétinées une seconde fois, elle qui avait perdu toute sa famille.

Elle secoua la tête, comme pour lui dire que cela n'avait plus d'importance, à présent. Et c'était vrai. Leurs oliviers lui donnaient une nouvelle raison de vivre.

Epaule contre épaule, main dans la main, ils rejoignirent Timothée qui les observait en souriant.

C'était une belle journée de novembre, pensa Leni, émue.

Leur première récolte serait encourageante. Et ils pourraient envisager l'avenir avec optimisme.

Malgré les épreuves du passé.

Remerciements de la première édition

On n'écrit pas un roman par hasard. Sa trame se tisse au fil des rencontres. L'idée du *Vent de l'aube* s'est imposée à moi au cours d'un repas partagé dans un restaurant nyonsais avec Steffen, fils de résistant allemand. Merci à toi, ami Steffen, de m'avoir fait découvrir ce pan méconnu de notre histoire. Merci à Armide et Jean-Marie, Andrée et Georges, Jean et Christine, Cathy et Jean-Claude, Myriam, Michelle et Ghislaine, qui m'ont aidée à rassembler ma documentation. Merci à Jean-Pierre, de la bibliothèque de Vaison-la-Romaine, qui est un documentaliste hors pair, au personnel des médiathèques de Nyons et d'Avignon.

Merci également à monsieur le maire de Taulignan, à monsieur le directeur de l'hôpital de Montfavet, à monsieur André Aubanel, à monsieur Arnaud Fert, de la Scourtinerie de Nyons.

Merci, du fond du cœur, à Marie-Delphine, qui est toujours ma première critique, à mes proches qui subissent mes états d'âme, mes doutes et mes angoisses.

Sans oublier mes fidèles lecteurs avec qui je tisse, au fil des livres et des salons, de véritables liens d'amitié. C'est primordial pour moi.

Vous souhaitez en savoir plus sur les livres et les auteurs
de la collection Terres de France ?

Retrouvez toutes les informations sur le site
www.collection-terresdefrance.fr
et abonnez-vous à notre lettre d'information.

Suivez-nous également sur notre page Facebook
et sur notre fil Twitter.

Club des Amis de Terres de France
12, avenue d'Italie
75627 Paris cedex 13

Composition et mise en pages
Nord Compo à Villeneuve-d'Ascq

MIXTE
Papier
FSC® C003309

Imprimé en France par EPAC Technologies
N° d'impression : 4550414319919
Dépôt légal : mai 2019